KB162816

아픈 것아,
아픈 것아,
날아가라

미아키 스가루
일러스트 / E9L

목차

자신이 죽인 여자아이를 사랑하다니,
정신이 나간 모양이다.

아픈 것아, 아픈 것아, 날아가라
미아키 스가루
일러스트 / E9L

제1장
시작하는 이별

나와 키리코 사이에 편지가 오가기 시작한 것은 열두 살의 초가을 무렵이었다. 앞으로 반년만 있으면 졸업하게 되는 시기였지만, 나는 아버지의 일 때문에 그때까지 다니던 초등학교를 떠나게 되었다. 전학. 그것이 나와 키리코를 연결하는 계기가 되었다.

10월 말, 마지막으로 등교하는 날이었다. 밤에는 그 동네를 떠날 예정이었다. 그것만 놓고 보면 귀중한 하루가 되어야 했지만, 나에게는 친구라고 할 만한 친구가 두 명밖에 없었고, 그중 한 명은 몸이 안 좋아서 결석, 다른 한 명은 가족 여행으로 결석했다. 그래서 외톨이로 그날 하루를 보내게 되었다.

나흘 전에 있었던 송별회에서 똑같은 문구들이 적힌 롤링

페이퍼와 시든 꽃다발을 줬었기 때문인지, 동급생들은 나와 얼굴을 마주칠 때마다 "어라, 아직 있었어?"라고 말하고 싶은 듯한 표정을 지었다. 교실은 머물러 있기 힘든 공간이 되어 있었다. 나는 이미 이곳에 속해있지 않는 것이다. 그렇게 절실히 느꼈다.

　내 전학을 슬퍼하는 사람은 한 명도 없었다. 그 사실이 섭섭하기도 했지만, 동시에 나에게 용기를 주기도 했다. 이 전학으로 내가 잃는 것은 아무것도 없다. 그러기는커녕 새로운 만남을 제공해주기까지 하는 것이다.

　다음 학교에서는 잘하자. 나는 그렇게 생각했다. 또다시 전학을 가게 되면 그때는 하다못해 두세 명 정도는 작별을 아쉬워해줬으면 했으니까.

　수업이 끝났다. 책상 속의 교과서들을 챙겨 넣은 뒤에도, 나는 밸런타인데이의 방과 후에 미련스럽게 교실에 머물러 있는 남자아이처럼 꾸물거리며 책가방 안을 무의미하게 뒤적이고 있었다. '혹시나 누군가가 마지막에 따뜻한 말을 걸어줄지도 몰라.'라는 기대를 버릴 수 있을 정도로 나는 어른이 아니었다.

　마지막 등교일의 훈훈한 추억을 포기하려던 무렵, 누군가가 내 앞에 멈춰선 기척이 느껴졌다. 감색 플리츠스커트와 가느다란 다리. 나는 긴장한 것을 눈치채이지 않도록 자연스럽게 고개를 들었다.

그곳에 있던 것은 3학년 무렵부터 남몰래 좋아하고 있던 아오야마 사라도, 도서실에서 만날 때마다 고개를 기울이며 웃어주었던 모치즈키 사야도 아니었다.

"같이 나갈래?"

히즈미 키리코는 진지한 얼굴로 나에게 물었다.

키리코는 눈썹 위로 반듯하게 정리한 앞머리가 인상적인 여자아이다. 내성적인 아이여서인지 말할 때는 속삭이는 듯한 목소리로만 이야기하고, 늘 어색한 미소를 지으며 고개를 숙이고 있다. 성적도 평범해서 교실에서는 눈에 띄지 않는 존재였다.

그때까지 거의 대화다운 대화를 나눈 적 없는 그녀가 왜 오늘에 한해서 나에게 말을 걸어왔는지 신기해서 견딜 수 없었다. 그녀가 아오야마 사라나 모치즈키 사야라면 좋았을 텐데, 라며 나는 내심 낙담했다. 그러나 권유를 거절할 이유도 없다. "그러지, 뭐."라고 내가 말하자, 키리코는 고개를 숙인 채로 "고마워."라고 말한 뒤 미소 지었다.

귀갓길 내내 키리코는 말이 없었다. 몹시 긴장한 눈치로 내 옆을 걷다가, 이따금씩 뭔가 말하고 싶은 듯 내 얼굴을 훔쳐보고 있었다. 나로서도 무슨 말을 해야 좋을지 알 수 없었다. 내일 이 동네를 떠날 사람이, 그때까지 특별히 사이가 좋았던 것도 아닌 상대에게 할 말이 있는 걸까? 애초에 그 이전에 동갑내기 여자아이와 단둘이 하교하는 것은 처음이다.

그렇게 서로 꾸물거리는 동안, 결국 한 번도 이야기를 나누지 못한 채로 우리 집 앞에 도착하고 말았다.

"그럼 안녕."

살짝 손을 흔들고, 키리코에게 등을 돌리며 현관문의 손잡이에 손을 댔다. 그때서야 그녀는 간신히 결심이 섰는지, 내 손을 잡으며 "잠깐만."이라고 말했다. 차갑고 가느다란 손가락의 감촉에 당황한 나는, 필요 이상으로 쌀쌀맞게 물었다. "왜 그래?"

"저기, 미즈호 군한테 한 가지 부탁할 게 있어. 들어줄래?"

나는 목 뒤를 긁었다. 난처하게 되었을 때의 버릇이다.

"듣기는 하겠는데, 내일 전학 가는 내가 너에게 해줄 수 있는 게 있을까?"

"있어. 그러기는 고사하고, 내일 전학 가는 너에게밖에 할 수 없는 부탁이야."

쥐고 있는 손을 빤히 바라보면서 그녀는 말했다.

"편지를 쓸 테니까, 그것에 답장을 해줘. 그러면 내가 또 답장을 쓸게."

나는 잠시 생각에 잠겼다. "요컨대 그건 편지 교환을 하고 싶다는 얘기?"

"맞아. 그거야." 키리코는 부끄럽다는 듯 말했다.

"어째서 나하고? 좀 더 친한 사람하고 하는 편이 즐거울 텐데."

"가까이 있는 사람하고 편지를 주고 받아봤자 재미없잖아? 난 멀리 있는 사람에게 편지를 쓰는 걸 옛날부터 동경하고 있었어."

"하지만 편지 같은 건 써본 적이 없어."

"그러면 나하고 똑같네. 노력해보자."

키리코는 꾹 잡은 내 손을 위아래로 흔들며 말했다.

"잠깐만, 갑자기 그런 부탁을 해도 난……."

그러나 결국 나는 키리코의 부탁을 받아들였다. 연하장 말고는 편지다운 편지를 쓴 적 없던 나에게, 시대에 뒤떨어진 이런 발상은 오히려 아주 참신하고 흥미롭게 들렸다. 처음으로 동갑내기 여자아이에게 진지한 부탁을 받은 것에 들떠 올라서 거절하려야 거절할 수 없었던 것도 있다.

키리코는 안도한 듯 한숨을 내쉬었다.

"다행이야. 거절하면 어쩌나 했어."

이사 갈 곳의 주소를 쓴 종이를 받아든 그녀는, "편지, 기대해."라고 말하며 미소 짓더니 나에게 등을 돌리고 종종걸음으로 돌아갔다. 잘 가라는 작별의 말도 하지 않았다. 그녀의 관심은 내가 쓸 편지에 있지, 나란 인간에게는 없었던 것이리라.

전학간 뒤, 바로 편지가 도착했다.

"무엇보다 먼저, 우리는 서로에 대해서 알아야 한다고 생각합니다."라고 편지에 적혀 있었다. "그러니까 우선은 자기소개를 하도록 해요."

멀리 떨어지게 된 동급생과 이제 와서 자기소개를 나눈다는 것도 기묘한 상황이지만, 딱히 쓰고 싶은 이야기가 있는 것도 아니어서 나는 그녀의 제안에 따랐다.

편지 교환을 시작한 지 얼마 후, 나는 어떤 것을 발견했다. 히즈미 키리코라는 이 여자아이와는 전학 전까지 제대로 말도 해본 적 없었지만, 편지에 적는 내용을 보면 아무래도 모든 가치관이 나와 흡사한 듯했다.

'왜 공부를 해야만 하는가.', '왜 사람을 죽여서는 안 되는가.', '재능이란 무엇인가.'. 우리는 그런, 교육의 이른 단계에서 어른에게 사고정지를 강요받는 종류의 화제에 대해 처음부터 다시 생각해보는 것을 좋아했다. '사랑'에 대해서도 우리는 부끄러울 정도로 진지하게 논의했다.

"미즈호 군은 사랑이라는 것에 대해 어떻게 생각하나요? 가끔씩 친구들이 이야기하는 그 단어의 의미를, 저는 아직도 잘 모르겠습니다."

"나도 잘 모르겠습니다. 기독교에서는 4종류의 사랑이 있다고 하는 것 같고, 다른 종교에서도 마찬가지로 다양한 사랑이 있는 모양이라 두 손 들었습니다. 예를 들어 우리 어머니가 *라이 쿠더에게 품는 마음은 확실히 사랑이지만, **알

---

*Ry Cooder. 미국의 기타리스트이자 프로듀서.
**미국의 구두 브랜드 알든(Alden) 사의 코도반(Cordovan)이란 가죽구두를 말한다.

든 코도반을 향한 우리 아버지의 마음도 사랑이겠고, 제가 이렇게 키리코에게 편지를 보내는 것도 어떤 종류의 사랑이라고 생각합니다. 다양합니다."

"은근슬쩍 기분 좋은 말을 해주네요. 고맙습니다. 미즈호 군의 말을 듣고서 생각한 것인데, 제가 말하는 사랑과 친구들이 말하는 사랑은 아마도 그 정의부터 다르겠지요. 그러니까 가볍게 그런 말을 하는 애들을 수상쩍어하는지도 모르겠습니다. 제가 말하고 있는 것은 좀 더 소녀스러운, 로맨틱한 '사랑'입니다. 영화나 책에서는 흔히 나오지만 현실에서는 한 번도 본적이 없는, 가족애나 성애와는 다른 것으로 취급되는 '그것'입니다."

"나도 '그것'이 실존하는지에 대해서는 아직도 반신반의하고 있습니다. 다만 혹시 키리코가 말하는 '사랑'이 실존하지 않는, 어딘가의 누가 멋대로 지어낸 개념이라고 한다면 오히려 감동적이란 기분도 듭니다. 아득한 옛날부터 사랑은 수많은 아름다운 그림이나 노래나 이야기가 생겨나는 계기가 되어왔습니다. 만약 그것이 누군가가 지어낸 것이라면 '사랑'이란 인류 최대의 발명, 혹은 세상에서 가장 자상한 거짓말이 아닐까 생각합니다."

등등.

무엇에 대해 이야기하든 우리의 의견은 생이별한 쌍둥이처럼 일치했다. 키리코는 그 기적을 "마치 영혼의 동창회

같네요."라고 말했다. 나에게 그것은 잘 와 닿는 표현이었다. 영혼의 동창회.

　키리코와의 관계가 깊어져가는 한편, 나는 여전히 전학 간 초등학교에 잘 녹아들지 못하고 있었다. 졸업하고 중학교에 진학하게 되자, 거기서부터 드디어 본격적으로 고독한 학교생활을 보내게 되었다. 교실에서는 이야기를 나누는 상대가 한 명도 없었고, 동아리 활동에서도 최소한의 대화를 나눌 뿐이라 이런저런 개인적인 이야기를 나눌 상대는 역시 한 사람도 없었다. 이렇게 되고 보니 전학 오기 전 쪽이 차라리 나았다는 생각이 들었다.

　키리코는 중학교에 들어간 뒤부터 모든 것이 좋은 방향으로 전개되는 모양인지 편지에 적혀있는 것은 그녀가 행복하게 지내는 증거들뿐이었다. 몇 사람인가의 멋진 친구들이 생긴 것. 동아리 친구들과 매일 늦게까지 동아리방에 남아서 잡담을 나누고 있다는 것. 학교 축제의 실행위원으로 뽑힌 덕분에 보통은 들어갈 수 없는 교실에 들어가 봤던 것. 반 친구와 옥상에 숨어들어서 낮잠을 자다가 선생님에게 야단맞았던 것. 등등.

　그런 편지에 나의 비참한 현재 상황을 있는 그대로 적은 편지로 답하기가 꺼려졌다. 저쪽이 괜한 배려를 하게 만들고 싶지 않았고, 약한 인간으로 여겨지는 것도 싫었다.

아마도 그녀는 내가 고민을 밝히면 자기 일처럼 내 이야기를 들어주었을 것이다. 그러나 나는 그런 것을 바라지 않았다. 키리코 앞에서는 어디까지나 멋진 모습이고 싶었던 것이다.

그래서 나는 편지에 거짓말을 적기로 했다. 그녀에게 밀리지 않을 정도로 충실한 생활을 보내고 있는 내용으로, 가공의 학교생활을 편지지 위에 그려나갔다.

그 행위는 처음에는 허세에 지나지 않았지만, 점차 나에게 가장 즐거운 일이 되어갔다. 아무래도 나는 연기하는 즐거움에 눈을 뜬 모양이었다. 부자연스러운 점을 최대한 배제하며 '유가미 미즈호'로서의 리얼리티를 일탈하지 않는 범위에서 가장 좋은 학교생활을 그려냄으로써, 나는 편지 안에서 또 하나의 인생을 만들어냈다. 키리코 앞으로 편지를 쓰고 있을 때, 나는 이상적인 내가 될 수 있었다.

봄도 여름도 가을도 겨울도, 맑은 날도 흐린 날도 비오는 날도 눈 오는 날도 나는 편지를 써서 길모퉁이의 작은 우체통에 집어넣었다. 키리코의 편지가 도착하면 봉투를 조심스럽게 가위로 개봉해서 얼굴 가까이 가져와 냄새를 맡고, 내 방의 침대에 앉아서 커피를 마시며 천천히 문장을 음미했다.

가장 두려워하던 사태가 일어난 것은 편지 교환을 시작하고 5년째가 되던 열일곱 살의 가을이었다.

"직접 만나서 이야기를 하고 싶습니다."

편지에는 그렇게 적혀 있었다.

"편지로는 도저히 이야기할 수 없는 것도 있습니다. 서로의 눈을 보고 서로의 목소리를 들으며 이야기 나눠보고 싶습니다."

그 편지는 나를 고민하게 만들었다. 나에게도 직접 만나서 이야기하고 싶다는 기분이 없는 것은 아니다. 이 5년 동안 그녀가 어떻게 변했는지 확인해보고 싶은 마음은 굴뚝같았다.

하지만 그랬다가는 이제까지 내가 편지에 써왔던 내용이 거짓임이 밝혀질 것이 불 보듯 뻔했다. 마음씨 고운 키리코는 그 일로 나를 나무라지는 않을 것이다. 그러나 틀림없이 실망할 것이다.

어떻게든 해서 딱 하루만이라도 가공의 '유가미 미즈호'가 될 수 없을까 획책했다. 하지만 아무리 거짓으로 세부를 메운다 한들, 장기간의 고독이 배어있는 탁한 눈이나 잠깐잠깐 보이는 자신감 없는 거동은 감출 수 없어보였다. 그때까지 성실히 살아오지 않은 것을 뒤늦게 후회했다.

그녀의 청을 거절할 그럴싸한 핑계가 없을까 고민하는 동안, 몇 주가 지나고 몇 개월이 지나갔다. 이대로 관계가 폐이드아웃 되어버리는 것이 가장 좋은 선택일지도 모른다. 어느 날 나는 문득 그렇게 생각했다. 진실을 고하면 이제까지와 같은 편안한 관계는 끝나버릴 테고, 그렇다고 거짓말을 들킬 것을 두려워하며 편지를 계속 주고받는 것도 고통이다.

때마침 입시공부가 바빠지는 시기였다. 나는 스스로도 놀랄 정도로 간단히, 5년간 이어지고 있던 편지 교환을 그만둘 결심을 했다.

미움받을 바에야 이쪽에서 관계를 끊는 편이 낫다고 생각했다.

직접 만나고 싶다는 편지가 도착한 다음 달에 키리코가 또 편지를 보내왔다. 상대로부터 편지가 도착하면 닷새 이상 지난 뒤에 답장을 보낸다는 암묵적인 양해가 깨진 것은 처음 있는 일이었다. 내 쪽에서 편지를 보내지 않아서 걱정이 되었던 것이겠지.

하지만 나는 도착한 편지를 개봉조차 하지 않았다. 그다음 달에도 또 한 통이 도착했지만 그것도 무시했다. 가슴 아프지 않은 것은 아니었지만, 그것 말곤 어떻게 할 방법이 없었다.

편지 교환을 그만둔 다음 주에 친구가 생겼다. 어쩌면 키리코에 너무 의존했던 것이 정상적인 교우관계 만들기를 방해하고 있었는지도 모른다고 나는 생각했다.

시간이 흘러가고, 우편함을 체크하는 버릇도 서서히 사라져갔다.

그렇게 나와 키리코의 관계는 끝이 났다.

다시 키리코에게 편지를 보낼 계기가 된 것은, 친구의 죽음이었다.

대학 4학년 여름, 나는 자취방에 틀어박혀 거의 나오지 않게 되었다. 대학 생활의 대부분을 함께 보낸 신도 하루히코의 자살이 원인이었다. 1학기의 필수 과목 단위 이수를 못해서 유급이 확정되었지만 신경 쓰이지 않았다. 마치 남의 일처럼 느껴졌다.

그의 죽음 자체에 대한 슬픔은 거의 느끼지 않았다. 그럴 징조가 있었기 때문이다.

처음 만났을 때부터, 줄곧 신도는 죽고 싶어 했다. 하루에 담배를 세 갑이나 피우고, 위스키를 스트레이트로 벌컥벌컥 마시고, 밤이면 밤마다 오토바이를 타고 폭주하곤 했다. 아메리칸 뉴 시네마로 분류되는 영화를 망라하고 있었고, 주인공들의 어이없는 죽음을 반복해서 보면서 황홀한 표정으로 한숨을 흘리고 있었다.

그래서 그의 죽음을 알게 되었을 때는 잘된 일 아닐까, 하는 생각까지 들었다. 간신히 가고 싶은 곳에 가게 되었으니까. "좀 더 잘 대해줄 걸 그랬다."라든가 "고민을 알아주지 못했다."라는 후회는 티끌만큼도 없었다. 신도도 내가 고민을 들어주길 바랐던 적은 없었을 것이다. 바보처럼 웃는 일상 속에서 휙 하고 사라져버리는 것이야말로 틀림없이 그가 바라던 바였을 것이다.

문제는 남겨진 나였다. 신도의 부재는 나에게 정말 뼈아픈 타격이었다. 좋은 의미로도 나쁜 의미로도, 그의 존재는 나의 버팀목이었다. 나보다 태만하고, 나보다 자포자기하고 있으며, 나보다 비관적이고, 나만큼이나 인생의 목적을 잃은 인간이 곁에 있다는 사실에 나는 상당한 위안을 얻고 있었다. 신도를 보고 있으면, "저런 녀석도 살아가고 있으니 나도 어떻게든 살아야겠지."라고 생각할 수 있었다.

그 신도가 죽은 것으로 인해 내 마음의 안식처가 사라졌다. 외계에 대한 막연한 공포가 생겨나고, 심야 2시부터 4시 사이 말고는 밖에 나갈 수 없게 되었다. 억지로 외출하려고 하면 가슴이 심하게 두근거리며 과호흡 상태에 빠져서 현기증이 난다. 심할 때에는 팔다리나 안면이 저리며 경련했다.

커튼을 친 방에 틀어박혀 술을 마시며, 그가 사랑했던 영화들을 계속 보았다. 그 외의 시간은 잠만 잤다. 신도가 모는 오토바이 뒷좌석에 앉아서 이리저리 달리던 나날이 그리웠다. 시답잖은 짓들만 했다. 퀴퀴한 냄새가 나는 심야의 게임 센터에서 오락기에 동전을 계속 넣거나, 밤새도록 바다까지 달려갔다가 아무것도 하지 않고 돌아오거나, 강가에서 하루 종일 물수제비를 던지거나, 오토바이를 타고 비눗방울을 흩뿌리면서 동네 안을 이리저리 달리거나.

하지만 지금 생각하면 그런 변변치 못한 시간을 함께 보낸 것이 우리의 우정을 깊게 만들었다. 좀 더 건전한 관계였더라면 그의 죽음이 이 정도의 외로움을 초래하지는 않았을 테니까.

나를 데려가도 좋았을 텐데, 라고 나는 생각했다. 신도가 말만 걸어주었다면 나도 그와 함께 웃으며 골짜기 바닥으로 다이빙했을 것이다.

그리고 그걸 알았기에 신도는 나에게 한 마디의 상담도 하지 않고 죽었는지도 모른다.

매미들이 다 죽고, 나무들이 붉게 물들고, 가을이 왔다. 10월 말에 접어들었다.

문득 나는 신도와 나눴던 시시껄렁한 대화를 떠올렸다.

그것은 화창한 어느 7월의 오후였다. 푹푹 찌는 방안에서, 우리는 맥주를 마시며 두서없는 이야기를 나누고 있었다. 테이블의 재떨이에는 담배꽁초가 산처럼 수북이 쌓여있었는데, 한 개비라도 위치를 움직이면 와르르 무너져버릴 것 같았다. 그 옆에는 깡통이 볼링 핀처럼 질서 있게 늘어서 있었다.

창문 옆 전신주에 달라붙은 매미 울음소리가 귀를 찔렀다. 신도는 빈 깡통 하나를 집어 들고 베란다로 나가서 매미를 향해 던졌다. 목표를 멀찍이 빗나간 깡통은 길가에 떨어지며 카랑카랑 소리를 냈다. 신도는 욕설을 내뱉었다.

두 번째 깡통을 집어 들자, 매미는 마치 그를 비웃는 것처럼 훌쩍 날아갔다.

"그러고 보니 말인데." 캔을 들고 멈춰선 채로 신도가 입을 열었다. "슬슬 합격 통보가 올 때 안 됐냐?"

"내가 아무런 보고도 하지 않은 시점에서 눈치챘으면 하는데 말이야." 나는 그렇게 에둘러 말했다.

"떨어졌냐?"

"그래."

"마음이 놓이네." 나와 마찬가지로 아직도 합격 통보가 하나도 없는 신도는 그렇게 말했다. "거기 말고 또 다른 곳에 원서는 내봤어?"

"아니, 아무것도 안 했어. 내 취업활동은 여름방학에 들어갔어."

"여름방학이냐. 그거 좋네."

나도 오늘부터 여름방학인 걸로 할래, 라고 신도는 말했다.

텔레비전에서는 고교 야구를 방송하고 있었다. 우리보다 너덧 살이나 아래인 야구소년들이 열띤 응원을 받으며 활약

하고 있었다. 시합은 양자 득점이 없는 채로 7회 말까지 와 있었다.

"좀 이상한 질문을 하려는데." 나는 말했다. "신도, 넌 어릴 적에 뭐가 되고 싶었어?"

"고등학교 교사. 몇 번이나 말했잖아."

"아, 그러고 보니 그랬지."

"지금 생각하면, 내가 교사를 목표로 했던 건 외팔인 사람이 피아니스트를 목표로 하는 것이나 다를 바 없는 일이었지."

본인의 말대로 신도라는 인간은 어떻게 봐도 교사가 되기에는 적합하지 않았다. 그러면 어떤 직업이 어울리느냐고 질문해도 대답이 궁해진다. '사람은 이렇게 되어서는 안 된다'라는 반면교사로서는 이 정도로 적합한 인재는 없겠지만, 현재 반면교사라는 직업은 존재하지 않았다.

"외팔이 피아니스트가 없는 것은 아니지만." 나는 말했다.

"그건 그렇지. 그러는 너는 뭐가 되고 싶었어?"

"그게 말이지, 아무것도 되고 싶지 않았어."

"웃기시네." 신도는 내 어깨를 쿡 찔렀다. "어린애는 어른의 손에 의해서 자신에게는 꿈이 있다는 착각을 하게 되는 법이잖아."

"하지만 진짜야."

텔레비전에서 환성이 일었다. 시합에 변화가 생긴 모양이다. 펜스에 직격한 공을 외야수가 필사적으로 쫓고 있다. 2루 주자는 이미 3루를 돌았고, 중계에 들어간 유격수는 홈 송구를 포기했다.

귀중한 한 점을 냈습니다, 라고 중계진이 말했다.

"그러고 보니 너, 중학교 시절에는 야구부 소속이었고, 게다가 현 내에서는 유명한 투수였다며?" 신도가 그런 말을 꺼냈다.

"중학교 시절 지인에게 들은 적이 있어. 유가미라는 성씨의, 아직 2학년인데도 말도 안 될 정도로 정확한 위치에 공을 던지는 왼손 투수가 있다고."

"날 말하는 거겠지. 어떻게 된 노릇인지 제구력 하나만큼은 뛰어났어. 하지만 중학교 2학년 가을에는 은퇴했어."

"다치기라도 했냐?"

"아니, 이게 좀 묘한 이야긴데 말이야. ……중학교 2학년 여름에 현 예선 대회 준결승에서 승리했던 그날은 확실히 내가 영웅이었어. 내 입으로 말하기도 뭐하지만, 그 시합에서 이길 수 있었던 건 전적으로 나 한 사람의 활약 때문이었거든. 그 중학교의 야구부가 준결승까지 올라간 건 정말로 드문 일이라서, 학교의 모두가 총출동해서 응원해주었지. 만나는 사람 모두가 나를 칭찬해주었어."

"지금의 너를 봐서는 도저히 상상이 안 되는걸." 신도는 미심쩍다는 듯 말했다.

"그렇겠지."

나는 쓴웃음을 지었다. 그가 그렇게 말하는 것도 무리는 아니다. 나 스스로도 당시를 돌아볼 때마다 여우에 홀린 듯한 기분이 들 정도다.

"학교에서는 친구도 얼마 없고 눈에 띄지 않는 존재였던 내가, 그날 하루 만에 멋지게 영웅이 되었던 거야. 최고의 기분이었지. 그런데 말이야. 그날 밤, 나는 침대에 누워서 하루를 돌아보다가 갑자기 강렬한 수치심에 휩싸였어."

"수치심?"

"그래, 수치심이야. 나 자신이 부끄러웠어. '대체 난 왜 그렇게 들떴던 거지?' 라고."

"이상할 거 없잖아. 들뜨는 게 당연한 상황이야."

"그렇긴 해."라고 나는 대답했다. 신도의 말이 맞다. 그때 내가 들떠서 안 될 이유는 하나도 없었다. 솔직히 기뻐해도 괜찮았다. 그러나 내 의식 아래층에 가라앉아있던 뭔가가 쑤욱 하고 얼굴을 내밀면서 그것을 거부했다. 너무 부풀은 풍선이 터지듯이 내 기분은 단숨에 쪼그라들었다.

"어쨌든 그렇게 생각한 순간 모든 것이 바보처럼 생각되기 시작했어. 그리고 '이 이상 수치를 당하고 싶지 않다.'고 생각했어. 이틀 뒤인 결승전 당일, 나는 아침 첫 열차를 타고 영화관으로 향했어. 그리고 영화를 연달아 네 편 봤지.

냉방이 너무 잘되어서 시종 팔뚝을 비비면서 봤던 게 아직도 기억나."

"너 등신 아니냐?" 신도는 배꼽을 잡고 웃었다.

"정말 얼간이였지. 하지만 설령 시간을 되감아서 다시 한 번 같은 찬스를 얻는다고 해도, 나는 역시 같은 선택을 할 거야. 당연히 시합은 큰 점수 차로 졌어. 부원들도 감독님도 반 친구들도 선생님도 부모님도, 모두 엄청나게 화를 냈지. 마치 사람이라도 죽인 것처럼 대하더라. 결승전에 오지 않은 이유를 묻길래 '날짜를 착각했다'라고 대답했는데, 그게 불에 기름을 부은 모양인지 여름방학이 끝난 첫날에 으슥한 곳으로 끌려가서 흠씬 두들겨 맞았지. 코뼈가 부러져서 모양이 조금 바뀌었지 뭐야."

"자업자득이네." 신도가 말했다.

"그 말이 맞아." 나는 동의했다.

텔레비전에서 중계하던 시합도 결판이 난 듯했다. 마지막 타자는 볼품없는 2루 땅볼로 끝났다. 인사 후에 두 팀의 선수가 악수를 나누었는데, 패배한 쪽 팀이——아마도 감독에게 그런 지도를 받고 온 것인지——시종 기분 나쁠 정도로 미소를 짓고 있었다. 어쩐지 병적이었다.

"난 옛날부터 아무런 욕심도 없는 어린애였어." 나는 가만히 입을 열었다. "저걸 하고 싶다, 이걸 갖고 싶다. 그런 마음이 전혀 없었어. 좀처럼 뜨거워지지 않지만 식기는 쉬워서, 뭘 해도 오래 붙잡고 있지 못했어. 칠석날에 소원을 적으라며 건네받은 종이는 늘 백지로 제출했지. 우리 집에는 크리스마스 선물이라는 것이 없었지만, 그것을 불만스럽게 여긴 적은 한 번도 없었어. 오히려 매년 자기가 받고 싶은 선물을 정해야만 하는 다른 집 아이가 불쌍하다고 생각했을 정도야. 세뱃돈을 받아도 어머니에게 맡기며 당시 다니던 피아노 학원비에 보태달라고 했어. 참고로 말하면 그 피아노 학원도 집에 있는 시간을 줄이고 싶었기 때문에 다녔을 뿐이야."

신도는 텔레비전을 끄더니 CD플레이어의 전원을 콘센트에 연결하고 재생 버튼을 눌렀다. 닐 영의 〈Tonight's The Night〉. 그가 좋아하는 앨범이었다.

"어린애답지 않은 어린애네. 기분 나빠." 첫 번째 곡이 끝났을 무렵에 신도가 말했다.

"하지만 당시의 나는 그게 보통이라고 생각하고 있었어." 나는 그렇게 대답했다. "어른은 오만한 어린애는 야단치지만, 욕심 없는 어린애는 그리 야단치지 않는 법이지. 그래서 내가 이상하다는 걸 깨달을 때까지 시간이 걸렸어. ……아마도 지금 내가 맞닥뜨리고 있는 벽도 그런 거겠지. 채용 담당에게도 전해져버리는 게 아닐까? 사실 난 일하고 싶지 않은 것은 물론이고, 돈도 원하지 않고 행복해지고 싶다는 생각도 하지 않는다는 것이."

신도는 한동안 입을 다물었다.

시시한 소리를 해버렸네, 라고 나는 생각했다.

화제를 바꾸기 위해서 적당한 이야기를 꺼내려 했을 때 신도가 입을 열었다.

"하지만 너, 편지 교환은 즐거워했잖아?"

"……편지 교환이라. 그런 걸 하던 시기도 있었지."

한시도 잊은 적 없으면서, 나는 오래간만에 기억해냈다는 투로 말했다.

신도는 내가 키리코와 편지를 주고받았으며, 그러다가 거짓된 내용만 쓰게 되었던 것을 아는 유일한 인간이었다. 1년 전에 맥주 페스티벌에 갔을 때, 술에 취해서 흥이 올라 저도 모르게 떠벌이고 말았던 것이다.

"확실히, 그걸 즐거워하지 않았다고 말하면 거짓말이 되겠지."

"상대방 여자애, 이름이 뭐였더라?"

"히즈미 키리코."

"맞아, 히즈미 키리코야. 네가 일방적으로 편지 교환을 중단했던 여자애. 가엾게도, 네가 그 애를 무시한 후에도 한동안 꿋꿋하게 편지를 보내왔었지."

신도는 육포를 베어 물고 우물거리다 맥주와 함께 삼켰다.

그리고 말했다.

"저기 말이야, 미즈호. 너는 히즈미 키리코를 만나러 가야 해."

나는 농담이라고 생각하고 코웃음을 쳤지만, 신도의 눈매는 진지 그 자체였다. 지금 자신이 한 말이 훌륭한 아이디어라는 확신에 가득 차 있었다.

"키리코를 만나러 가라고?" 나는 빈정거리듯 말했다. "그리고 5년 전의 일을 사죄하고, '거짓말쟁이인 나를 용서해 줘'라는 말이라도 하면 되는 거냐?"

신도는 고개를 가로저었다.

"내가 하고 싶은 말은, 편지에 적혀있던 얘기가 거짓이든 진실이든 네가 말했던…… 그래, '영혼의 교류'인지 뭔지 하는 것이 성립하는 상대는 그리 흔하지 않다는 얘기야. 너는 그 키리코라는 여자애와의 상성에 좀 더 자신을 가져도 괜찮다고. 애초에 이름부터 운명적이잖아? '유가미'와 '히즈미'. 양쪽 다 일본어 '歪み'의 발음 중 하나잖아."

"뭐가 어찌 되었든 이미 늦은 얘기야."

"글쎄다? 내 생각인데, 정말로 마음이 통하는 사람이라면 5년이나 10년의 공백 따윈 전혀 문제가 되지 않아. 마치 어제 만난 사람처럼 웃음을 주고받을 수 있는 법이야. 미즈호에게 히즈미 키리코가 정말 그런 존재인지 확인해본다는 목적을 위해 다시 한 번 만나러 가보는 것도 나쁘지 않다고 봐. 어쩌면 그게 너의 잃어버린 욕심을 되찾을 계기가 될지도 몰라."

그 뒤에 내가 뭐라고 대답했는지는 기억나지 않는다. 분명히 어정쩡한 대답으로 그 화제를 끝냈을 것이다.

나는 키리코를 만나러 가보자고 생각했다. 신도의 조언을 소중히 하고 싶었던 것도 있고, 단순히 친우가 없어져서 쓸쓸했던 것도 있다. 무엇보다 '좋아하는 사람이 언제까지나 살아있어 준다고는 할 수 없다'라는 사실을 체험했던 것이 가장 큰 동기가 되었다.

용기를 짜내서 집 밖으로 나왔다. 차를 몰아서 본가로 돌아갔다. 내 방의 옷장에서 직사각형 쿠키 깡통을 꺼내, 키리코가 보내준 편지를 날짜순으로 하나하나 바닥 위에 늘어놓았다. 하지만 내가 답장을 하지 않게 된 뒤에도 키리코가 계속 보내왔던, 개봉조차 하지 않았던 몇 통의 편지만은 아무리 찾아도 보이지 않았다. 어디로 가버린 것일까?

그리운 냄새가 나는 방에서 나는 편지를 한 통 한 통 다시 읽었다. 5년에 걸쳐 쌓여있던 총합 120통의 편지를, 마지막 편지부터 시간을 거슬러 올라가는 형태로 훑어보았다.

처음 받았던 편지를 다 읽었을 무렵에는 날이 저물어있었다.

봉투와 편지지를 사서, 자취방에 돌아가 편지를 썼다. 키리코의 주소는 손이 기억하고 있었다.

전하고 싶은 것이 산더미만큼 있었지만, 실제로 만나서 이야기하는 편이 가장 좋을 거라고 생각하고 문장은 최소한으로 줄였다.

『5년 전에는 죄송했습니다. 당신에게 감추고 있던 것이 있습니다. 아직 저를 용서할 마음이 있다면 10월 26일에 ■■공원으로 와주세요. 우리가 다니던 초등학교의 통학로에 있는 그 아동공원입니다. 하루 종일 기다리겠습니다.』

그렇게만 쓴 엽서를 우체통에 넣었다.

기대는 하지 않았다. 하지 않을 생각이었다.

제2장
흔해 빠진 비극

약속 장소인 공원에 키리코는 나타나지 않았다.

시계가 밤 12시를 지난 것을 확인하고, 나는 벤치에서 엉덩이를 떼었다. 이 이상 기다리는 것은 무의미할 것이다. 페인트가 벗겨진 미끄럼틀, 좌판이 떨어진 그네, 녹슨 정글짐. 10년 전과는 딴판으로 변해버린 아동공원을 뒤로 했다.

몸이 뼛속까지 차갑게 식어 있었다. 우산을 쓰고 있기는 했지만 10월의 빗속에 하루 종일 있었으니 당연하다. 모즈코트는 물기를 머금어서 차갑고 묵직했고, 청바지는 다리에 찰싹 달라붙고 새로 산 지 얼마 안 된 신발은 진흙투성이가 되어 있었다. 나는 차를 몰고 와서 다행이라고 생각했다. 당초의 계획대로 전철과 버스를 갈아타고 왔더라면 아침 첫차를 기다리게 될 뻔했다.

빠른 걸음으로 차 안으로 피신해서 젖은 외투를 벗고, 차의 시동을 걸고 난방을 튼다. 송풍구가 퀴퀴한 열풍을 토해냈고, 20분 정도 지나서야 간신히 차 안이 따뜻해졌다. 몸의 떨림이 잦아들자 술이 당기기 시작했다. 횟술에 어울리는, 알코올 도수가 높은 독한 술이.

심야 영업하는 슈퍼마켓에 들러서 위스키 작은 병과 믹스너트를 샀다. 계산대 앞에 줄을 서서 계산을 기다리고 있는데 20대 후반의 화장기 없는 여자가 당당히 끼어들었다. 조금 늦게 그녀의 연인으로 보이는 남자가 들어왔다. 두 사람 모두 잠옷에 샌들만 신은 차림새였는데, 지금 막 뿌린 듯한 향수 냄새가 났다. 뭐라고 한마디 해줄까 했지만, 결국 내 입에서는 혀를 차는 소리도 나오지 않았다. 겁쟁이, 라고 마음속으로 자신을 매도했다.

주차장 구석에 세워둔 차 안에서 시간을 들여가며 천천히 위스키를 마셨다. 엿 색깔의 뜨거운 액체는 목을 태우고 흘러 떨어지며 의식에 포근한 안개를 끼게 했다. 라디오에서 흘러나오는 잡음 섞인 옛 팝송, 그것과 비가 루프를 두드리는 소리가 편안하게 느껴졌다. 주차장 외등의 불빛이 빗방울을 반짝이고 있었다.

그러나 음악은 어느샌가 끝나고, 술은 바닥나고, 외등은 꺼졌다. 라디오를 끄고 눈을 감은 순간, 맹렬한 외로움이 나를 덮쳤다. 한시라도 빨리 자취방으로 돌아가서 이불을 머리까지 뒤집어쓰고 아무 생각 없이 자고 싶었다. 평소에는 좋아하기까지 하던 암흑이, 정적이, 고독이, 이때만큼은 내 마음을 좀먹었다.

원래부터 전혀 기대할 생각이 아니었는데, 아무래도 나는 자신의 생각 이상으로 키리코와의 재회를 간절히 바랐던 듯했다. 술에 절어버린 머리는 평소보다 어느 정도 솔직하게 자신의 감정을 인정할 수 있었다. 그렇다, 나는 상처 입고 있었다. 키리코가 공원에 나타나지 않은 것에 몹시 낙담하고 있었다.

그 애는 더 이상 나를 필요로 하고 있지 않은 것이다.

이렇게 될 바에야, 그냥 처음에 만나자는 부탁을 들을 걸 그랬다고 생각했다. 17세의 나도 22세의 나도, 거짓말쟁이에 낙오자 쓰레기임에는 변함없다. 그렇다면 그녀가 나를 만나고 싶다고 생각해줄 동안에 만나두는 편이 당연히 나았다. 나는 얼마나 아까운 짓을 해버린 것일까?

술기운이 가실 때까지 한숨 자고 갈 예정이었지만 마음이 바뀌었다. 주차장을 나와서 액셀러레이터를 힘껏 밟았다. 중고 경차는 비명을 지르며 가속했다.

음주운전.

그것이 법률 위반임은 알고 있었지만 쏟아지는 빗줄기가 감각을 마비시키고 있었다. 이 빗속이라면 다소의 나쁜 짓을 해도 타박받지 않으리란 기분이 들었다.

점차 빗줄기가 약해지기 시작했다. 취기에서 오는 잠기운을 날려버리기 위해 더욱 속도를 올렸다. 60킬로, 70킬로, 80킬로. 한순간 깊은 물웅덩이에 빠져서 굉음을 내며 감속하고, 다시 속도를 올린다. 이 시골길에 이런 날씨, 이런 시간대다. 맞은편에서 오는 차량이나 보행자를 걱정할 필요는 없을 것이다.

긴 직선주로였다. 길 양쪽으로 키 큰 가로등이 연면히 이어지고 있었다. 나는 주머니에서 담배를 꺼냈다. 시거 라이터로 불을 붙이고, 세 모금 빨고 뒤쪽 창문으로 버렸다.

그 무렵에 내 잠기운은 정점에 달해있었다.

의식을 잃은 것은 아주 잠깐, 1, 2초 정도였다고 생각한다.

하지만 눈을 뜬 다음 순간에는 모든 것이 늦어 있었다. 내가 운전하는 차는 반대 차선에 진입해있었고, 헤드라이트는 수 미터 앞의 인간을 비추고 있었다.

짧은 순간, 나는 여러 가지를 떠올렸다. 그중에는 옛날에 잊어버렸던 유소년기의 별것 아닌 기억도 많이 포함되어 있었다. 단기대학을 갓 졸업한 유치원 교사가 만들어준 엷은 하늘색 종이풍선, 감기에 걸려서 초등학교를 쉬던 날에 봤던 베란다의 까마귀, 입원한 어머니를 문병하고 돌아오는 길에 들른 어두컴컴한 문방구점, 등등.

그것은 이른바 주마등 같은 현상이었는지도 모른다. 22년 분량의 기억 속에서 사고를 회피하는 데 도움이 될 만한 지식이나 경험을 찾아내려고, 나는 다양한 서랍들을 열고 다녔던 것이다.

요란한 브레이크 소리가 울려 퍼졌다. 때가 늦은 것은 확실했다. 나는 모든 것을 포기하고, 눈을 질끈 감았다.

~~직후, 차체에 강한 충격이 있었다.~~

그런데 차체에 충격은 없었다. 영원으로도 생각되는 수 초가 지나고 차가 정지한 뒤, 나는 주뻣거리며 주위를 둘러보았다. 하지만 적어도 헤드라이트가 비추는 범위 안에 사람은 쓰러져있지 않았다.

무슨 일이 일어난 거지?

비상등을 켜고 밖으로 나와서 우선 차의 앞쪽으로 가 보았다. 차체에는 흠집도, 움푹 들어간 곳도 없었다. 사람을 치었다면 어떠한 흔적이 남기 마련이다. 다시 한 번 주위를 둘러보고 차 아래쪽도 확인했지만 어디에도 시체는 굴러다니지 않았다. 심장이 미친 듯이 뛰고 있었다.

빗속에서 그 자리에 멍하니 서 있었다. 문이 오랫동안 열려있음을 알리는 경고음이 암흑 속에 울려 퍼지고 있었다.

"제때 피한 건가?"라고 나는 혼잣말을 했다.

내가 무의식중에 핸들을 돌려서 피한 것일까. 저쪽이 재빨리 몸을 피한 것일까. 그리고 그대로 떠나가 버린 것일까.

아니면 전부, 취기와 피로가 만들어낸 환상이었던 걸까.

나는 사람을 치지 않고 넘어간 것일까?

등 뒤에서 목소리가 들렸다.

"아뇨. 제때 피하지 못했어요."

뒤를 돌아보니 한 소녀가 있었다. 회색 블레이저와 타탄 체크 스커트로 봐서는 하교하던 중일 것이다. 나이는 열일 곱 전후로 보이고, 키는 나보다 머리 두 개 정도 작았다. 우산을 쓰지 않고 걷고 있었는지 온몸이 푹 젖었고, 물기를 머금은 머리카락이 이마와 뺨에 달라붙어 있었다.

헤드라이트 불빛을 받으며 빗속에 선 그 긴 머리의 여자아이를, 아마도 나는 홀린 듯이 쳐다보고 있었다고 생각한다.

아름다운 아이였다. 그것은 비나 진흙에 젖은 정도로는 손상되지 않는, 오히려 더러움에 의해 돋보이는 종류의 아름다움이었다.

내가 '제때 피하지 못했어요.'의 의미를 묻기도 전에, 소녀는 어깨에 걸치고 있던 학교 가방의 손잡이를 두 손으로 쥐고 크게 휘둘러 내 얼굴을 후려쳤다. 가방은 코를 직격했고 자잘한 빛의 알갱이들이 내 시야에 흩뿌려졌다. 나는 자세가 무너져서 물웅덩이에 그대로 벌러덩 나자빠졌다. 순식간에 코트에 차가운 물이 스며들었다.

"제때 멈추지 못했다고요. 저는 죽어버렸어요." 소녀는 내 위에 걸터앉더니 멱살을 쥐고 흔들었다. "이걸 어떡할 거예요? 대체 어떡할 거냐고요!"

입을 열려고 한 순간, 소녀의 오른손이 날아와서 내 뺨을 때렸고 그대로 연달아 두 방, 세 방을 후려쳤다. 콧속이 찡하게 울리며 피가 나오는 것을 알 수 있었다. 하지만 나에게 그것을 뭐라 할 자격은 없다.

나는 이 소녀를 죽여 버렸으니까.

살해당한 본인은 기운차게 나를 계속 두들겨 패고 있지만, 하지만 나는 확실히 시속 80킬로미터 이상으로 달리던 차로 그녀를 치어버렸던 것이다. 그 속도에 그 거리다. 브레이크를 밟은들, 핸들을 꺾은들, 피할 수 있을 리가 없다.

소녀는 주먹을 쥐고서 내 얼굴과 가슴을 몇 번이고 때렸다. 얻어맞는 내내 아픔은 거의 없었지만, 딱딱 하고 뼈와 뼈가 맞부딪치는 충격이 불쾌했다. 그러다가 소녀는 지쳐버렸는지, 숨을 몰아쉬다 몇 번인가 기침을 하고 간신히 손을 멈췄다.

비는 여전히 계속 내리고 있었다.

"저기 말이야, 무슨 일이 일어났는지 설명 좀 해줄래?"라고 나는 물었다. 입안이 찢어져서 녹슨 쇠를 핥는 듯한 맛이 났다. "나는 너를 치어서 죽였어. 아마도 그건 틀림없다고 봐. 그런데 어째서 너는 상처 하나 없는 모습으로 멀쩡히 움직이고 있는 거지? 어째서 차체에 흔적이 남아있지 않은 거야?"

대답하는 대신, 소녀는 일어서서 내 옆구리를 걷어찼다. 찼다기보다는 온 체중을 실어서 짓밟았다고 말하는 편이 맞을지도 모른다. 이것은 효과가 있었다. 내장에 말뚝이 박힌 듯한 아픔이 퍼졌다. 폐의 공기가 전부 흘러나오는 듯한 느낌이었다.

한동안 호흡을 할 수 없었다. 위장에 조금만 더 뭔가가 들어있었다면 전부 토해냈을 것이다. 소녀는 몸을 기역 자로 구부리고 몸부림치며 기침하는 내 모습을 보고 어느 정도 분이 풀렸는지, 거기서 폭력을 멈췄다.

고통이 사라질 때까지 바닥에 드러누운 채로 비를 맞고 있었다. 상체를 일으키고 일어서려고 하자, 소녀가 나를 향해 손을 내밀고 있었다. 의도를 알 수 없어서 멍하니 그 손을 바라보고 있는 나에게 소녀는 "언제까지 앉아있을 건가요. 얼른 일어나세요."라고 말했다.

"집까지 바래다주셔야겠어요. 그 정도는 해주겠죠, 살인자 씨?"

"……응, 물론이지."

나는 소녀가 내민 손을 잡았다.

다시 빗줄기가 강해지기 시작했다. 무수히 많은 새들이 루프를 쪼아대는 듯한 소리가 났다.

조수석에 앉은 소녀는 젖은 블레이저를 벗어서 뒷좌석에 던지고, 손으로 더듬어서 차 안의 불을 켰다.

"아시겠어요? 잘 보세요."

소녀는 그렇게 말하고서 손바닥을 내 눈앞에 내밀었다.

얼마 안 있어, 그녀의 아름다운 손바닥에 그어진 연보랏빛 흉터가 떠오르기 시작했다. 날붙이로 인해 생긴 깊은 상처가, 몇 년에 걸쳐 아문 듯한 흉터였다. 조금 전의 사고로 생긴 상처로 보이지는 않았다.

멍하니 있는 나를 향해, 소녀가 입을 열었다.

"이 상처는 지금으로부터 5년 전에 생긴 상처예요. ……나머지는 스스로 생각하세요. 지금 설명으로 대강 알았겠죠?"

"모르겠어. 아니, 더 혼란스러워졌어. 대체 뭐가 어떻게 된 거야?"

소녀는 지긋지긋 하다는 눈치로 한숨을 토했다.

"요컨대 저는 제 몸에 일어난 일을 '없었던 일'로 할 수 있어요."

'없었던 일'?

그 발언의 의미에 대해 한동안 생각해보았지만, 하나도 이해할 수 없었다.

"조금 더 알기 쉽게 말해주지 않겠어? 그건 비유야?"

"아뇨. 문자 그대로 해석하시면 돼요. 저는 제 몸에 일어난 일을 '없었던 일'로 할 수 있어요."

나는 고개를 갸웃거렸다. 문자 그대로 해석하려 하면 더욱 영문을 알 수 없게 되어버린다.

"믿지 못하는 것도 무리는 아니에요. 당사자인 저조차도 왜 저에게 이런 일이 가능한지 아직도 모르니까요."

소녀는 그렇게 말하더니 손바닥의 상처를 집게손가락으로 천천히 쓸었다.

"했던 말을 또 하게 되는데, 이 상처는 5년 전에 생겼던 상처예요. 하지만 저는 '상처가 났다'라는 사실을 '없었던 일'로 하고 있었어요. 그리고 지금, 당신에게 설명하기 위해 그것을 원래대로 되돌린 거예요."

사실을 '없었던 일'로 만들었다?

너무나도 현실과 동떨어진 이야기였다. 자기 몸에 일어난 일을 없었던 일로 할 수 있는 인간이라니, 들은 적도 없다. 그 능력은 명백히 인간의 지식을 초월하고 있다.

하지만 그런 것도 아니라면 설명할 수 없는 사태가 눈앞에 일어나고 있다. 그녀가 자기 몸으로 증명하고 있다. 차에 치였을 텐데 멀쩡히 살아있다. 조금 전까지 없었던 상처 자국이 갑자기 생겨난다.

마치 옛날이야기에 나오는 마법사 같은 이야기지만, 그밖에 납득할 수 있는 설명이 가능해질 때까지는 믿을 수밖에 없다. 우선 나는 그것을 가설로서 받아들였다. 그녀는 마법을 쓸 수 있다. 자기 몸에 일어난 일을 '없었던 일'로 할수 있다.

"그렇다는 얘기는 내가 일으킨 사고도 네가 '없었던 일'

로 한 거야?"

"그런 거죠. 믿을 수 없다면 또 한 가지 다른 예를 보여드리겠는데⋯⋯."

소녀는 블라우스의 소매를 걷으면서 말했다.

"아니, 믿을게." 나는 그렇게 말했다. "너무⋯⋯너무나도 현실과 동떨어진 이야기지만, 실제로 눈앞에서 일어난 일이야. 하지만 사고가 '없었던 일'이 되었는데 어째서 나에게는 '너를 차로 치었다'라는 자각이 있지? 왜 나는 그대로 차를 몰고 떠나가지 않은 거지?"

그녀는 어깨를 축 늘어뜨려 보였다. "모르겠어요. 모든 것이 자각적으로 이루어지고 있는 건 아니에요. 저도 좀 알았으면 좋겠어요."

"그것하고 또 한 가지. 편의상 그렇게 표현하고 있는데, 엄밀히 말하면 너는 사건을 완전히 '없었던 일'로 만들 수 있는 건 아니지? 그렇지 않으면 조금 전의 분노가 설명되지 않아."

"⋯⋯네. 그 말이 맞아요." 소녀는 무연한 얼굴로 끄덕였다. "저의 능력은 어디까지나 그 상황만 넘기는 임시방편에 지나지 않아요. 일정 기간이 지나면 '없었던 일'로 했던 사건이 다시 원래대로 돌아와 버려요. 말하자면 제가 할 수 있는 건 일어나기를 바라지 않았던 일을 나중으로 미루는 것뿐이에요."

미룬다. 그렇군, 이라고 나는 생각했다. 그렇다면 조금 전의 분노도 납득이 간다. 그녀는 죽음을 면한 것이 아니라 그저 보류하고 있는 것뿐이며, 언젠가는 그 사실을 받아들여야만 하는 것이다.

조금 전의 이야기라면 적어도 5년은 사건을 미룰 수 있는 걸까. 그런 생각을 하고 있는데, 소녀가 내 생각을 꿰뚫어 본 듯이 말했다.

"말해두겠는데, 손바닥의 상처를 5년이나 미룰 수 있었던 것은, 그게 목숨과는 상관없는 얕은 상처였기 때문이에요. 일어난 사건을 얼마나 나중으로 미룰 수 있는가는 제 소원의 강함과 사건의 크기에 의해 결정돼요. 소원이 강하면 강할수록 보류할 수 있는 기간은 연장되고, 사건이 크면 클수록 보류할 수 있는 기간은 줄어들죠."

"그럼 오늘 사건을 '없었던 것'으로 만들 수 있는 기간은?"

"……감각으로 말하면, 기껏해야 열흘이 한도일 거예요."

열흘.

그것이 지나면 소녀는 죽고, 나는 살인자가 된다.

실감이 나지 않았다. 피해자인 소녀가 눈앞에서 이야기하고 있기 때문이기도 했고, 여전히 이것이 나쁜 꿈은 아닐까 하는 헛된 희망을 버리지 못하고 있기 때문이기도 했다. 나는 이제까지 자신의 과실로 타인에게 돌이킬 수 없는 손해를 입히는 꿈을 몇십 몇백 번은 꾸어왔다. 그래서인지 지금 자신에게 일어난 일도 그중 하나에 지나지 않는 것이 아닐까, 하는 생각이 들었다.

나는 계속 사죄했다.

"미안해. 대체 어떻게 용서를 빌어야 할지……."

"됐어요. 사과하더라도 저는 되살아날 수 없고, 당신의 죄도 사라지지 않아요." 소녀는 그렇게 내치듯이 말했다. "우선은 집까지 바래다주세요."

"……응."

"안전 운전으로 부탁드려요. 또 다른 사람을 들이받는 건 생각도 하기 싫으니까요."

소녀의 안내에 따라 차를 몰았다. 평소에는 신경 쓰이지 않던 엔진 소리가 아주 귀에 거슬렸다. 입안의 피 맛이 언제까지나 사라지지 않아서 나는 몇 번이고 침을 삼켰다.

소녀가 그 신비한 힘을 깨달은 것은 여덟 살 무렵이었다고 한다.

피아노 교실에서 귀가하던 중에 그녀는 차에 치인 고양이 사체를 발견했다. 늘 그 주변을 배회하던, 그녀도 잘 아는 잿빛 털의 고양이였다. 원래는 누군가가 기르던 고양이였는지 사람을 잘 따랐고, 손짓을 하면 가까이 다가와서는 발밑을 빙글빙글 돌았다. 만져도 도망가지 않고, 욕을 해오지도 않는다. 소녀에게는 몇 안 되는 친구였다.

그 고양이가 무참한 모습으로 죽어있었다. 아스팔트에 물든 피는 시커멓게 변해 있었지만, 치였을 때에 묻은 듯한 가드레일의 피는 새빨갰다.

사체를 수습해서 묻어줄 용기는 없었다. 소녀는 사체에서 눈을 돌리고 빠른 걸음으로 귀가했다. 도중에 오르골 소리를 들었다. '*My Wild Irish Rose'. 이후로 그녀는 몇 번이고 몇 번이고 같은 곡을 듣게 된다. '미루기'를 실행하는 데 성공했을 때, 그녀의 머릿속에서는 늘 그 곡이 흐르기 시작한다. 그리고 자동 연주가 끝날 무렵에는 그녀를 상처 입히는 이런저런 것들은 '없었던 일'이 되는 것이다.

숙제를 끝마치고 랩에 싸인 저녁 식사를 혼자서 먹은 뒤, 그녀는 생각했다. '그 고양이는 정말로 내가 알던 고양이였을까?'. 물론 의식하에서는 그것이 의심할 여지없는 진실임을 이해하고 있었다. 그러나 의식의 표층에서는 그것을 인정하고 싶어 하지 않았다.

소녀는 샌들을 신고 몰래 집을 빠져나왔다. 한낮에 사체를 본 장소에 도착했지만 그곳에는 사체는 고사하고 혈흔조차 없었다. 이미 회수와 처리가 끝난 것일까? 혹은 누군가가 보다 못해 어딘가로 옮긴 것일까? 하지만 아무래도 눈치

---

*재즈 피아니스트 Keith Jarrett의 곡.(1999)

가 이상했다. 마치 처음부터 사체도, 혈흔도 존재하지 않았던 것 같은 분위기였다. 소녀는 그 자리에 멈춰 섰다. 장소를 착각했나? 내 머리가 이상해졌나?

며칠 뒤, 소녀는 잿빛 털의 고양이를 발견했다. 역시 내 착각이었구나, 하고 가슴을 쓸어내렸다. 평소처럼 손짓을 하자 고양이는 천천히 걸어왔다. 머리를 쓰다듬으려고 손을 뻗었을 때, 소녀는 손바닥 가장자리에 타는 듯한 아픔을 느꼈다. 황급히 뒤로 뺀 손에는 새끼손가락 정도 길이의 할퀸 상처가 나 있었다.

배신당한 기분이었다.

일주일 정도 지나자, 상처는 낫기는 고사하고 벌겋게 부어오르기 시작했다. 구역질을 동반한 고열이 나서 학교를 쉬게 되었다. 아마도 그 고양이에게 *병균이 옮은 거겠지, 라고 소녀는 생각했다. 무슨 이름인지는 잊어버렸지만, 고양이 열 마리 중 한 마리 꼴로 가지고 있다는 그 병원균. 고양이가 할퀼 때 그 균이 상처를 통해 침입한 것이겠지.

열은 좀처럼 내려가지 않았다. 온몸이 나른하고, 관절이나 림프절 이곳저곳이 아팠다.

잿빛 털 고양이가 치어서 죽었다는 것이 내 착각이 아니었으면 좋을 텐데. 그렇게 생각하게 될 때까지 시간은 걸리

---

*바르토넬라 헨셀라(Bartonella henselae). 감염된 고양이가 물거나 할퀴었을 때 걸리는 바르토넬라병의 원인균. 림프절이 붓고 아프며 열이 난다. 주로 어린아이에게 발생한다.

지 않았다. 그 고양이가 살아있지 않았더라면 나는 이런 괴로움을 맛보지 않아도 되었을 테니까.

다음 날 눈을 떴을 때, 그녀의 열은 완전히 내려가 있었다. 통증도, 구역질도 없고 건강함 그 자체였다.

"열이 내린 모양이에요."

어머니에게 그렇게 보고하자, 어머니는 고개를 갸웃거렸다.

"너, 열이 났었니?"

며칠간 그것 때문에 자리에 누워있었는데 이 사람은 무슨 소릴 하는 거람? 하고 소녀는 생각했다. 어제도 그랬고 그저께도……. 그렇게 생각을 거슬러 올라가려고 했을 때, 그녀는 자신의 머릿속에 고열로 누워있던 나날과는 다른 기억이 병존하는 것을 깨달았다.

그 기억 속에서 그녀는 어제도, 그저께도, 그러기는커녕 한 달간 하루도 쉬지 않고 학교에 나가고 있었다. 수업 내용도 점심시간에 읽었던 책도, 급식 메뉴도 기억해낼 수 있었다.

직후, 그녀는 깊은 혼란에 빠졌다. 어제, 나는 하루 종일 집에 누워있었다. 어제, 나는 학교에 가서 산수와 국어와 미술과 체육과 사회 수업을 받았다. 상호 모순되는 기억이 존재했다.

문득 손바닥을 보니 할퀸 상처가 사라져 있었다. 아물었다는 느낌이 아니었다. 상처는 본래 있었던 장소에서 소멸해 있었다. 그게 아니다, 라고 그녀는 생각했다. 애초에 상처 따윈 없었던 것이다. 그때 죽은 고양이는 내가 잘 아는 고양이였던 것이다. 죽은 고양이가 사람을 할퀼 수 있을 리없다.

그리고 죽었을 고양이를 일시적으로 연명시키고 있던 것이 자기 자신임을, 그녀는 이유도 없이 확신하고 있었다. 내가 그렇게 바랐으니까. 내가 그 잿빛 털의 고양이가 죽기를 바라지 않는다고 강하게 소망했으니까. 일시적으로 '고양이가 차에 치였다' 라는 사실은 '없었던 일'이 되었던 것이다. 하지만 그 고양이가 할퀸 것이 원인이 되어 병에 걸린 나는, '그런 고양이는 죽어버리면 좋았을걸.' 이라고 생각했다. 그래서 첫 소원은 효력을 잃고, 사고는 다시 '일어난일'이 되어 나는 고양이에게 할퀴어지지 않은 상태가 된 것이다.

소녀의 그 해석은 한없이 정확했다. 후일, 가설을 확인하기 위해 소녀는 그날 고양이의 사체가 있던 장소로 향했다. 예상대로 지워져 있던 혈흔이 다시 생겨있었다. 역시 사고는 일어나 있었다. 그것이 일시적으로 '없었던 일'이 되어 있던 것에 지나지 않았던 것이다.

이후, 싫은 일이 일어날 때마다 소녀는 차례차례 그것들을 '없었던 일'로 했다. 그녀의 인생은 '없었던 일'로 하고 싶은 이런저런 것들로 가득했다. 그렇기에 자신에게 그런 능력이 주어진 것이라고 그녀는 생각했다.

이상의 이야기는, 소녀가 조금 더 나중이 되어서 말해준 내용이다.

교차로에서 신호를 기다리고 있는데, 조수석 쪽 창밖으로 얼굴을 향한 채 소녀가 말했다.

"이상한 냄새가 나는데요."

"냄새?"

"조금 전에는 빗속이라서 깨닫지 못했는데…… 당신, 혹시 술을 마셨나요?"

"아, 맞아."

나는 내던지듯 말했다.

"음주운전인가요." 기가 막힌다는 눈치로 소녀가 말했다. "나는 술 마셔도 사고 안 나, 라고 생각하고 있었겠군요."

대답할 말이 없었다. 음주운전의 리스크 자체는 이해하고 있다고 생각했지만, 내가 막연히 생각하고 있던 '리스크'란 음주운전 단속에 걸리거나 자손사고를 일으키거나 하는 정도였다. 사망 사고라는 것은 은행 강도나 버스 납치 정도로 나하고는 인연이 없다고 단정하고 있었던 것이다.

"거기서 왼쪽으로 꺾으세요."라고 소녀는 말했다.

불빛이 없는 산길로 들어섰다. 문득 속도계를 보니 30킬로미터도 나오고 있지 않았다. 마음을 단단히 먹고 액셀러레이터를 밟으려고 한 순간, 다리가 굳는 것을 느꼈다. 이상하게 여기면서도 속도를 올렸더니, 손바닥에서 비정상적인 양의 땀이 배어나오기 시작했다.

맞은편에서 오는 차의 헤드라이트가 눈에 들어왔다. 나는 액셀에서 발을 떼며 속도를 떨어뜨렸다. 맞은편 차가 완전히 지나간 뒤에도 나는 속도를 계속 떨어뜨렸고, 끝내 자동차는 서버리고 말았다. 사고 직후처럼 심장이 세차게 고동치고 있었다. 식은땀이 겨드랑이 아래로 흘러 떨어졌다. 다시 차를 발진시키려고 했지만 다리가 움직이지 않았다. 소녀를 들이받기 직전에 경험한 '그 느낌'이 머릿속에 달라붙어 떨어지지 않았다.

"혹시."라고 소녀가 입을 열었다. "저를 친 것 때문에 운전이 무서워졌나요?"

"난처하게 됐네. 그런 모양이야."

"꼴좋네요."

몇 번이나 도전했지만 몇 미터만 나아가도 쿵쾅거리는 고동이 멈추지 않았다. 나는 차를 길가에 세웠다. 와이퍼를 멈추자, 앗 하는 사이에 앞 유리 위로 수막이 펼쳐졌다.

"미안한데, 제대로 운전할 수 있을 때까지 잠시 여기서 쉬고 갈게."

소녀에게 그렇게만 고하고, 나는 안전띠를 풀고서 시트를 뒤로 젖히고 눈을 감았다.

몇 분 후, 옆에서 시트를 젖히고 부스럭부스럭 하며 자세를 바꾸는 소리가 들렸다. 나에게 등을 돌리고 누우려 하는 것이겠지.

암흑 속에 가만히 누워있으려니 살랑살랑 후회의 파도가 밀려들었다. 돌이킬 수 없는 짓을 하고 말았다고, 다시 한 번 생각했다.

모든 것을 후회했다. 그때 속도를 낸 게 잘못이었다. 음주운전 같은 짓을 한 게 잘못이었다. 애초에 그런 타이밍에 술을 마신 게 잘못이었다. 아니, 키리코를 만나러 가려고 했던 것 자체가 잘못이었다.

나 같은 인간은 혼자 방 안에 틀어박혀 우울하게 지내야 했다. 그러면 최소한 남에게 피해는 주지 않을 수 있었다.

나는 그녀의 인생을 망치고 말았다.

기분을 달래기 위해 나는 소녀에게 물었다.

"저기 말이야, 왜 너 같은 고교생이 심야에 그런 인적 없는 장소를 혼자 걷고 있었던 거야?"

"그건 내 마음이잖아요?"라고 소녀는 차갑게 내뱉었다. "당신, 혹시 사고가 난 건 저에게도 잘못이 있다고 말하고 싶은 건가요?"

"아니, 그런 생각으로 물어본 건 아니야. 다만……."

"자신의 부주의와 자만심으로 사람의 생명을 빼앗아놓고 그건 아니죠, 이 살인자."

나는 깊은 한숨을 내쉬고, 그런 뒤에 바깥에서 들리는 빗소리에 귀를 기울였다. 시트에 드러누워 보고 안 것인데, 내 몸은 몹시 지쳐 있었다. 술기운도 아직 남아있어서인지 서서히 의식이 깜빡깜빡 끊어져 갔다.

다음에 눈을 떴을 때, 모든 것이 원래대로 돌아가 있기를 빌었다.

몽롱한 졸음 속에서, 나는 소녀가 훌쩍이며 우는 소리를 들었다.

나는 심야의 게임 센터에 있었다. 물론 그것은 꿈이다. 천장은 기름에 누렇게 변색되고, 바닥은 그을린 흔적투성이. 형광등은 여기저기서 깜빡깜빡하고 있고, 나란히 늘어서 있는 세 대의 자동판매기 중 두 대에는 '고장'이라는 조잡한 글씨가 적힌 종이가 붙어 있다. 죽 늘어선 구형 오락기는 전부 전원이 꺼져있었고 주위는 정적에 감싸여 있었다.

"여자아이를 치어버렸어."라고 나는 말했다. "사람을 죽이기에 충분하고도 남을 정도의 속도를 냈어. 빗속이라 브레이크도 제대로 듣지 않았어. 나는 사람을 죽여 버린 것 같아."

"허어, 그렇구나. 그래서 지금 기분이 어때?"

쿠션이 찢어진 스툴에 앉아서, 오락기에 팔꿈치를 짚고 담배를 피우고 있던 신도는, 흥미진진하다는 눈치로 나에게 질문했다. 나는 그 무신경함이 반가워서 저도 모르게 입가가 풀어졌다. 신도는 그런 녀석이었다. 그에게 타인의 굿 뉴스는 배드 뉴스고, 배드 뉴스는 굿 뉴스다.

"정말 최악의 기분이지. 이제부터 어떤 벌을 받게 될지, 상상하는 것만으로도 죽고 싶어져."

"고민할 것 없어. 애초에 너에게는 잃을 '생활'이란 게 없잖아? 애초부터 죽어 있는 것이나 다름없는 하루하루를 보내고 있잖아. 아무런 삶의 보람도 없고, 아무런 목표도 없고, 아무런 낙도 없는 인생을."

"그렇기에 드디어 끝나는 거라고. ……이렇게 될 바에야, 나도 너의 뒤를 따라갈 걸 그랬어. 지인이 자살한 직후였다면 나도 저항 없이 자살할 수 있었을 테니까."

"관둬라, 기분 나빠. 그러면 마치 동반 자살 같잖아."

"그것도 그러네."

쥐죽은 듯 고요해진 게임 센터에 우리의 웃음소리가 울려 퍼졌다.

우리는 흠집투성이 오락기에 동전을 넣고, 시대에 뒤떨어진 게임으로 대전했다. 2승 3패. 실력 차를 생각하면 선전한 편이었다. 이 신도라는 남자는 무엇을 해도 평균 이상의 결과를 남긴다. 사물의 본질을 파악하는 속도가 무시무시하게 빠르다.

그러나 한편으로 그는 마지막까지 어느 분야에서도 일류
는 되지 못했다. 아마도 그는 무서웠던 것이라 생각한다. 뭔
가에 매진한 뒤에, 문득 '나는 뭘 하고 있던 걸까?' 라고 흥
이 식어버리는 그 순간을, 죽을 만큼 두려워했던 것이다. 그
렇기에 뭔가 한 가지에 자신의 전부를 바칠 수 없었다. 내가
그랬던 것처럼.

그랬기에 신도는 처음부터 시시함을 빤히 아는 것들을 좋
아했던 것이다. 시대에 뒤떨어진 게임, 쓸 길 없는 악기, 덩
치만 큰 진공관 라디오. 그는 그런 불모함을 사랑하고 있었
다.

신도는 의자에서 일어나, 유일하게 작동하는 자동판매기
에서 캔 커피 두 개를 사가지고 돌아왔다. 그는 한 개를 나
에게 건네고서 말했다.

"야, 미즈호. 너한테 한 가지 묻고 싶은 게 있는데."

"뭔데?"

"그 사고는 정말로, 도저히 피할 수 없었던 거야?"

신도의 질문 의도를 알 수 없었다. "무슨 소리야?"

"내가 하고 싶은 말은 요컨대…… 너는 그 비극적 상황을
무의식중에 스스로 불러들인 게 아니냐는 얘기야."

"야, 야. 그건 말하자면 내가 일부러 사고를 냈다는 소리
냐?"

신도는 대답하지 않는다. 속뜻이 있는 듯한 미소를 짓고는, 거의 필터만 남은 담배를 깡통 안에 던져 넣고 다음 담배에 불을 붙인다. 차분히 생각해봐, 라고 말하고 싶은 것이다.

나는 그가 한 말의 의미에 대해 생각에 잠긴다. 하지만 아무리 머리를 굴리고 짜내 봐도 결론다운 결론은 나오지 않았다. 단순히 나에게 자기 파괴 충동이 있다는 얘길 하려는 목적이었다면 그는 이런 식으로 질문하지는 않는다.

신도는 나에게 뭔가를 깨닫게 하려하고 있다.

꿈답게 맥락 없이, 정신이 들고 보니 그곳은 게임 센터가 아니게 되어 있었다. 나는 유원지 입구에 서 있었다. 매점이나 매표소, 회전목마, 회전그네 같은 놀이기구 너머에는 대관람차와 바이킹, 롤러코스터 같은 것들이 보였다. 이쪽저쪽에서 놀이기구의 구동음과 함께 여자의 새된 목소리가 터져 나오고 있다. 공원 안의 스피커에서는 한없이 밝은 빅밴드의 음악이 흐르고, 어트랙션 주변에서는 오래된 포토플레이어의 음색이 들렸다.

나는 혼자 그곳에 와 있던 것은 아닌 듯했다. 옆에 있는 누군가가 왼손을 꾹 쥐고 있었다. 비몽사몽간에 나는 그것을 이상하게 생각했다. 누군가와 단둘이 유원지에 온 적은 한 번도 없었을 텐데.

눈꺼풀 안쪽에서 눈부심을 느꼈다. 눈을 떠보니, 비는 그치고 밤의 감색과 아침의 오렌지색이 지평선 가까이에 뒤섞여 있었다.

"좋은 아침이에요, 살인자 씨." 먼저 깨어나 있던 듯이 소녀가 말했다. "운전, 할 수 있을 것 같나요?"

아침 햇살에 비친 그녀의 눈에는 울어서 부은 흔적이 있었다.

"아마도."라고 나는 대답했다.

운전에 대한 공포는 역시 일시적인 것이었던 듯하다. 핸들을 쥔 손에도, 액셀을 밟는 발에도 문제는 없어 보였다. 그래도 신중하게, 아침 햇살에 반짝이는 젖은 도로를 시속 40킬로미터 정도로 달렸다.

소녀에게 전해두고 싶은 게 있었다. 하지만 어떻게 이야기를 꺼내야 좋을지 알 수 없었다. 갓 잠에서 깬 둔한 머리로 이것저것 생각하는 동안, 목적하던 마을에 도착해버렸다.

"저쪽의 버스 정류장이면 돼요."라고 소녀가 말했다. "내려주세요."

정차구역에 차를 세운 나는, 조수석의 문을 열고 나가려는 소녀를 멈춰 세웠다.

"저기 말이야, 내가 할 수 있는 건 없어? 네가 하는 말이라면 뭐든지 들을게. 나에게 속죄를 하게 해줘."

대답은 없었다. 소녀는 말없이 보도로 내려가서 걷기 시작했다. 나도 차에서 나와 달려가서 소녀의 어깨를 쥐었다.

"정말로 잘못했어. 보상하고 싶어."

"저의 시야에서 사라져주세요."라고 소녀는 말했다. "한시라도 빨리."

나는 물고 늘어졌다. "용서받으려는 건 아니야. 네 마음을 아주 조금이라도 편하게 해주고 싶을 뿐이야."

"어째서 제가 당신의 자기만족을 위한 점수벌이에 동참해야 하나요? '네 마음을 편하게 해주고 싶다?'. 당신이 편해지고 싶은 것뿐이잖아요?"

아까의 말은 표현이 안 좋았다고 후회했다. 자신을 죽인 사람에게 그런 소릴 들으면 누구라도 뻔뻔스럽다고 느낄 것이다.

"알았어. 너는 혼자가 되고 싶은 것 같으니 일단 모습을 감출게."

수첩을 꺼내서 휴대전화 번호를 적고, 그 페이지를 찢어서 소녀에게 건넸다.

"나에게 시키고 싶은 일이 있으면 그 번호로 전화해. 언제라도 달려갈 테니까."

"거절하겠어요."

소녀는 메모를 내 눈앞에서 갈기갈기 찢었다. 조각난 종잇조각은 바람에 휘날려가고, 어제의 비바람으로 가로수에서 떨어진 노란 은행잎들 속에 섞여갔다.

나는 다시 수첩에 전화번호를 적어서 그녀의 가방 주머니에 밀어 넣었다. 그것도 또 찢겨지고 바람에 흩날려갔다. 그래도 나는 포기하지 않고 전화번호를 적은 종이를 그녀가 받아들게 만들려고 했다.

여덟 번을 반복하자 끝내 소녀가 물러섰다.

"알았어요. 알았으니까 얼른 사라져주세요. 당신하고 있으면 우울해져요."

"고마워. 한밤중이든 꼭두새벽이든, 아무리 사소한 일이라도 괜찮으니 불러줘."

소녀는 교복 스커트를 펄럭이며 빠른 걸음으로 도망치듯이 떠나갔다. 나도 우선 자취방으로 돌아가기로 했다. 차로 돌아가서, 적당한 음식점에 들러 아침을 때우고 안전 운전으로 집에 돌아갔다.

생각해보니 해가 높이 떠 있는 시간대에 바깥에서 지내는 것은 오래간만이었다. 도로 옆에는 흐드러지게 핀 주홍색 코스모스가 바람에 흔들리고 있었다. 몇 마리나 되는 고추잠자리가 이리저리 오가는 푸른 하늘은, 내 기억에 있는 그것보다도 훨씬 푸르렀다.

제3장
점수벌이

이럴 때에 사람은 자고 싶어도 잘 수 없는 법이라고 생각하고 있었다. 그렇지만 뜨거운 물로 샤워를 하고서 옷을 갈아입고 침대에 누웠더니 곧바로 눈꺼풀이 무거워져서 나는 여섯 시간 정도를 죽은 듯이 잤다.

눈을 뜨자 기분은 의외로 나쁘지 않았다. 그러기는커녕 최근 몇 달간 잠에서 깨어날 때마다 느꼈던 갑갑함이 사라졌다. 몸을 일으키고 휴대전화를 확인했지만, 착신 기록은 없다. 소녀는 아직 나를 필요로 하고 있지 않은 듯했다. 다시 드러누워서 천장을 올려다보았다.

사람을 치어버린 다음 날임에도 불구하고 어째서 이렇게나 기분이 좋을까? 어젯밤의 무거운 후회와는 완전히 딴판으로, 지금 내 마음은 아주 상쾌하기까지 했다. 빗물받이에서 물방울이 똑똑 떨어지는 소리를 들으며 멍하니 생각에 잠겨 있던 중에, 나는 한 가지 결론에 다다랐다.

아마도 나는 계속 떨어진다는 공포에서 해방된 것이다. 태만하게 지내는 나날들 속에서, 나는 자신이 서서히 썩어간다는 감각에 시달리고 있었다. 어디까지 떨어져버리는 걸까, 어디까지 나빠지는 걸까 하는 불안으로 가득 차 있었다. 그런데 어제의 사고로 나는 단숨에 최하층에 도달해버렸다.

막상 떨어질 곳까지 떨어지고 보니, 그곳은 어떤 의미에서는 아주 마음 편한 암흑이었다. 어쨌든 여기서는 이 이상 떨어질 걱정이 없는 것이다. 제한 없는 낙하의 공포에 비하면, 땅에 처박힌 아픔 쪽이 구체적인 만큼 견디기 쉽다.

나에게는 이 이상 잃을 것이 없다. 배신당할 정도의 기대가 없으니 실망도 없다.

그런 이유로 나는 마음이 편했다. 완전히 익숙해진 체념만큼 의지가 되는 것은 없다.

베란다로 나가서 담배를 피웠다. 5미터 앞의 전신주에는 까마귀 몇 마리가 앉아있고, 몇 마리가 주변을 날아다니며 목이 막힌 듯한 소리로 울고 있었다.

담배 끄트머리가 1센티미터 정도 재가 되었을 때, 옆 베란다에서 여자 목소리가 들렸다.

"안녕, 히키코모리 군."

왼쪽으로 눈길을 돌리자, 안경을 낀 보브 커트의 여성이 잠옷 차림으로 살며시 손을 흔들고 있었다.

옆집에 사는 미대생 여자다. 이름은 기억하지 못한다. 그것은 그녀와 친하지 않기 때문이 아니다. 내성적인 인간에게는 흔한 이야기인데, 나는 사람의 이름을 외우는 것이 서툴다.

"안녕하세요, 히키코모리 씨."라고 나도 대답했다. "오늘은 빠르시네요."

"그거, 좀 줘."라고 미대생은 말했다. "지금 피우고 있는 거."

"이거 말인가요?" 나는 손에 들고 있는 담배를 가리켰다.

"응. 그거."

나는 베란다 가장자리로 손을 뻗어서 피우던 담배를 건넸다. 저쪽 베란다는 여전히 수많은 관엽식물들로 작은 숲을 이루고 있었다. 좌우의 가장자리에 놓인 작은 접사다리는 플라워스탠드의 역할을 하고 있었고, 그 중심에는 붉은 가든체어가 놓여있다. 초목은 어느 것이나 적절한 관리가 되고 있는 모양이라, 소유주와는 달리 생기 있게 자라고 있었다.

"너, 어제는 하루 종일 나가 있었던 것 같더라?" 연기를 폐에 담은 채로 그녀는 말했다. "히키코모리 주제에."

"기특하죠?"라고 나는 말했다. "맞다…… 마침 당신에게 말을 걸까 생각하고 있었어요. 당신, 확실히 신문을 구독하고 있었죠?"

"응. 1면밖에 읽지 않지만. 그게 왜?"

"오늘 조간을 읽고 싶어요."

"그렇구나. 그러면 이쪽으로 와."라고 미대생은 말했다. "나도 마침 슬슬 너에게 말을 걸려던 참이야. 밤 산책 건으로."

현관을 나와서 그녀의 집에 들어간다. 안에 들어간 것은 이번으로 두 번째였다. 지난번은 그녀의 횟술을 상대해 달라는 부탁으로 찾아갔는데, 그렇게나 엉망진창인 공간에서 사는 사람을 보는 것은 태어나서 처음이었다.

더럽다, 고는 말하지 않겠다. 나름대로 정돈은 되어 있다. 방의 사이즈와 가진 물건의 양이 맞지 않는 것뿐이다. 버리지 못하는 성격인 거겠지. 최소한의 가구 이외에 아무 것도 들여놓지 않은 나하고는 대조적이다.

역시나 미대생의 방은 여전히 정리되어 있지 않았다. 그러기는커녕, 이전보다 물건이 늘어 있었다. 거실은 아틀리에를 겸하고 있기 때문에, 벽 쪽의 거대한 선반에는 화집이나 사진집 같은 자료, 그리고 막대한 양의 레코드가 비좁게 늘어서 있다. 선반 위에서 천장까지는 골판지 상자가 쌓여 있어서, 큰 지진이 왔을 때의 대참사가 예상되었다.

다른 한 쪽 벽면에는 프랑스 영화 포스터와 3년 전의 달력이 붙어있고, 구석에 걸려있는 코르크 보드에는 아티스틱한 사진이 난잡하게 압정으로 고정되어 있었다. 두 개 있는 테이블 중 한쪽에는 거대한 컴퓨터가 놓여있고, 그 앞에는 깎던 연필이나 붓 같은 화구가 흩어져 있다. 다른 한쪽 테이블은 예쁘게 생겼는데, 목제 캐비닛 레코드플레이어 한 대가 놓여있을 뿐이었다.

베란다의 의자에 앉아 석양 속에서 조간신문을 구석구석까지 읽었지만, 역시 내가 일으킨 사고에 관한 기사는 없었다. 미대생도 내 옆에서 지면을 엿보며 "오래간만에 읽는데, 역시 별 재미는 없네."라는 감상을 흘렸다.

"감사합니다." 나는 미대생에게 신문을 돌려주었다.

"천만에. 찾던 기사는 있었어?"

"아뇨, 없었어요."

"그런가. 그건 아쉽네."

"아뇨, 반대예요. 없어서 안심했어요. 저기, 텔레비전도 보여주실 수 있나요?"

"네 방에는 텔레비전도 없니?" 미대생은 어이없다는 듯 말했다. "뭐, 나도 거의 안 보니까 솔직히 필요 없다고 생각하고 있지만."

그녀는 침대 아래를 뒤져서 꺼낸 리모컨으로 텔레비전의 전원을 켜주었다.

"지역뉴스는 언제쯤 시작하려나요?"

"슬슬 시작할 거야. 하지만 히키코모리 주제에 뉴스를 보고 싶어 하다니, 이상하네. 사회에 관심이 생기기 시작했어?"

"아뇨, 사람을 죽였거든요." 나는 그렇게 말했다. "그게 뉴스가 되었는지 신경이 쓰여서 참을 수가 없더라고요."

그녀는 나를 똑바로 보며 눈을 껌뻑였다. "무슨 소리야?"

"어젯밤에 차를 타고 가다 여자애를 치어버렸어요. 사람을 죽이기에는 충분한 속도를 내고 있었어요."

"그게, 저기…… 농담하는 건 아니지?"

"네." 나는 고개를 끄덕였다. 상대가 자신과 같은 종류의 인간이기 때문인지, 그녀에게라면 무슨 말이라도 해도 괜찮다는 안심감이 있었다. "게다가 그 애를 치었을 때, 저는 위스키에 잔뜩 취해 있었어요. 핑계를 댈 여지가 전혀 없어요."

그녀는 손에 들고 있던 신문을 흘끗 보았다. "그게 사실이라면 뉴스가 되지 않은 것은 확실히 이상하네. 아직 시체가 발견되지 않은 건가?"

"사정이 좀 있거든요. 아마도 앞으로 9일 정도, 저에게는 유예 기간이 있어요. 그동안에 저의 범죄는 절대 밝혀지지 않아요. 신문을 보고 확신했어요."

"으음, 잘은 모르겠지만." 그녀는 팔짱을 끼고서 말했다. "나하고 수다를 떨고 있을 짬이 있다는 건가? 증거를 없애거나 어딘가로 도망치거나, 지금 해둬야 할 일이 있는 거 아니야?"

"그 말대로예요. 저에게는 해야 할 일이 있어요. 하지만 그건 저 혼자서 어떻게 할 수 있는 문제는 아니에요. 연락을 기다릴 필요가 있어요."

"……그런가. 여러 가지 의문은 남지만, 요컨대 너는 중범죄자라는 거지?"

"맞아요. 뭐가 어찌 되더라도."

곧바로 미대생의 표정이 밝아졌다. 내 어깨를 두 손으로 잡더니, 유쾌해서 견딜 수 없다는 얼굴로 몇 번이나 흔들었다.

"저기 말야, 지금 나는 맹렬하게 기뻐."라고 그녀는 말했다. "아주 기운이 나기 시작했어."

"*샤덴프로이데인가요." 나는 쓴웃음을 지었다.

"응. 네가 구제가 불가능한 쓰레기라는 걸 알아서 나는 기뻐."

남의 속도 모르고……라기보다는 남의 속을 알고서 크게 웃는 미대생에게, 나는 조금이나마 마음의 위안을 얻었다. 괜한 동정을 받거나 걱정을 받는 것보다는 이런 반응 쪽이 훨씬 마음 편하다. 어쨌든 그녀는 지금의 나에 대해 유쾌한 감정을 품어주고 있으니까.

"히키코모리에서 살인자로 승격이네."

"격이 내려간 거 아닌가요?"

"내 안에서는 승격이야. ……저기, 오늘도 밤길을 걷자. 잠깐 동안의 유예를 허비하자고. 괜찮지? 나는 너와 있으면 마음이 치유되거든."

---

*schadenfreude. 타인의 불행을 보고 즐거워함을 뜻하는 독일어.

"네, 영광이에요."

"좋았어! 저기, 건배 안 할래?" 그녀는 선반 앞에 있는 술병을 가리켰다. "너도 잊고 싶은 일이나 생각하고 싶지 않은 게 이것저것 있을 거 아냐?"

"술은 사양할게요. 연락이 오면 지금 당장에라도 차를 몰아야 하거든요."

"그런가. 그러면 미안하지만 살인자 군은 맹물로 참아줘. 여기에는 물하고 술밖에 없으니까."

그녀가 글라스에 얼음을 넣고 위스키를 따르는 모습을 보고, 나는 왠지 모르게 그리움을 느꼈다. 한순간 나 자신이 그림책이나 회화 속에 있는 듯한 착각에 사로잡혔다.

"죄송해요. 역시 저도 한 잔만 얻어먹을 수 있을까요?"

"처음부터 그럴 생각이었어." 그녀는 재빨리 또 한 개의 글라스에 위스키를 따랐다. "그러면, 건배!"

글라스 가장자리가 맞닿으며 시원한 소리를 냈다.

"난 살인자하고 술을 마시는 건 처음이야." 그녀는 레몬즙을 글라스 안에 흘려 넣으면서 말했다.

"귀중한 기회라고요. 소중히 해주세요."

"그럴게."

그녀는 그렇게 말하고 즐거운 듯 눈을 가느다랗게 떴다.

옆집에 사는 히키코모리 기미의 미대생과 친해진 것은, 나 자신도 그녀처럼 방 안에 틀어박히게 된 뒤의 일이다.

그날, 나는 침대에 누운 채로 음악을 듣고 있었다. 주변에 피해가 되는 것도 신경 쓰지 않고 아주 큰 소리로 음악을 틀고 있으려니 문을 세게 두드리는 소리가 났다. 종교 권유인가? 신문 권유인가? 일단 무시하기로 했지만 노크 소리는 아무리 시간이 지나도 멈추지 않았다. 짜증이 난 내가 선동하듯이 스피커 볼륨을 올리자, 갑자기 문이 벌컥 열렸다. 문을 잠그는 것을 깜빡한 모양이었다.

무단으로 집 안에 들어온 안경 낀 여자는 어디에선가 본 적 있는 얼굴을 하고 있었다. 아마도 옆집 사람일 것이다. 소음에 불평을 하러 온 것이겠지. 어떤 매도를 뒤집어쓰게 될까, 하고 대비하고 있는데, 그녀는 내 머리맡의 CD 플레이어를 멈추고 안에 든 CD를 꺼내더니 다른 CD를 넣고는 아무 말도 하지 않고 자기 방으로 돌아갔다.

불만스러웠던 것은 음량이 아니라 음악성 쪽이었던 모양이었다. 내용물도 확인하지 않고 재생 버튼을 눌러보니 오렌지주스처럼 상쾌하고 달콤한 기타 팝이 흘러나와서 나는 조금 실망했다. 얼마나 고상한 음악을 권해주는가 싶었는데, 의외로 악취미잖아.

미대생과의 만남은 그런 느낌이었다. 다만 그녀가 미대생임을 알게 된 건 그 뒤로 한동안 시간이 지난 뒤의 일이지만.

나도 그녀도, 외출을 싫어하면서도 베란다에는 빈번하게 나가는 습관이 있었다. 그녀는 관엽식물에 물을 주기 위해서, 나는 담배를 피우기 위해서라는 차이가 있었지만 얼굴을 마주할 때마다 점차 우리의 거리는 좁혀져 갔다.

베란다 사이에는 시야를 가리는 것이 없었으므로 미대생을 발견했을 때에는 너무 친근하게 굴지 않는 정도로 고개를 숙였다. 저쪽도 내가 인사를 하면 경계하는 듯한 눈매를 하면서도 일단 인사를 해주었다.

여름도 끝자락에 접어들 무렵의 일이다. 그날도 미대생은 베란다에 나가서 관엽식물에 물을 주고 있었다. 나는 왼편의 난간에 기대서 그녀에게 말을 걸었다.

"그만한 양의 식물들을 용케 혼자서 키우시네요."

"딱히." 그녀는 간신히 들을 수 있을 정도의 목소리로 대답했다. "어려운 일은 아니야."

"한 가지, 물어봐도 되나요?"

식물을 주시하는 채로 그녀는 대답했다. "좋아. 대답할지 말지 모르지만."

"캐물을 생각은 없는데요, 당신, 적어도 최근 이 일주일간 한 번도 방에서 안 나갔죠?"

"……그게 어쨌는데?"

"글쎄요. 그렇다면 기쁘겠다고 생각한 것뿐이에요."

"왜?"

"저도 그렇거든요."

나는 발밑에 떨어져있던 꽁초를 주워들어서 불을 붙이고 한 모금 빨았다.

미대생은 눈을 크게 뜨고 천천히 고개를 내 쪽으로 향했다.

"그런가. 그렇구나. 내가 방에서 나가지 않았다는 걸 알 수 있는 건, 너도 방에서 나가지 않았기 때문인가."

"네. 바깥이 무서워요. 여름이기 때문일까요."

"무슨 소리야?"

"밝은 햇살 아래를 걷고 있으면 2, 3일은 회복할 수 없을 정도로 비참한 기분이 돼요. 아니, 어쩐지 켕긴다고 할지, 한심하다고 할지……."

"흐음." 미대생은 그렇게 중얼거리고는 안경의 브리지를 가운뎃손가락으로 밀어 올렸다. "요즘 들어 친구의 모습이 보이지 않는 것 같은데, 무슨 일이야? 그 마약 중독자 같은 사람, 얼마 전까지만 해도 거의 매일 오더니."

신도를 말하는 것이겠지. 확실히 신도는 날에 따라서는 눈의 초점이 맞지 않거나 시종 기분 나쁜 엷은 웃음을 짓고 있거나 해서 마약 중독자 같기는 했지만, 그녀가 진지한 얼굴로 말하니 묘하게 재미있었다.

나는 웃음을 참으면서 말했다. "신도 말이군요. 그 녀석은 죽었어요. 바로 두 달 전예요."

"죽었어?"

"자살이에요. 아마도. 오토바이를 타고 절벽 아래로 떨어져 죽었어요."

"……그랬구나. 괜한 걸 물었네."

미대생은 어색한 목소리로 사과했다.

"괜찮아요. 이건 밝은 이야기예요. 한 남자가 꿈을 이뤘다는 이야기니까요."

"……그렇구나. 뭐, 그런 사람도 있을지도 모르겠네." 그녀는 차분한 얼굴로 말했다. "그래서, 너는 친구가 죽어버린 슬픔 때문에 집 밖에 나갈 수 없는 거야?"

"그런 단순한 문제가 아니에요, 라고 말하고 싶은 참이지만." 나는 뺨을 긁었다. "의외로 그 말이 맞을지도 몰라요. 저 자신도 확실히는 모르겠어요."

"불쌍하기도 하지." 다섯 살 난 남동생을 걱정하는 일곱 살 난 누나처럼 그녀는 말했다. "요 한 달 새 단숨에 야윈 것도 그것 때문이야?"

"제가 그렇게나 야위었나요?"

"응. 인상이 확 달라졌다고 해도 과언이 아니야. 머리카락은 치렁치렁하게 길어졌고, 수염도 잔뜩 났고, 폭삭 말라서 눈이 움푹 들어갔어."

당연하다고 하면 당연한 이야기였다. 자취방에서 나가지 않게 된 뒤로, 나는 술안주 외에는 거의 먹지 않았다. 고형물을 입에 대지 않은 날도 가끔씩 있었을 정도다. 문득 자신의 다리를 봤더니, 걸을 기회가 줄어든 탓도 있어서인지 와병 중인 환자처럼 가느다랗게 변해 있었다. 오래간만에 사람과 이야기했는데, 내 목소리가 이렇게나 쉬어버렸다는 것은 몰랐다. 마치 내 목소리가 아닌 것 같다.

"피부도 허연 것이, 마치 한 달 내내 피를 빨지 않은 흡혈귀 같아."

"나중에 거울을 볼게요." 눈언저리를 만지면서 나는 그렇게 말했다.

"아무것도 비치지 않을지도 몰라."

"흡혈귀가 되었다면요."

"그런 얘기지."

농담을 받아줘서 고마워, 라고 말하는 얼굴로 그녀는 말했다.

"그런데 당신은 어떤가요? 왜 방에서 나가지 않는 거예요?"

미대생은 물뿌리개를 발밑에 내려놓고, 베란다 오른편에서 몸을 내밀어 나와 마주 보았다.

"그 얘기는 조금 더 보류해두자. 그런 것보다 나, 조금 괜찮은 생각이 떠올랐어." 그녀는 친근해 보이는 미소를 지었다.

"그거 다행이네요." 나는 그렇게 말했다.

그날 밤, 그녀의 착상을 실행하기 위해 우리는 자신들이

할 수 있는 최대한으로 차려입고서 연립주택을 나왔다. 나는 재킷에 물 빠진 청바지, 미대생은 네이비색 코쿤 원피스에 심플한 목걸이와 뮬을 신은 차림새로, 안경도 콘택트렌즈로 바꾸고 머리도 단정하게 정리했다. 밤길을 배회하기에는 명백히 부적절한 차림새다.

그때까지도 물건을 사기 위해서나 은행 용무 등으로 외출할 수밖에 없을 때는 있었다. 그러나 그렇게 밖에 끌려 나갈 때마다 외계에 대한 나의 공포는 악화되고 있었다. 싫지만 수동적으로 외출하기 때문에 외출이 더욱 싫어지는 것이다, 라는 것이 그녀의 생각이었다.

미대생은 "우선은 적극적으로 밖에 나가서, '바깥은 즐거운 곳이다'라고 자신에게 학습시킬 필요가 있다고 봐."라고 말했다. "'모든 부적응은 과거의 그릇된 학습의 성과이며, 그 학습을 소거 혹은 수정함으로써 적응을 얻을 수 있다'."

"어디에서 인용한 건가요, 그건?"

"*한스 아이젱크가 그런 말을 했던 기분이 들어. 멋진 생각 아니야?"

"확실히 마음의 상처가 어떻고 따스한 접촉이 어떻고 하는 소릴 듣는 것보다 그렇게 딱부러지는 생각 쪽이 잘 와 닿네요. 하지만 복장에 공을 들이는 이유는 뭔가요? 누구에게 보여주는 것도 아닌데."

---

*Hans Jurgen Eysenck. 독일 출생의 영국 심리학자.

미대생은 원피스 자락을 집고 살랑살랑 흔들면서 말했다. "마음이 긴장되잖아? 그냥 그뿐이지만 지금의 우리에게는 아주 중요한 요소라고 생각해."

우리는 파티에라도 가는 듯한 차림새로 정처 없이 밤거리를 산책했다. 요즘 들어 낮에는 여전히 늦더위가 심하긴 하지만, 밤이 되면 가을을 느끼게 하는 선선한 바람이 불기 시작하고 있었다. 가로등에 몰려드는 날벌레가 줄고, 대신 그 사체가 가로등 아래에 널려 있었다.

사체를 폴짝폴짝 피하며 미대생은 가로등 아래에 섰다. 머리 위에는 거대한 모기가 이리저리 날고 있었다.

그녀는 나에게 질문하듯이 고개를 살짝 기울였다.

"나, 예뻐?"

오래간만에 밤공기를 접해서 한껏 신이 난 것이겠지. 생일을 맞이한 어린애처럼 재잘거리고 있었다.

"예뻐요."라고 나는 대답했다.

실제로 그녀는 예뻤다. 이러한 광경을 보고 '아름답다'라고 말하는 사람의 마음을 이해할 수 있다. 그래서 예쁘다고 대답해두었다.

"다행이야."

미대생은 천진난만한 표정으로 말했다.

죽어가는 유지매미가 아스팔트 위에서 날개를 떨었다.

그날은 근처의 무인역을 종착점으로 했다. 주택가 속에

섞여서 가만히 서 있는 그 역은, 모든 장소에 거미줄이 쳐져 있었다.

홈의 가장자리에 앉아서 담배에 불을 붙이고, 철로 위를 비틀거리는 발걸음으로 걷는 미대생을 바라보고 있었다. 선로 옆 울타리 위에는 커다란 고양이가 있었는데, 우리를 감시하듯이 가만히 그곳에 머물러 있었다.

그렇게 밤 산책의 나날이 시작되었다. 이후, 매주 수요일 밤이 되면 우리는 한껏 멋을 부리고 외출하게 되었다. 우리는 해가 진 시간대라면 혼자서도 돌아다닐 수 있을 정도로 점차 회복되었다. 언뜻 별나 보이던 그녀의 아이디어는 의외로 효과적이었던 것 같다.

어느 사이엔가 졸고 있었던 모양이다. 휴대전화의 착신음에 눈을 떴다. 황급히 머릿속을 정리한다. 미대생과 술을 마시고, 평소처럼 밤 산책을 하고, 돌아와서 샤워한 것까지는 기억하고 있다. 아마도 그 직후에 잠들어버린 것이다.

시계는 오후 11시를 가리키고 있었다. 휴대전화를 집어 들고 화면을 본다. 공중전화에서 걸려온 전화였지만, 그것이 내가 치었던 소녀로부터 걸려온 전화임은 틀림없었다.

"마지막 메모는 찢지 않고 가지고 있었구나."

나는 전화기에 대고 말했다. 침묵이 10초 정도 이어졌지만 그것은 분명 그녀 나름의 긍정 표현일 것이다. 나에게 부탁하고 있다는 분위기를 풍기고 싶지 않은 것이다.

"이 번호로 전화를 걸어주었다는 것은, 나에게 뭔가 부탁하고 싶은 게 있는 거지?"

내가 그렇게 묻자 소녀가 간신히 입을 열었다.

『당신에게 점수벌이의 기회를 주도록 하겠어요. ……어제의 버스 정류장으로 와주세요.』

"오케이." 나는 곧바로 대답했다. "지금 당장 갈게. 그밖에는?"

『설명할 시간도 아까워요. 일단 와주세요.』

싱글 라이더 재킷과 지갑을 움켜쥐고, 문단속도 제대로 하지 않고 자취방을 나왔다. 가는 도중에 신호등이 열 개 정도 있었지만, 전부 내가 다가가면 파란 불로 바뀌어주었다. 예측보다 훨씬 빨리 목적지에 도착할 수 있었다.

오늘의 업무를 끝낸 버스 정류장에서, 교복 차림의 소녀는 혼자 연지색 머플러에 턱을 묻고 캔 밀크티를 마시며 밤하늘을 올려다보고 있었다. 그걸 따라 나도 하늘을 보니, 커다란 달이 구름 사이에서 얼굴을 내밀고 있었다. 또렷하게 보이는 그림자의 모양은 떡방아를 찧는 토끼라기보다, 젊은 시절에 햇볕을 너무 많이 쬔 노인의 검버섯 같았다.

"많이 기다렸지?"

나는 운전석을 나와서 반대편으로 돌아가 조수석 문을 열었다. 하지만 소녀는 그것을 무시하며 일부러 뒷좌석에 올라타고는, 학교 가방을 던져 넣고 나른하다는 듯 문을 닫았다.

"어디로 가면 돼?"라고 나는 물었다.

"당신이 사는 곳." 소녀는 블레이저를 벗고 넥타이를 느슨하게 풀면서 말했다. "한동안 그곳에 머무르려고 해요."

"그건 상관없어. 다만 이유를 물어봐도 될까?"

"별거 아니에요. 아버지를 때려서, 집에 있을 수 없게 되었어요."

"싸우기라도 했어?"

"아뇨, 제가 일방적으로 때렸어요. ……이걸 보세요."

그렇게 말하더니 그녀는 블라우스 소매를 걷었다.

가느다란 팔뚝에는 점점이 검은 멍 같은 것이 있었다. 만약 그것이 화상 자국이라고 한다면, 상태로 봐서 생긴 지 적어도 1년은 지났을 것이다. 여덟 군데의 검은 점은 질서 있게 늘어서 있어서, 그것들이 인위적으로 생긴 것임을 알 수 있었다.

그러고 보니 사고가 난 뒤, 설명을 위해 손바닥에 난 상처의 '미루기'를 해제했던 소녀는 '믿을 수 없다면 또 한 가지 예를 보여드리겠는데.'라고 말하며 소매를 걷었다. 그때 봤던 팔뚝에 이런 자국은 없었다. 아마도 그녀는 그 시점에서는 아직 이 상처를 '미루기'하고 있었던 거겠지. 그리고 나와 헤어지고 나서 재회할 때까지, 그 사이에 뭔가 사정이 있어서 '미루기'를 해제한 것이다.

"옛날에 아버지가 담뱃불로 지져서 생긴 상처예요." 그녀는 설명했다. "등에도 있어요. 볼래요?"

"아니, 됐어." 나는 손을 내저었다. "그래서…… 너는 그 앙갚음으로 아버지를 때리고 집을 뛰쳐나왔다는 거야?"

"네. 케이블타이로 팔다리를 묶고, 쇠망치로 50번 정도 때렸어요."

소녀는 태연하게 말했다.

"쇠망치?" 나는 되물었다.

"이거예요."

소녀는 가방에서 양구 망치를 꺼냈다. 초등학교의 공작시간에 못을 박을 때에 사용할 만한 작은 망치다. 오래되었는지 머리 부분은 녹이 슬었고 자루도 거무스름했다.

동요하는 나를 보고, 소녀는 득의양양하게 미소를 지었다.

얄궂게도 그것은 그녀가 처음 보인, 나이에 어울리는 천진한 웃는 얼굴이었다.

들러붙어있는 많은 것 중 하나가 떨어져나간 듯한.

"복수란 건 좋네요. 속이 후련해져요. 그러면 다음에는 누구에게 복수를 할까요? 어차피 저에게는 잃을 것이 없으니까요. ……아, 맞다. 당연히 당신도 거들어줘야겠어요, 살인자 씨."

그렇게 말하더니 소녀는 뒷좌석에 드러누워 새근새근 자

는 숨소리를 내기 시작했다. 피로가 한계에 이른 것이겠지. 아버지에게 복수한 뒤, 뒤도 돌아보지 않고 도망쳐 나온 것이 틀림없다.

나는 차의 속도를 늦추고, 소녀가 깨지 않도록 신중하게 운전했다.

일부러 화상 흔적의 '미루기'를 해제한 것은 보복을 정당화하기 위해서일 것이다. 나는 그렇게 생각했다. 소녀는 아버지에게 받은 폭력에서 더 이상 눈을 돌리지 않고, '없었던 일'로 해두었던 상처와 그 원인을 받아들임으로써 복수할 권리를 얻은 것이다.

'다음에는 누구에게 복수할까요?'. 그녀는 그렇게 말했다. 선택의 여지가 있다는 것은 복수해야할 상대가 적어도 앞으로 2명 이상 있는 것이겠지.

상당히 혹독한 인생을 살아왔구나, 라고 나는 생각했다.

자취방이 있는 연립주택에 도착하자, 일단 집에 가서 문을 활짝 연 뒤에 차로 돌아와서 소녀를 안고 집 안까지 옮겼다. 로퍼와 양말을 벗기고 침대에 눕힌 뒤 이불을 덮어주었더니, 소녀는 꾸물꾸물 움직이며 이불을 입가까지 끌어올렸다.

그 뒤에 두세 번 코를 훌쩍이는 소리가 났다.

울고 있는 듯했다.

울다가 웃다가, 바쁜 애라고 생각했다. 뭘 슬퍼하고 있는 것일까? 역시 목숨이 얼마 남지 않은 것을 한탄하고 있는 걸까? 아니면 아버지를 상처 입힌 것을 후회하고 있는 걸까? 학대받던 과거를 떠올리고 있는 걸까? 짚이는 구석은 얼마든지 있었다.

어쩌면 본인도 눈물의 이유를 알지 못하는지도 모른다. 아마도 지금 그녀 안에는 다양한 감정들이 소용돌이치고 있는 것이다. 즐거워야 할 텐데 쓸쓸하고, 슬퍼야 할 텐데 기쁜 것이겠지.

소파에 누워서 멍하니 천장을 바라보며 아침을 기다렸다. 다음에 그녀가 눈을 떴을 때, 나는 무슨 말을 해야 할까? 뭘 해야 할까? 그런 것을 곰곰이 생각하고 있었다.

이리하여 복수의 나날이 시작되었다.

제4장
겁쟁이 살인귀

소녀는 커피 냄새에 눈을 뜬 듯했다. 두툼하게 자른 허니 토스트와 반으로 가른 반숙계란, 기성품인 그린 샐러드가 테이블에 놓여있는 것을 보더니 잠이 덜 깬 얼굴로 자리에 앉아서 시간을 들여가며 천천히 그것들을 먹었다. 그동안 그녀는 한 번도 나와 시선을 마주치려고 하지 않았다.

"이제부터 어떡할 거야?"라고 나는 물었다.

그녀는 손바닥의 상처를 나에게 보였다.

"다음에는 이 상처의 복수를 하러 가려고 해요."

"그 말은, 손바닥의 상처는 아버지가 낸 것이 아닌가 보네."

"맞아요. 그 사람, 폭력을 휘두를 때도 상당히 신중을 기했으니까요. 옷으로 가릴 수 없는 부위에는 상처를 내지 않앉어요."

"복수해야 할 사람은 아버지를 제외하면 앞으로 몇 사람 정도 있어?"

"다섯 명으로 줄였어요. 어느 쪽이나 제 몸에 지워지지 않는 흉터를 만든 사람이에요."

그렇다면 '미루기'를 하고 있는 상처가 다섯 군데는 더 있다는 이야기일까. 아니, 상처가 한 사람당 한 개라고만은 할 수 없다. '최소한 다섯 군데'라고 생각해야 할 것이다.

거기서 나는 어떤 사실에 생각이 미쳤다.

"혹시 나도 그 복수 상대인 다섯 명 안에 들어가 있는 거야?"

"당연하잖아요." 소녀는 아무것도 아니라는 듯 말했다. "네 명에 대한 복수가 끝나면 당신도 상응하는 꼴을 당해줘야겠어요."

"······뭐, 어쩔 수 없는 얘기겠네."

말은 그렇게 했지만, 내 얼굴은 긴장되어 있었다.

"하지만 안심하세요. 당신이 어떤 꼴을 당하더라도 사고의 '미루기'——즉 저의 죽음의 '미루기'——가 해제되면 저에 의해 발생한 일들은 전부 '없었던 일'이 되어버리니까요."

"그 부분을 잘 모르겠는데 말이야." 나는 전부터 궁금했던 것을 물었다. "예를 들어 네가 아버지를 쇠망치로 두들겨 팼다는 사실은, 내가 일으킨 사고의 '미루기'가 해제되면 '없었던 일'이 되는 거야?"

"물론이에요. 원래 저는, 복수를 결행하기 전에 당신의 차에 치여 죽었으니까요."

그리고 소녀는 처음으로 '미루기'를 했을 때의 일, 잿빛 털 고양이의 이야기를 했다. 귀여워하던 고양이의 사체를 발견한 것. 그날 밤 다시 한 번 보러 갔더니 사체와 혈흔이 흔적도 없이 사라져 있었던 것. 그 고양이가 손을 할퀴어서 고열이 났던 것. 갑자기 병이 낫고 상호 모순되는 기억이 생겨난 것.

"즉 아버지의 일에 관해서 말하면, 네가 '고양이'고 쇠망치가 '발톱'에 해당된다는 건가."

"그렇게 해석해도 문제없다고 봐요."

요컨대 이제부터 이 소녀가 아무리 타인에게 위해를 가하더라도 '미루기'의 효력이 다하면 모든 것이 원래대로 돌아가 버린다는 이야기다.

"그런 복수에 의미가 있는 걸까?"라고 나는 소박한 의문을 말했다. "어차피 뭘 하더라도 원래대로 돌아가 버린다는 거잖아? 열흘 이내…… 아니, 아흐레 이내에."

"예를 들어 꿈속에서, '이건 꿈이다'라고 깨달았을 때." 소녀는 가만히 입을 열었다. "당신은 '여기서 뭘 하더라도 현실에는 영향이 없으니까'라면서 아무 행동도 안 하나요? 오히려 '어차피 현실에 영향이 없다면 내 마음대로 행동할 거야.' 라고 생각하지 않을까요?"

"잘 모르겠는걸. 그런 꿈을 꾼 적이 없으니까." 나는 고개를 저었다. "이건 너를 위해서 하는 말인데, 너를 불행하게 만든 인간이 불행해진다고 너의 잃어버린 행복이 돌아오는 건 아니야. 네가 품고 있는 분노나 원한을 가벼이 생각하는 것은 아니지만, 역시 복수 같은 건 무의미하다고 생각해."

"너를 위해서, 라고요?" 소녀는 한 글자 한 글자를 강조하듯이 반복했다. "그러면 복수 말고 뭘 하는 게 저를 위해 바람직한 일이라는 건가요?"

"사이가 좋았던 사람이나 신세를 졌던 사람에게 인사를 하러 다닌다든가, 좋아하는 남자애, 혹은 좋아했던 남자애에게 고백을 한다든가. 뭐, 여러 가지 있지 않겠어?"

"없어요." 날카로운 어조로 소녀는 말했다. "친하게 지냈던 사람도 신세를 졌던 사람도 좋아하는 남자애도 좋아했던 남자애도 없어요. 당신의 그 발언, 저에게는 이보다 더 할 수 없는 빈정거림이에요."

분노 때문에 주위가 안 보이게 된 것 아니야? 잘 생각해 보면 친한 사람 한 명 정도는 찾을 수 있을 거야……. 그렇게 말해주고 싶었지만 그녀의 말이 100퍼센트 사실일 가능성도 버릴 수 없어서 말을 삼켰다.

"미안해. 배려가 부족한 발언이었어."

"네, 앞으로 주의해주세요."

"……그래서, 다음 복수 상대는?"

"언니예요."

아버지 다음에는 언니인가. 그렇게 되면 그다음 차례는 어머니이려나?

"그리 화목한 가정은 아니었던 모양이네."

쓸데없는 참견 말아요, 라고 소녀는 말했다.

문손잡이에 손을 대는 그 순간까지, 자신의 병은 완전히 나았다고 철석같이 믿고 있었다. 그러나 부츠를 신고 밖에 나가려고 한 순간, 온몸에서 뭔가가 빠져나가는 듯한 감각이 엄습해서 나는 동작을 멈췄다. 사정을 모르는 사람이 보면 문손잡이에 전기라도 흐르고 있나 하는 생각을 했을지도 모른다.

나는 그 자리에 멈춰 섰다. 두근거림이 격해지고, 압박감을 동반한 통증이 가슴에 생겨났다. 특히 명치 부근과 팔다리의 관절이 저리고 힘이 들어가지 않게 되었다. 한동안 그대로 기다려보았지만, 원래대로 돌아올 기미가 전혀 없었다. 그 증상이구나, 라고 나는 생각했다. 사고의 쇼크로 완전히 나았다고 믿고 있었는데, 아무래도 바깥에 대한 나의 공포는 아직 씻기지 않은 것 같다.

건전지가 다 떨어진 것처럼 정지한 나를 보고 소녀는 "무슨 장난을 치는 거예요?"라고 말하며 미간을 좁혔다. 옆에서 보기에는 장난치고 있는 것으로 보일 것이다. 배 속에 돌이라도 채워진 것처럼 점차 구역질이 올라오기 시작했다. 겨드랑이를 타고 식은땀이 흘렀다.

"미안한데, 잠깐만 시간을 주지 않을래?"

"설마, 몸이 안 좋은 건가요?"

"아니, 바깥을 안 좋아해. 반년 가까이, 한밤중에만 밖에 나가는 생활을 계속해왔어."

"그저께는 그렇게 멀리까지 나와 있었는데?"

"응. 그랬기 때문인지도 몰라."

"사고 직후도 그렇고, 당신의 마음은 엄청나게 연약한 모양이네요." 소녀는 어이없다는 얼굴로 말했다. "뭐든 상관없으니, 빨리 나았으면 좋겠네요. 20분 기다려도 안 될 것 같다면 당신은 두고 가겠어요. 저 혼자서도 계획에 지장이 없으니까요."

"알았어. 금방 나올게."

침대에 걸터앉아 그대로 뒤로 드러누웠다. 심장의 두근거림도, 팔다리의 저림도 가라앉지 않았다. 가만히 있자 시트에서 흐릿하게 자신의 것이 아닌 냄새가 났다. 소녀가 잤던 탓이겠지. 자신의 영역이 침범당한 기분이 들었다.

사이에 둔 상태라도 괜찮으니 혼자가 되고 싶어서, 어두컴컴한 화장실에 들어가서 변기에 앉아 두 손으로 얼굴을 덮었다. 방향제 냄새나는 공기를 크게 들이쉬고 숨을 참고, 몇 초 유지한 뒤에 내쉬기를 반복했다. 그러고 있으려니 약간이나마 기분이 나아졌다. 그러나 밖에 나갈 정도의 회복에는 아직 더 시간이 걸릴 듯했다.

화장실에서 나와, 나는 옷장 서랍에서 동그란 접이식 선글라스를 꺼냈다. 신도가 장난삼아 구입한 뒤에 여기에 두고 간 물건이다. 누가 쓰더라도 얼빠진 히피 같은 얼굴이 된다.

렌즈의 더러움을 닦아낸 뒤에 장착하고, 거울 앞에 섰다. 그곳에는 상상 이상으로 얼빠진 얼굴이 비치고 있었다. 딱좋게 어깨의 힘이 빠져나가는 것을 알 수 있었다.

"뭔가요, 그 악취미스러운 안경은."이라고 소녀는 말했다. "죽었다 깨어나도 안 어울려요."

"그 부분이 좋은 거야."라고 말하며 나는 웃었다. 이 선글라스를 쓰고 있으면 자연스럽게 웃을 수 있었다. 아직 메스꺼운 느낌은 있었지만, 곧 나을 것이다. "오래 기다렸지? 자, 가자."

문을 필요 이상으로 힘차게 열고, 계단을 내려간다. 담배 냄새가 밴 경차에 올라타고 자동차 키를 돌린다. 소녀는 길 안내를 위해 조수석에 앉았고, 무릎 위에 B5 사이즈의 지도책을 펼쳤다. 지도에는 붉은 펜으로 빼곡하게 주석이나 루트가 적혀 있었다.

"그 꼼꼼한 준비를 보아하니, 복수는 상당히 전부터 계획

되어 있던 모양이네."

소녀는 지도를 응시하는 채로, "그것만 생각하며 살아왔으니까요."라고 말했다.

아침의 도로는 혼잡했다. 차도는 통근차량으로 넘쳐나고, 보도는 역에서 막 나온 통학 중인 고교생으로 가득 차 있었다. 모두 비를 대비한 갖가지 색의 우산을 들고 있다.

빨간 신호 앞에서 차를 세우자, 횡단보도를 지나는 학생 몇 명이 우리를 힐끔힐끔 보아서 어쩐지 거북했다. 그들의 눈에 나는 어떻게 비치고 있을까? 대학으로 향하는 길에 여동생을 고등학교에 바래다주는 오빠처럼 보이면 다행이겠는데.

소녀는 그들의 시선을 피하듯이 시트에 몸을 깊이 기대서 자세를 낮게 하고 있었다.

운전석 쪽 창문 밖으로 눈을 향하자, 작은 꽃집 앞에는 호박을 깎아서 만든 잭 오 랜턴 4개가 가지각색의 꽃에 둘러싸여 있었다. 어느 것이나 떨어져나간 머리 부분에 온색 계열의 꽃이 피어 있는 것을 보면 수목침의 역할을 하고 있는 듯했다. 10월 말이 할로윈인 것을 이제 와서 새삼스레 떠올렸다. 인근 고등학교에서는 슬슬 학교 축제가 열릴 시기다. 많은 사람에게는 설레는 계절일 것이다.

"문득 생각났는데."라고 나는 입을 열었다. "네 언니가 집에 있다는 보증은 있어? 네가 아버지에게 큰 부상을 입힌 것에 대해 연락이 가지 않았을 리 없어. 여동생이 자신을 원망하고 있다는 것은 잘 알고 있을 테니, 지금쯤 어딘가로 피난 가있지 않을까?"

조수석의 소녀는 귀찮다는 듯 대답했다. "연락은 가지 않았을 거예요. 그 사람, 집과 의절했으니까요. 연락하려고 해도 전화번호조차 모를 거예요."

"그렇구나." 나는 끄덕였다. "목적지까지 앞으로 얼마나 남았지?"

"3시간 정도."

긴 드라이브가 될 것 같았다. 라디오는 어느 것이나 지루했고, 글러브박스에는 여고생 취향과는 동떨어진 CD밖에 없었다.

『……요즘의 낮은 기온에 깜짝 놀라는 사람은 저만이 아닐 거예요.』라고 라디오 진행자가 말했다. 『올해는 왜 이렇게 추운 걸까요? 오늘 아침에 한겨울용 코트를 입은 사람을 봤는데, 솔직히 그 정도로 챙겨 입을 만한 날씨죠. 저도 추위를 많이 타는 편이라, 머플러나 장갑 같은 방한용구는 물론이고 내의를 두 겹 입고 있답니다. 뭐야, 그건? 이라고 생각하셨죠? 하지만 이게 의외로…….』

통근 정체에 말려들었을 무렵, 나는 소녀에게 담배를 피워도 되냐고 물었다.

"그건 괜찮은데, 저도 한 대 주세요."라고 그녀는 말했다.

말릴 이유는 없었다. 죽여 버린 상대에게 건강을 설교하는 것은 바보 같은 짓이다.

"밖에서 보이지 않도록 주의해."

그렇게 주의를 주고 나서, 담배 한 대를 빼서 끄트머리를 가볍게 비빈 뒤에 건넸다.

고등학교 교복을 입은 여자애가 차 안에서 담배를 피우는 모습은 부자연스럽기 짝이 없었다. 소녀는 서툰 손놀림으로 시거 소켓을 사용해 불을 붙이고, 연기를 빨아들인 뒤에 세차게 기침을 했다.

"간격을 좀 두면서, 티스푼 하나 정도의 연기를 삼키면 돼."라고 나는 조언했다. "아마도 처음에는 그러는 편이 맛있을 거야."

그녀는 내가 말한 방법으로 전환했지만, 역시 연기를 마신 뒤에 쿨럭거렸다.

너한테는 안 맞는 거 아냐? 라고 충고할까도 생각했지만, 질리지도 않고 몇 번이고 도전하는 소녀의 모습을 보고, 하고 싶은 대로 하도록 내버려두기로 했다.

나는 "대답하고 싶지 않으면 대답하지 않아도 되는데."라고 전제하고 나서 말했다. "네 언니는 너에게 무슨 짓을 했어?"

"대답하고 싶지 않아요."

"그런가."

꽁초를 재떨이에 버린 소녀는, "한마디로 설명할 수 없어요."라고 말했다. "어쨌든 그 여자는 저라는 인간을 회복 불가능할 정도까지 구석으로 몰아넣은 사람 중 한 명이에요. 지금은 그렇게 기억해두세요."

"회복 불가능이라는 건 무슨 의미야?"

"인격에 어찌할 수 없는 결함이 있어요. 무슨 말인지 알겠죠?"

"모르겠어. 나는 네가 정상의 범주에 들어있는 것처럼 보여."

"벌써부터 점수벌이인가요? 비위를 맞추려고 해봤자 소용없어요."

"그럴 생각은 없어."

대답은 그렇게 했지만, 조금 전의 말로 그녀의 기분이 좋아지면 좋겠다는 계산이 있기는 했다.

"정상의 범주라고 말했죠? 그러면 일탈의 한 가지 예를 보여드릴게요."

소녀는 책가방 안에 손을 집어넣었다.

꺼낸 것은 곰 인형이었다.

붉은 군복과 검은 모자를 걸친, 감촉이 좋아 보이는 봉제 인형이었다.

"나이를 이만큼이나 먹고도, 저는 이걸 몸에서 떼어놓을 수가 없어요. 이따금씩 만지지 않으면 불안해서 견딜 수가 없어요. ……오싹하죠?"

토해내듯이 말했다. 그 사실을 상당히 마음에 두고 있는 듯했다.

"'*라이너스의 담요' 같은 거잖아? 흔한 얘기이니 딱히 부끄러울 일은 아니야."라고 나는 거들었다. "나의 옛날 지인 중에는 인형에 이름을 붙이고 말을 거는 기분 나쁜 녀석이 있었어. 그거하고 비교하면 그냥 만지는 정도는……."

"미안하게 됐네요, 기분 나쁜 녀석이라서."

소녀는 나를 노려보더니, 인형을 가방에 집어넣었다. 긁어 부스럼이었구나, 라고 후회했지만 이미 늦었다. 가장 효과적인 방법으로 그녀의 가치관을 폄하하고 만 것 같다. 그렇지만 이런 차가운 눈을 한 여자아이가 봉제인형에 이름을 붙이고 말을 걸다니, 누가 상상할 수 있을까?

어색한 침묵이 흘렀다.

『……그래서 오늘의 편지의 테마는 〈살아있길 잘했다고 생각한 순간〉입니다.』라고 라디오 진행자가 말했다. 『우선 라디오네임 〈두 아이의 엄마〉 씨의 편지. "여덟 살과 여섯 살인 두 딸아이는 엄마인 제가 봐도 깜짝 놀랄 정도로 사이가 좋습니다. 그런데 올해 어머니날에 두 아이가 저에게 깜

---

*찰스 슐츠의 만화 〈피너츠〉의 등장인물 중 한 명인 라이너스는 늘 담요를 가지고 다닌다.

짝 선물을······."』

내가 그렇게 하기보다 먼저, 소녀가 카 오디오에 손을 뻗어서 라디오 볼륨을 내렸다.

지금의 우리에게는 너무 눈부신 화제였다.

정체구간을 빠져나와서 불타는 듯이 새빨간 단풍으로 뒤덮인 고갯길을 두 시간 정도 쌩쌩 달려서 소녀의 언니가 산다는 도시에 들어섰다. 햄버거 가게에서 가볍게 식사를 하고 다시 차를 몰기를 수십 분, 드디어 목적하던 동네에 도착했다.

예쁜 집이었다. 벽돌담 너머에 있는 잘 손질된 정원에는 사계절 피는 장미가 흐드러지게 피어있고, 한 구석에는 돌이 깔린 바닥에 지붕이 달린 그네가 설치되어 있었다. 외벽은 하늘에 녹아들 듯한 파란색이었고, 2층에 있는 3개의 창문은 하얀 라운드 톱이었다.

행복해 보이는 집. 이곳에서 소녀의 언니가 신혼생활을 보내고 있다고 한다.

옛날 우리 집하고는 하늘과 땅 차이구나, 라고 나는 생각했다.

내가 예전에 살던 집은, 돈을 들이지 않았던 것은 결코 아니었지만 거주자의 황폐한 마음이 전해져오는 곳이었다. 외벽은 덩굴로 뒤덮이고, 그 아래에는 쓰지 않은 지 한참이나 된 세 발 자전거와 스케이트, 베이비 카, 드럼통 같은 것이 흩어져 있었다. 모처럼 넓은 정원은 공터로 착각할 정도로 잡풀만 수북하게 자라 있어서, 초라한 고양이 집회소가 되어 있었다.

내가 태어난 지 얼마 되지 않았을 무렵에는 어쩌면 나름 대로 행복한 가정이었는지도 모른다. 어쨌든 내가 철이 들었을 무렵에는 두 부모님 모두 가정을 돌보지 않는 인간이 되어 있었다. 단 한 명의 자식조차, 그들에게는 무거운 짐이 었던 듯하다. 어째서 이 사람들은 가정을 가지려는 생각을 했을까, 라고 늘 의문스럽게 생각했다. 어머니가 집을 나갔을 때는 오히려 안심이 되었다. 그쪽이 그들에게는 자연스러운 상태일 테니까.

"좋은 집이네."라고 나는 말했다.

"당신은 문밖에서 기다려주세요. 십중팔구, 당신의 도움은 필요 없을 거라 생각해요. 언제든 차를 바로 출발시킬 수 있도록 준비를 해두세요."

소녀는 외투를 벗어서 나에게 맡기고, 아치 아래를 지나 현관에 서서 벽에 설치된 벨을 울렸다.

맑은 금속음이 주위에 울려 퍼졌다.

목제 문이 천천히 열렸다. 나온 것은 스물다섯 전후의 여자였다.

나는 나무 뒤편에서 그녀를 관찰했다. 진한 녹색 풀오버

니트에 회색 바지. 초콜릿색으로 물들인 머리카락은 원 컬 파마가 되어 있다. 눈은 이지적. 문을 열고 얼굴을 내밀 때까지의 일련의 동작도 우아했다.

그녀가 소녀의 언니일까, 라고 나는 생각했다. 옅은 빛깔의 눈동자나 얇은 입술 등, 얼굴 조형에 비슷한 곳은 있다. 하지만 자매치고는 나이 차가 너무 나고, 무엇보다 그녀가 여동생의 손바닥을 칼로 찌를 만한 사람으로는 생각되지 않았다.

대화는 들을 수 없었지만, 적어도 말싸움은 하고 있는 듯 보였다. 나는 문에 등을 기대고 주머니에서 담배를 찾았지만, 차 안에 두고 와버린 모양이었다.

그건 그렇고, 소녀는 어떤 방법으로 복수를 할 생각일까? 이곳에 도착하기 직전에 가방 안을 계속 확인하던 눈치로 봐서는 뭔가 흉기를 감추고 있는 것이 틀림없다. 아버지는 쇠망치로 구타한 모양인데, 언니에게도 같은 짓을 할 생각일까? 아니면 쇠망치와는 다른 흉기를 준비한 걸까?

생각할 것도 없었다. 의문은 곧바로 해소되었다.

담배 피우기를 포기하고 다시 현관에 눈길을 주는 것과 거의 동시였다.

소녀가 언니를 향해 쓰러졌다.

언니는 그것을 곧바로 받아내려고 했지만, 받아내지 못하고 같이 쓰러졌다. 그렇게 보였다.

그러나 소녀가 일어난 뒤에도 언니 쪽은 전혀 일어날 기미가 없었다.

그 상태 그대로, 두 번 다시 일어나는 일은 없었다.

나는 소녀 곁으로 달려갔다.

눈을 의심하게 되는 광경이었다.

언니의 복부에 꽂혀있는 그것은, 커다란 양재 가위였다.

벌어진 가위의 칼날이 밑동까지 푹 박혀있었다.

상당히 능숙한 솜씨였는지 비명조차 나지 않았다.

현관에 천천히 피가 퍼지고, 바닥의 고랑을 타고 흘러간다.

너무나도 간단하게 목적은 달성되었다.

그 어이없음과 고요함은 나에게 어떤 사건을 떠올리게 했다.

초등학교 4학년 무렵의 일이다. 그날의 체육 수업은 시작한 지 30분 만에 끝났고, 남은 시간 동안은 피구를 한다고 담임교사가 이야기하자 학생들은 환호했다. 거의 항례가 된 흐름이었다. 나는 스리슬쩍 자연스럽게 체육관 구석으로 가서 견학 중인 학생들 틈에 섞여 멀찍이 떨어져서 시합을 바라보았다.

양 팀의 절반 정도가 공에 맞을 즈음이 되면 외야에 있는 아이들 중에서 따분해하는 녀석이 나오기 시작한다. 그들은 시합의 행방 따윈 제쳐두고 각자 좋아하는 놀이를 시작했다. 한 명이 매트를 깔지 않은 바닥 위에서 화려하게 텀블링을 해낸 것을 계기로, 대여섯 명의 남학생이 차례차례 그것을 흉내 내기 시작했다. 피구보다는 그쪽이 보는 재미가 있었으므로, 폴짝폴짝 뛰어오르는 그들을 나는 눈으로 좇았다.

한 명이 착지에 실패해서 머리를 세게 부딪친 모양이었다. 수 미터 떨어진 곳까지 들릴 정도로 커다란 소리가 났다. 주위 녀석들이 움직임을 멈췄다. 머리를 부딪친 아이는 한동안 일어나지 못했다. 10여 초 정도 지나자 아프다며 머리를 누르고 울며 소리치기 시작했지만, 부끄러운 상황을 얼버무리려고 호들갑을 떨 뿐 큰일이 나지는 않은 듯했다. 둘러싸고 있던 녀석들도 한순간 머리를 스친 어두운 불안을 떨쳐내듯이, 바닥에 뒹굴고 있는 그를 가리키며 웃거나 때리거나 차거나 했다.

그 아이들 사이에 끼지 않고 기묘한 자세로 누워있는 남학생이 있다는 것을 처음 발견한 사람은 나였다. 머리를 부딪친 학생 쪽에 주의가 쏠려있었기 때문에, 유독 운동신경이 나빴던 한 아이가 목이 부러진 순간을 아무도 보고 있지 않았다. 한 명, 또 한 명이 꿈쩍도 하지 않는 남학생에게서 발산되는 불온한 공기를 알아차리고서 손을 멈추고 그 아이 쪽으로 눈길을 주었다. 간신히 이변을 깨달은 체육교사는 남자아이들 곁으로 달려가더니, 너무나도 침착한 태도로 저 애를 건드리지 마라, 절대 움직이려 하지 마, 라고 주의를 주고는 전속력으로 복도를 뛰어갔다. 선생님이면서 복도를 뛰어가고 있네, 라고 누가 이야기했지만 아무도 반응하지 않았다.

그 남자아이가 학교에 돌아오는 일은 없었다. 척추 손상이란 말을 들어도 초등학교 4학년인 우리들은 "뭐, 아킬레스건이 끊어진 거랑 비슷한 거겠지."라는 정도의 감상밖에 품을 수 없었다. 그러나 담임교사가 사건의 중대함을 전하기 위해 "평생 휠체어를 타고 살아야 한다."(지금 생각하면 아주 부드러운 표현이었다. 그때 이미 그 남학생은 전신 마비 상태로 호흡기에 연결되어 있었으니까.)라고 그의 상태를 설명하자 몇 명 여학생이 훌쩍거리기 시작했다. 그건 너무 불쌍하다. 제대로 주의를 줄 걸 그랬다. 그것에 영향을 받은 몇 사람인가가 의무감을 느낀 것처럼 울기 시작했고, "문병을 가자."라든가 "종이학 천 마리를 접자."라는 이야기가 나왔다. 선의와 타산이 오가는 교실 안이 몹시 불편했다.

다음 달, 담임교사는 학급회의 시간에 그의 죽음을 알렸다.

그때 체육관의 상처투성이 바닥에 꼴사나운 자세로 드러누워 있던 남학생과, 소녀의 눈앞에 쓰러져 있는 여자의 모습이 겹쳐졌다.

때때로 생명은 바람에 휘날려가듯 간단히 사라진다.

소녀는 가위의 손잡이를 쥐더니, 한 호흡 뒤에 상처를 더욱 찢어 열었다. 명확한 살의의 표현. 동물 같은 신음소리가 흐르고 드러누운 몸뚱이가 움찔움찔하고 경련한다. 복부의 대동맥에 상처가 났는지 상처에서 피가 뿜어져 나왔다. 그 것은 2미터 정도 떨어져있던 내 발밑까지 튀었다.

돌아본 소녀의 하얀 블라우스는 끈적끈적한 피로 시뻘겋 게 물들어 있었다.

"……그 정도까지 한다는 얘긴, 못 들었는데 말이야."

간신히 나는 그렇게 입을 열었다.

태연한 척할 생각이었지만, 그 목소리는 꼴사납게 떨리고 있었다.

"그러네요. 하지만 죽이지 않겠다고 말한 기억도 없어요."

소녀는 뺨에 묻은 피를 닦고, 그 자리에 앉았다.

나는 선글라스를 벗고 소녀의 언니를 내려다보았다. 그 대로 얼굴이 변해버리는 것이 아닐까 생각될 정도로 고통에 얼굴을 일그러뜨리고, 목에서 피리 같은 소리를 내고, 쿨럭 쿨럭하고 피가 섞인 기침을 했다. 풀오버는 원래의 색을 알 수 없을 정도로 검붉게 물들어 있다.

단순한 피 냄새와는 또 다른, 음식물 쓰레기를 응축한 듯 한, 혹은 욕조 가득한 토사물 같은 독특한 악취가 떠돌기 시 작해서 숨이 막혔다. 내장 자체의 냄새, 혹은 소화기관에 상 처가 나서 새어 나온 냄새일까. 어쨌든 한 번 맡으면 두 번 다시 잊지 못할 강렬한 죽음의 냄새였다.

위장이 부르르 떨린다. 구역질을 견디기 위해 호흡을 정 돈한다.

시야가 넓어진다. 현관은 피바다로 변해있었다. 이것이 텔레비전 드라마의 한 장면이었다면 과잉 연출이란 말을 듣지 않을 수 없을 정도로 많은 양이었다. 사람은 피를 가득 채운 주머니에 지나지 않는구나, 라고 생각했다. 기분이 나빠질 뿐이란 걸 알면서도, 갈라진 배 부근을 잡아먹을 듯이 바라보게 된다. 피는 상상 이상으로 시커멓지만, 쏟아져 내린 창자는 자리에 어울리지 않을 정도로 밝은 빛깔을 띠고 있었다. 신발장 위의 꽃병에서 얼굴을 엿보이는 제라늄의 색깔에 한없이 가깝다. 그것들은 나에게 이른 아침의 시골 길을 달리면 반드시 보게 되는 불쌍한 동물 사체를 연상시켰다. 아무리 겉모습이 아름답든 추하든, 인간이든 동물이든, 한 꺼풀 벗겨버리면 모두 비슷한 법이다.

그렇구나, 하고 나는 의외일 정도로 냉정한 머리로 생각한다. 죽음이란 본래 이런 것이다. 내가 소녀에게 해버린 짓도, 오늘 눈앞에 일어난 참극과 아무것도 다르지 않다. '미루기' 때문에 아직은 실감이 나지 않지만, 나도 역시 한 여자아이를 천을 두른 고깃덩어리로 바꿔버렸던 것이다. 시체는 이것 이상으로 비참할지도 모른다.

나는 발밑까지 흘러온 피를 피하기 위해 한 걸음 물러선 뒤에 말했다.

"저기, 나는 너를 치어서 죽인 죄를 갚기 위해 너의 목적 달성에 함께하고 있어. ……하지만 그것을 위해 사람을 죽이는 걸 거들다니, 본말전도야. 피를 피로 씻는 짓은 하고 싶지 않아."

소녀는 "싫다면 함께하지 않으면 돼요. 강요한 적은 없어요."라고 말했다. "게다가 '미루기'의 기간이 끝났을 때, 제 행동은 전부 무의미로 돌아가요. 지금의 저는 아무리 발버둥 쳐봤자 일시적으로밖에 사람에게 죽음을 부여할 수 없어요. 그렇다면 무슨 짓을 해도 상관없잖아요?"

그렇다. 이 소녀는 이미 죽은 인간이다. 사고가 있던 10월 27일 이후로 소녀가 어떠한 행동을 하더라도, 본래 그 기간 동안 그녀는 존재하지 않는다. 존재하지 않는 소녀가 사람을 죽일 수는 없다. 10월 27일 이후의 그녀가 몇 사람을 죽인들, '미루기'가 해제되면 노 카운트다. 실격이란 말을 들은 선수가 언제까지나 코트에 남아있는 것과 비슷한 상황이다. 아무리 계속 득점을 올리더라도, 게임이 끝나면 시합 경과에 아무런 관계없이 그냥 패배 처리 된다.

그렇다면 그녀가 말하는 대로, '무슨 짓을 해도 상관없다'라는 기분도 든다. 결국 그것은 해가 없는 자기만족에 지나지 않는 것이다. 공상 속의 살인과 큰 차이가 없다. 그렇다면 죽기 전에 한 번 정도 마음대로 행동하게 놔둬도 괜찮지 않을까? 아니, 아무리 일시적이라고는 해도 사람을 찌르면 피가 흐르고 아픔도 느끼는 이상, 역시 살인은 살인이며 그것은 어디까지나 용서받을 수 없는 행위가 아닐까?

하지만 언제까지고 그런 걸로 고민하고 있을 상황이 아니다. 현재 최우선해야 하는 것은 한시라도 빨리 시체에서 멀어지는 것이다. 여기서 의논을 하고 있을 상황이 아니다.

"우선 여기서 도망치자. 이 상황을 누가 보면 위험해."

소녀는 끄덕였다. 나는 외투를 벗어서 소녀의 가느다란 어깨에 걸쳤다. 스탠드컬러의 나일론 재킷이라서 지퍼를 가슴까지 올리니, 멀리서는 그녀가 피투성이인 것은 알 수 없게 되었다. 나름대로 값나가는 옷이었지만, '미루기'가 끝나면 전부 원래대로 돌아가니까 속상해할 필요는 없다.

대문에서 얼굴만 내밀어서 오가는 사람이 없는지 확인하고, 나는 소녀에게 손짓 했다.

하지만 그녀는 그 자리에 찰싹 주저앉은 채로 움직이지 않았다.

"야, 뭘 그렇게 여유부리고 있어. 서둘러."

나는 소녀의 곁으로 달려가서 손을 쥐고 일으키려고 했다.

그러자 소녀는 끈이 끊어진 꼭두각시 인형처럼 그 자리에 무너져 내렸다.

"아하. 요컨대 이게 '다리가 풀렸다'는 상태인가 보네요."라고 소녀는 남의 일처럼 말했다. "이래서는 조금 전의 당신을 비웃을 수 없겠어요. 한심해요."

소녀는 상반신만을 사용해서 몸을 일으켰다. 허리부터 아래로는 힘이 들어가지 않는지, 두 손을 사용해서 질질 땅을

긴다. 그 모습은 해안에 밀려올라온 인어 같았다.

태연한 것처럼 보이지만, 사실은 상당히 당황하고 있는 듯했다.

"금방은 못 일어설 것 같아?"

"네. ……아무래도 당신을 데려오기를 잘한 것 같네요. 자, 얼른 저를 차까지 옮겨주세요."

다리가 풀려서 바닥을 기고 있다고는 생각되지 않는 거만한 태도로 소녀는 두 손을 뻗었다.

그러나 그 손은 한겨울의 하늘 아래 알몸으로 버림받은 어린아이처럼 떨고 있었다.

가녀린 몸을 안아 올린다. 보기보다 무거웠지만, 여차하면 등에 업고 달릴 수 있을 정도의 체중이다. 온몸이 식은땀에 흥건히 젖어있었다.

길에 사람이 없는 것을 확인하고 소녀를 조수석에 태운다. 다시 주변에 사람이 없는 것을 확인하고 액셀러레이터를 밟았다.

법정속도를 준수하며 되도록 인적이 없는 길을 골라서 달렸다. 핸들을 쥔 손은 땀에 젖어있었다.

줄곧 룸미러를 신경 쓰는 나에게, 소녀는 "걱정하지 않아도 괜찮아요."라고 말했다.

"만약 조금 전의 일로 체포될 상황에 처하게 되더라도, 저는 그것을 '없었던 일'로 할 수 있을 거예요. 그렇게 해서 싫은 일은 전부 나중으로 미뤄버리면 돼요."

나는 맞장구치지 않고 침묵하고 있었다.

"뭔가 하고 싶은 말이라도 있는 것 같네요?" 소녀가 말했다.

"……정말로, 죽일 필요가 있었던 거야?" 점수벌이에 대한 것은 잊고, 나는 물었다. "네 언니가 너에게 심한 짓을 했다는 건 알겠어. 하지만 죽일 정도로 악인이야? 저쪽의 손바닥에 비슷한 상처를 내는 정도로 끝내면 안 되었어? 그 여자는 너에게 무슨 짓을 했지? 납득이 가는 설명을 해주지 않겠어?"

"반대로 묻겠는데, 정당한 이유가 있으면 당신은 사람을 죽이는 것을 허용하는 건가요?" 소녀는 밀어붙이듯이 말했다. "예를 들어, 어머니와 언니의 싸움을 말리려고 하다가 식칼에 찔린 상처로 인해 삶의 보람이던 피아노를 칠 수 없게 되었다든가, 매주 언니가 집에 데리고 오는 패거리들에게 강요받아서 독한 술을 단숨에 마신 뒤에 견디지 못하고 토해내면 스턴 건을 몇 번이나 들이댔다든가, 술에 취한 아버지에게 머리채를 붙잡히고 담뱃불로 지져지면서 '넌 방해물이야, 얼른 자살해!' 라는 말을 반복해서 들었다든가, 학교에서 여러 학생에게 짓눌린 채 강제로 구정물을 마셨다든가, 장난삼아 반복해서 목을 졸렸다든가, '해부' 라면서 머리카락이나 옷을 칼로 너덜너덜하게 찢긴다든가, 두 다리가 묶인 채로 겨울의 더러운 학교 수영장에 처넣어졌다든 가……. 그런 이야기를 하면 당신은 복수를 조금은 인정해 줄 건가요?"

그 말이 이 타이밍에 나오지 않았더라면 믿기 어려웠을 것이다. 그 나이 대 여자아이가 할 만한 허언, 혹은 극단적인 과장으로 단정했을지도 모른다.

그러나 그녀의 살인을 가까이에서 목격한 나는, 그 발언을 극히 자연스럽게 받아들일 수 있었다.

"……앞서 했던 말은 취소할게. 미안해. 안 좋은 일을 떠올리게 해버렸구나."라고 나는 사과했다.

"딱히 제 이야기라고는 하지 않았어요."

"그랬지. 어디까지나 예시였어."

"애초에 저는 그 사람에게 벌을 주고 싶어서 복수하고 있는 것이 아니에요. 그 사람들이 저에게 준 공포는, 그 사람의 존재를 이 세상에서 지우는 것으로밖에 씻을 수 없어요. 저주 같은 거예요. 그것이 있는 한 영원히 안식은 찾아오지 않고, 진심으로 뭔가를 즐거워할 수도 없어요. 저는 공포를 극복하기 위해서 복수를 하는 거예요. 죽기 전에 한 번이라도 좋으니, 그 사람이 없는 세상에서 편히 잠들고 싶을 뿐이에요."

"알 것 같아." 나는 고개를 끄덕였다. "혹시나 해서 묻겠는데, 너는 아버지도 죽이고 왔던 거야?"

소녀는 "글쎄요."라고 말하며 고개를 젓고, 기분을 달래 듯이 대시보드의 담배를 한 개비 꺼내서 불을 붙이고는 콜 록콜록 기침을 했다.

그녀는 아버지에게 보복할 때에 쇠망치를 썼다고 말했다. 그것은 맞는 곳에 따라서는 간단히 사람을 죽일 수 있는 도 구다. 뒤통수인지 목덜미 뒤쪽이었는지는 기억나지 않지만, 어쨌든 그 부분을 잘 가격하면 힘없는 여성이라도 간단히 성인 남성을 살해할 수 있다고 들은 적이 있다.

"그러고 보니 다리는 이제 괜찮아?"

"……아직 걷기는 어려울 것 같아요." 소녀는 미간을 좁 히며 연기를 토했다. "예정은 이대로 다음 복수 상대에게 향할 생각이었는데, 중요한 제가 이 모양이어서는 어쩔 도 리가 없죠. 계획과는 다르지만, 방으로 돌아가죠."

나는 문득 깨달았다. "그렇게 사소한 것에 관해서는 '미 루기'를 할 수 없는 거야?"

그녀는 말을 신중히 고르듯이 눈을 감았다. "이것이 중대 한 부상이나 병이었다면 그렇게 할 수도 있겠죠. 하지만 내 버려 두면 나을 증상을 '미루기' 하는 것은 아주 어려워요. 그건 소원으로서 너무 약해요. 필요한 것은 '이런 일이 있 어서야 되겠는가'라는 영혼의 비명이에요."

그 설명을 듣고 납득했다. 영혼의 비명이라.

닫힌 차 안에 충만한 것이 피 냄새임을 깨달을 때까지 한

동안 시간이 걸렸다. 소녀가 뒤집어썼던 피의 냄새다. 창문을 열고 환기를 했지만, 녹슨 기타의 현을 썩은 물고기와 함께 절인 듯한 냄새는 차 안에 배어들어 가시지 않았다. 그녀가 찢었던 것은 배였다. 피뿐만 아니라 지방이나 수액, 소화액 같은 냄새나는 것도 섞여있는지 모른다.

인간의 죽음은, 악취가 난다.

"추워요."라고 소녀가 말했다. 나는 환기를 포기하고 문을 닫고, 난방을 틀었다.

살인을 가까운 곳에서 목격한 밤치고는 별이 너무 아름다웠다.

다행히 누구에게도 들키지 않고 자취방으로 돌아올 수 있었다. 먼지투성이의 계단을 빠른 걸음으로 올라와 방문을 열려고 했는데, 좀처럼 열쇠가 구멍에 들어가지 않았다. 운 나쁘게도 누군가가 계단을 올라오는 소리가 났다.

손에 든 것을 보니, 내가 열쇠구멍 안에 밀어 넣으려 하고 있던 것은 자동차 열쇠였다. 저도 모르게 혀를 차는 소리가 났다. 열쇠를 바꿔서 문을 열고 소녀를 안에 밀어 넣었다.

계단을 올라온 사람은 이웃집 미대생이었다. 그녀는 내 모습을 확인하더니 가볍게 손을 들어서 인사했다.

"혼자 외출하셨던 건가요? 별일이네요." 나는 쾌활하게 말했다.

"조금 전의 애는?" 그녀는 물었다.

이런 장면에서 곧바로 거짓말을 하면, 그 자리는 넘길 수 있어도 나중에 사태가 나쁜 방향으로 굴러가는 법이다. 솔직하게 대답해두는 편이 나을 것이다.

"이름도 모르는 애예요."

그렇게 말한 뒤, 이름을 모르는 점뿐이라면 눈앞의 여자도 마찬가지라는 것을 깨달았다. 아니, 아마도 한 번인가 두 번은 들은 적이 있겠지만, 기억에서 완전히 사라져 있다.

옛날부터 사람 이름은 잘 기억하지 못했다. 그것을 활용할 기회가 적었으니까.

"흐음." 미대생은 경멸하는 것처럼 눈을 가느다랗게 떴다. "그렇군. 히키코모리 군은 이름도 모르는 미성년 여자아이를 자기 집 안에 데리고 들어가는구나?"

"난처하게 됐네요, 이걸 어떻게 설명해야 좋을지……."

"젊은 여자애의 생피를 빨려고?" 미대생은 그렇게 말하고 입가만 웃었다.

"저기, 제 핑계 좀 들어주세요."

"얼마든지."

"복잡한 사정이 있어요. 저 애는 누군가의 도움을 필요로 하고 있는데, 지금은 의지할 사람이 저밖에 없어요."

몇 초의 침묵 뒤에 그녀는 작은 소리로 말했다. "그건 혹시, 전에 있었던 사고하고 관계가 있는 거야?"

"네. 저 애를 돕는 게 죗값을 치르는 것이 되어요. ……아마도."

"그렇구나."라며 그녀는 끄덕였다. 기본적으로 이해가 빠른 편이다. "그렇다면 이 이상은 참견하지 않도록 하겠어. 뭔가 곤란한 일이 있으면 나한테 말해. 큰 도움은 안 되겠지만."

"고맙습니다."

"그런데 그 얼룩은 어떻게 된 거야?"

미대생의 시선이 내 발치를 향하고 있었다. 빛바랜 청바지의 무릎 아래는 4센티 정도의 검붉은 얼룩이 있었다. 그녀의 지적으로 나는 처음으로 그것을 깨달았다.

"어, 무슨 얼룩이지? 언제 이런 게 묻었지?"

나는 놀라움을 솔직히 드러내면서 그 원인이 짐작가지 않는 척을 했지만, 그것은 내가 봐도 속이 빤히 보이는 언동으로 느껴졌다.

"무슨 얼룩이든 얼른 세탁하는 편이 좋을 거야. 그럼 가볼게."

그렇게 말하고 미대생은 자기 집으로 돌아갔다.

가슴을 쓸어내리고, 나도 내 집의 문을 열었다. 이미 집 안에는 불이 켜져 있었다.

탈의실에서 소녀의 목소리가 들렸다. "세제는 어디에 있나요?"

피를 뒤집어 쓴 블라우스를 빨고 있는지, 세면대에 물을 채우는 소리가 들렸다.

"발밑에 놓여있을 거야." 나는 그녀에게 들리도록 소리쳤다. "너, 갈아입을 옷은 있어?"

"없어요. 뭔가 빌려주세요."

"거기에 말린 게 있을 테니까 적당히 골라 입어. 그게 거의 전부야."

세탁기 뚜껑을 여는 소리에 이어서 욕실 문을 여는 소리가 났다.

소녀가 샤워를 하는 동안, 나는 소파에 드러누워서 몇 시간 전의 일을 돌이켜 보았다. 소녀가 언니를 가위로 찌른 그 순간, 배를 찔린 여자의 물에 빠진 듯한 기침, 피를 뒤집어 쓰고 새빨갛게 더러워진 블라우스, 내장에서 흘러나오는 냄새, 바닥에 퍼져가는 검붉은 피 웅덩이, 기분 나쁜 정적.

모든 것이 뇌리에 새겨져 있었다. '등줄기가 오싹하다'는 표현과는 조금 다르다. 예시로 적절한지는 모르겠지만, 생전 처음으로 타인의 정사를 목격한 듯한 충격이 머릿속을 계속 뒤흔들고 있었다.

이상한 것은, 그 감각이 불쾌하기만 한 것은 아니었다는 점이다. *페킨파도 타란티노도 기타노 다케시도 경원하고

---

*Sam Peckinpah(1925~1984), 바이올런스 영화의 거장. 잔혹한 폭력 장면으로 유명하다. 쿠엔틴 타란티노나 오우삼에게도 영향을 주었다고 한다.

있던 나는, 만약 자신이 현실에 그들의 영화에서 묘사된 피비린내 나는 장면과 조우하면 빈혈을 일으키고 쓰러졌을지도 모른다고 생각하고 있었다.

그런데 실제로는 어떤가? 지금 내가 느끼고 있는 것은 초조나 공포나 자책이라기보다는, 육식동물의 포식 장면이나 대규모 사고현장을 목격했을 때에 얻을 수 있는 카타르시스에 가까웠다.

부끄러워해야 할 일이라고, 스스로도 생각한다.

알코올 이외에 마음을 가라앉힐 방법을 알지 못했다. 위스키를 글라스에 따르고, 같은 양의 물을 더해서 마신다. 술 마시는 모습을 소녀에게 보이고 싶지 않아서 음미할 새도 없이 재빨리 비웠다. 그 뒤에는 특별히 아무것도 하지 않고 시곗바늘 소리에 귀를 기울이고 있었다.

머리를 말리고 돌아온 소녀는 내가 잠옷으로 사용하는 늘어진 회색 파카를 입고 있었다. 나에게도 낙낙한 사이즈였던 그 옷은, 그녀가 입으니 오히려 넓적다리가 딱 좋게 가려져서 원피스 같은 느낌이 되었다.

"옷, 말려 놔 주세요."라고 소녀는 말했다. "저는 이만 잘게요."

소녀는 쓰러지듯이 침대에 드러누웠지만, 뭔가를 기억해 낸 것처럼 벌떡 일어나더니 가방에서 꺼낸 물건을 끌어안고 다시 이불 속에 들어갔다. 그 곰 인형이겠지. 턱 아래에 그것을 바짝 끌어안고, 소녀는 눈을 감았다.

　블라우스를 세탁기에서 꺼내서 드라이어의 온풍으로 말렸다. 동전 세탁소의 건조기를 사용하는 방법도 있었지만, 단 한 벌, 그것도 피의 얼룩이 완전히 빠지지 않은 옷을 들고 바깥을 돌아다니는 것이 어쩐지 꺼려졌다. 내일은 소녀에게 옷을 사주는 편이 좋겠다고 나는 생각했다. 어차피 또 피를 뒤집어쓰게 될 테니까.

　복수. 나는 소녀의 마음을 완전히는 이해할 수 없었다. 누군가를 죽이고 싶다고 생각할 정도로 강렬한 원한을 품은 적이 없기 때문이다. 내 인생은 이미 파탄 나버렸지만, 그것은 타인 때문이 아니다. 자신을 망쳐놓고 있던 것은 다름 아닌 나 자신이다.

　그에 더해서, 나는 어린 시절부터 '화낸다'라는 감정 표현이 극단적으로 서툴렀다. 그것은 참을성이 강하다기보다는, 자신이 하는 분노의 표명이 타자에 주는 영향을 경시하고 있었다고 말하는 편이 좋을 것이다. 화를 내더라도 아무 소용없는 것이 아닐까 하는 체념이 앞서서, 명백히 화를 내어야 할 상황에서도 스스로 그것을 억눌러버리는 일이 자주 있었다. 그 성향은 귀찮은 일을 피하는 데는 도움이 되었지만, 장기적으로 보면 나라는 인간이 활력을 상실하는 원인이 되었다고 생각한다.

　아무런 주저도 없이 분노를 표출할 수 있는 인간이 부러웠다. 그런 의미에서, 부분적이기는 하지만 나는 소녀에게 어떤 종류의 선망을 느꼈다. 물론 그녀의 사정은 동정했고 자신이 그런 인생을 보내지 않을 수 있었던 것을 행운으로 생각했지만.

블라우스를 다 말리고, 개어서 소녀의 머리맡에 두었다. 탈의실에 돌아가서 잠옷으로 갈아입었지만 졸음이 가셔서 잠이 오지 않았다. 베란다로 나가서 추위에 떨며 미대생이 나오기를 기다렸다. 그러나 이런 날에 한해서 그녀는 모습을 보이지 않았다. 그리 멀지 않은 곳에서 구급차의 사이렌이 들렸다.

포기하고 방 안에 돌아가려고 할 때, 주머니의 휴대전화가 묵직한 소리를 내며 진동했다. 신도가 죽고 소녀는 침대에 자고 있는 지금, 일부러 나에게 전화를 걸어올 사람은 한 명밖에 없다.

"여보세요?"라고 나는 대답했다.

『지금 어디에 있어?』라고 미대생이 말했다.

"조금 전에 만났잖아요. 집에 있어요. 당신은요?"

『물론 나도 집에 있어.』

그렇다는 것은 우리는 옆방에 있는 사람에게 일부러 전화를 하고 있는 것이다.

"그렇다면 베란다로 나와 주세요. 마침 담배를 피우러 나온 참이에요."

『됐어. 바깥은 추우니까.』

"전화비가 아깝다는 생각은 안 하시나요?"

『난 전화를 통해서 다른 사람과 이야기하는 걸 좋아해. 마음이 차분해져. 눈을 감고, 목소리에만 집중하면 되니까. 게다가 난 전화를 통해서 듣는 네 목소리를 좋아해.』

"목소리는 좋아하시는군요."

『목소리가 좋아.』

미대생은 즐거운 듯 웃었다.

『끌고 들어온 여자애하고는 재미 좀 봤어?』

"뭔가 착각하고 있는 것 같아서 말해두겠는데요."라고 나는 거듭 말했다. "그 애가 저에게 호감을 가질 일은 절대 없어요. 그런 전제가 있어요."

『놀려본 것뿐이야. 너희가 그런 관계가 아니라는 것 정도는 알아.』

나는 눈앞에 없는 상대를 향해 어깨를 축 늘어뜨려 보였다.

"그래서, 당신은 저를 놀릴 목적으로 전화를 하신 건가요?"

『그것도 있지만. 난 지금 조금 성가신 심경이야.』

"성가신 심경?"

『사람과 만나고 싶지 않지만, 사람과 이야기를 하고 싶어.』

"그건 확실히 성가시네요."

『이럴 때에 한해서, 너는 바빠 보이고 말이야.』

"죄송해요." 나는 벽 너머를 향해 살짝 고개를 숙였다. "평소에는 까무러칠 정도로 한가한데 말이에요."

『뭐, 이런 타이밍에 사람이 그리워지는 나도 잘못이지만 말이야. 그렇다고 해도…… 마음에 안 드네.』

"뭐가 말인가요?"

『어떻게 설명해야 좋을까. 뭐라고 해야 할까, 오늘의 너는 너답지 않아.』 그리고 십여 초 정도 생각에 잠기는 듯한 침묵이 있었다. 『그래, 평소였다면 너는 어디에도 가지 못할 것 같은 눈을 하고 있어. 초점이 어디에도 맞지 않는다고 할까, 모든 것을 보는 듯하면서 모든 것을 보지 않는 듯한, 될 대로 되란 느낌의 눈. 그랬기에 나는 네 앞에서는 어깨의 힘을 빼고 있을 수 있었어. 하지만…… 조금 전에 복도에서 만났을 때의 너의 눈은 그런 느낌이 아니었어.』

"그러면 어떤 느낌이었나요?"

그녀는 놀리듯 『안 알려줄 거야.』라고 말했다. 『조금 전의 여자애, 이미 자고 있지? 너무 시끄럽게 이야기하면 깨버릴지도 모르니까 이쯤에서 끝낼게. 마음 내키면 또 전화할게. 잘 자.』

일방적으로 통화가 끊어졌다.

한시간 정도 베란다에 있었던 것이 된다. 실내에 돌아왔을 때, 소녀는 아직 자고 있지 않았다.

오늘 밤의 그녀는 울지 않았다. 대신 떨고 있었다. 침대 위에서 웅크리고, 베개와 곰 인형을 꽉 끌어안고, 불규칙한 호흡을 내고 있었다. 그것이 추위 탓이 아닌 것은 명백했다.

겁먹을 바에야 처음부터 살인 따위 하지 않으면 될 텐데, 라고 나는 생각했다. 하지만 그럴 수도 없을 것이다. 그녀는 말했다. '그것만 생각하고 살아왔으니까요.' 라고.

복수를 하고 싶다, 가 아니다. 복수 말고는 할 일이 없는 것이다.

제5장

소녀와 양재 가위

패밀리 레스토랑에서 20시간 만의 식사를 했다. 그때까지 자신이 공복이란 것을 잊고 있었는데, 요리의 냄새를 맡자마자 갑자기 식욕이 솟구쳤다.

모닝 팬케이크 세트를 2인분 주문하고, 커피를 홀짝이며 나는 물었다.

"아버지와 언니 순이면, 다음 복수의 상대는 어머니인가?"

소녀는 천천히 고개를 가로저었다. 어젯밤에 제대로 자지 못했던 탓인지, 줄곧 하품을 하고 있다. 블라우스의 피 얼룩을 감추기 위해서 어제 내가 빌려준 감색 나일론 재킷을 입고 있었다.

"아뇨. 어머니만은 저에게 그렇게까지 심하게 대하지 않았어요. 자상하게 대해준 것도 아니지만요. 우선 그 사람은 넘어가 주기로 했어요."

이른 아침의 레스토랑은 손님이 얼마 없었다. 드문드문 있는 손님 대다수는 정장 차림의 회사원이었지만, 옆 테이블에는 심야부터 계속 앉아있는 듯 보이는 대학생 남녀가 엎드려 자고 있었다. 두 사람 사이에 있는 재떨이에는 담배꽁초가 수북이 쌓여있었다.

그리운 광경이구나, 라고 생각했다. 수개월 전까지는 나도 자주 신도와 심야의 패밀리 레스토랑에서 저렇게 귀중한 시간을 낭비하고 있었다. 그만한 시간 동안 우리는 대체 무슨 이야기를 하고 있었을까? 지금 와서는 기억이 나지 않았다.

"다음은 옛 동급생에게 보복하려고 해요."라고 소녀는 말했다. "어제보다는 이동 거리가 줄어들 것 같아요."

"전 동급생인가. 참고로 성별은?"

"여자예요."

"그 녀석도 역시 너에게 뭔가 흉터를 남긴 거야?"

소녀는 스윽 하고 일어서더니 내 옆의 의자에 앉아서는 교복 스커트를 걷어 올려 왼쪽 넓적다리를 보였다. 다음 순간, 그곳에는 길이 10센티, 폭 1센티 정도의 찢긴 상처가 떠올랐다. 선글라스를 벗고 보니 하얀 피부와 상처의 콘트라스트가 애처로웠다.

"이젠 됐어. 얼른 가려."

나는 주위에 신경을 쓰며 그렇게 말했다. 당사자는 그럴 생각이 없겠지만, 옆에서 보기에는 그녀가 그냥 나에게 넓적다리를 보이고 있는 것으로밖에 비치지 않을 것이다.

"시궁창에 떠밀려 떨어졌을 때, 유리 조각에 찢겼어요." 그녀는 담담하게 설명했다. "다만, 제가 문제 삼고 있는 것은 그 애에 의해서 받은 육체적 고통이 아니라 정신적 고통 쪽이에요. 똑똑한 사람이었어요. 사람을 굴복시키는 데는 '수치'를 이용하는 것이 제일이란 점을 잘 알고 있었어요."

그렇구나, 라고 나는 감탄했다. 듣고 보니, 의무교육 시대의 집단 따돌림에는 '어떻게 해서 수치를 줄 것인가'에 착안점을 둔 것이 적지 않았다. 그들은 직감적으로 그것이 가장 효과적으로 사람의 마음을 꺾는 방법임을 알고 있는 것이다.

인간이 가장 약해지는 순간. 그것은 자기 자신에게 혐오감을 갖게 될 때다. 수치는 학대하는 측에 대한 분노에 앞서, 학대받는 측의 자기혐오를 유발한다. 철저하게 수치를 당한 인간은, 자기 자신을 지킬 가치가 없는 존재라고 단정하며 저항할 생각을 잃어가게 되는 것이다.

"……중학교에 입학한 당초에, 학교의 불량 학생들은 저를 두려워하고 있었어요."라고 소녀는 입을 열었다. "그 무렵에 저희 언니는 질이 안 좋은 어른과 만나는 일이 많았거든요. 동급생은 저에게 손을 댔다간 언니 쪽에게 보복당할 거라고 생각하고 있었던 거죠. 하지만 오해는 오래 이어지지 않았어요. 이웃에 사는 동급생 중 한 명이 '저 녀석은 언니에게 미움받고 있는 것 같다. 질질 끌려 다니며 얻어맞는 것을 몇 번인가 보았다'라고 퍼뜨린 뒤로, 상황은 완전히 뒤바뀌었어요. 저를 겁내고 있던 불량 학생은 그때까지의 울분을 해소하듯이 저를 괴롭히게 되었죠."

소녀는 그것을 10년이나 20년 전에 있었던 옛날 일처럼 이야기했다. 나는 마치 이미 극복한 과거에 대한 이야기를 듣는 듯한 기분이 들었다.

"그래도 진학만 하면 상황이 변할 거라고 생각해서 견뎌왔는데, 그 근처의 공립 고등학교에 진학하는 것 외엔 허락되지 않았어요. 그곳에는 중학교의 동급생이 많이 있어서, 결국 상황은 아무것도 변하지 않았어요. 아뇨, 오히려 악화되었다고 말할 수 있겠죠."

"그래서." 나는 이야기를 중간에 끊듯이 끼어들었다. 그런 이야기를 마냥 듣고 싶지는 않았고, 털어놓으면 편해지는 종류의 과거라고도 생각되지 않았다. "이번에도 죽일 거지?"

"……네. 당연하죠."

그렇게 말하고, 소녀는 원래 자리로 돌아가서 식사를 재개했다.

"참고로."라고 그녀는 말했다. "어제의 그건, 조금 놀랐던 것뿐이에요."

다리가 풀려버렸던 일에 대해 이야기하는 것 같다. 나처럼 아무 쓸모없는 인간 앞에서 일부러 허세를 부릴 필요 따 윈 없을 텐데.

"딱히 살인이 무서운 건 아니에요."

토라진 듯이 소녀는 말했다. 어쩌면 그녀는 자기 자신을 향해서 허세를 부리고 있는지도 모른다고 생각했다. 복수에 앞서 불안을 품게 되어서, 어제의 그 일은 사고 같은 것이라고 자신에게 들려주고 있는 것이다.

"그러고 보니, 어제의 경험으로 생각했는데."라고 나는 말했다. "다음번에도 피를 뒤집어쓰게 될 가능성이 있다면, 갈아입을 옷을 준비해두는 편이 좋지 않을까?"

"딱히 상관없어요."

"사양할 필요는 없어. 내 돈으로 마음에 드는 옷을 사면 돼. 그 교복의 피도 완전히 지워지지 않았잖아?"

"그러니까, 필요 없다고요." 소녀는 짜증난다는 듯 고개를 저었다.

"뒤집어쓴 피만 문제 삼는 게 아냐. 아버지와 언니에게 복수를 한 지금, 너에 대한 수색원이 이미 제출되었을 거라고 생각하는 편이 좋아. 그리고 평일 낮에 교복을 입고 돌아다니는 것만으로도 눈에 띈다고. 너의 '미루기'도 만능은 아니야. 사소한 일에는 대처하기 힘들잖아? 트러블의 원인이 될 만한 것은 최대한 배제해두고 싶어."

"……그건, 확실히 지당한 의견이네요." 간신히 소녀가 인정했다. "그러면 두세 벌 사다 주실 수 있을까요?"

"그럴 수도 없어. 난 여자 옷에 대해서는 잘 모르거든. 미안하지만, 너도 같이 가야 해."

"하긴 그렇겠네요."

소녀는 포크를 접시에 내려놓고 성가시다는 듯 한숨을 쉬었다.

보도블록의 움푹 파인 곳에 생긴 물웅덩이가 하늘의 탁한 청색과 검은 고목의 실루엣을 비추고 있었다. 보도에는 단풍나무의 젖은 낙엽이 달라붙어서, 바로 위에서 보면 유치원생이 크레용으로 도화지에 그린 과장스러운 별들 같다. 낙엽은 광장의 분수에도 쌓여 파문이 퍼지는 수면 아래에서 흔들리고 있었다.

가장 가까운 백화점에 들어가서, 옷을 마음대로 골라보라고 말했다. 그녀는 내키지 않는 발걸음으로 걸으며 진열대 앞을 어슬렁거리고 있었다. 한참을 고민한 뒤에 마음을 정한 듯 젊은이 취향의 가게에 발을 들였지만, 거기서 또 한참이 걸렸다.

가게 안을 다섯 바퀴 정도 돈 뒤, 차분한 톤의 파란색 겉옷과 캐러멜 브라운의 스커트를 집어 들고, 소녀는 말했다.

"이거, 이상하지 않나요?"

"잘 어울린다고 생각해."라고 나는 솔직한 감상을 말했다.

소녀는 내 눈을 들여다보았다.

"거짓말이네요. 제가 하는 말에는 뭐든 좋게 대답할 생각이죠?"

"거짓말은 아니야. 애초에 옷 같은 건, 남이 불쾌해하지 않는 범위 안에서 좋아하는 것을 입으면 돼."

"도움이 안 되는 사람이네요."라고 소녀는 말했다. 불명예스러운 별명이 또 하나 늘었다.

거울 앞에서 옷을 확인한 뒤, 소녀는 옷을 원래 장소에 돌려놓고 다시 가게 안을 어슬렁거리기 시작했다.

매춘부가 되기 일보 직전의 차림새를 한 다리 긴 여성 점원이 다가와서는, "여동생분인가요?"라고 만면에 웃음을 띠며 물었다. 우리 사이의 험악한 분위기를 보고 남매로 착각한 듯하다.

솔직히 대답해줄 의리도 없으므로 "그래요."라고 대답해 두었다.

"쇼핑하는데 같이 와주다니, 자상한 오빠이시네요."

"저쪽은 그렇게는 생각하지 않는 것 같아요."

"괜찮아요. 앞으로 몇 년만 지나면 동생분도 오빠의 고마움을 깨달을 거예요. 저도 그랬으니까요."

"그렇다면 좋겠는데요." 나는 씁쓰레한 웃음을 지어 보였다. "그건 그렇고, 괜찮다면 저 애가 옷을 고르는 것을 도와

주시지 않겠어요? 계속 망설이고 있는 것 같아서요."

"맡겨주세요."

그러나 점원이 다가오는 것을 알아차린 소녀는 도망치듯이 가게를 나가버렸다. 종종걸음으로 따라간 나에게, 소녀는 몹시 지친 듯한 목소리로 말했다.

"옷은 이제 됐어요. 필요 없어요."

"그렇구나."

이유는 추궁하지 않기로 했다. 그렇다기보다, 물어보지 않아도 대강은 예상할 수 있었다.

이 아이의 가정 사정을 생각하면 빤하다. 이제까지 좋아하는 옷을 살 기회 따윈 주어지지 않았던 것이다. 처음 겪는 종류의 경험 앞에 위축되어 버린 것이다.

"자잘한 물건들을 사올 거예요. 당신은 따라오지 마세요."

"알았어. 돈은 얼마나 필요하지?"

"가지고 있는 것으로 충분해요. 차에서 기다리세요. 그렇게 오래 걸리지는 않을 거예요."

소녀가 떠나가자, 나는 조금 전의 가게로 돌아갔다. "조금 전에 왔던 애에게 어울릴 만한 옷을 적당히 골라주실 수 있을까요?"라고 점원에게 묻자, 솜씨 좋게 몇 벌을 척척 골라주었다. 바로 필요해질지도 모르므로 옷에 붙은 태그는 그 자리에서 처리해 달라고 했다. 만일을 위해 다른 가게에 들러 소녀가 입고 있는 것과 비슷한 디자인의 블라우스를 사두었다. 그녀에게는 사복보다 교복 쪽이 편할지도 모른다고 생각했기 때문이다.

지하주차장으로 내려가서 차로 돌아와, 쇼핑백을 뒷좌석에 던져 넣고 시트에 드러누워 휘파람을 불며 소녀를 기다렸다. 그러고 있으니 마치 자신이 주변과 다르지 않은, 평범한 쇼핑객처럼 생각되었다. 살인 준비를 하러 온 것이 아니라.

'미루기'의 유효 기간이 끝난 뒤의 일을 생각했다. 소녀가 죽고, 모든 복수는 무의미로 돌아가고, 그 대신 내가 그녀를 치어서 죽였다는 사실이 부활한다. 당연히 나는 음주운전 상해치사죄로 체포되게 된다. 그 이후의 일은 자세히는 모르지만, 이른바 교통 형무소에 들어가게 될 것이다. 형기는 수년에서 십수 년쯤 될까.

아들이 형무소에 들어갔다고 해도 아버지는 이렇다 할 반응을 보이지 않겠지, 라고 나는 생각했다. 뭔가가 잘못되어서 계속 일하고 있는 허수아비 같은 인간. 그를 놀라게 만들려면 음주운전으로 사망사고를 일으키는 정도로는 부족하다. 그야말로 소녀가 한 것처럼 명확한 살의를 가지고 누군가의 목숨을 빼앗거나 하지 않는 한, 아버지의 반응을 이끌어낼 수는 없을 것이다. 어머니 쪽은…… "거 봐, 그 남자와 갈라서고 혼자 도망친 나는 옳았어."라고 더욱 자신감을 갖는 모습이 쉽게 상상되었다. 그런 사람이다.

이거야 원. 나는 탄식했다. 나는 대체 뭘 하러 태어난 것일까? 태어나서 22년간, '살아있다' 라는 감각을 얻은 적은 한 번도 없었다. 이렇다 할 목표도 없고 삶의 보람도 없고 행복도 없이, 죽고 싶지 않기 때문이라는 이유만으로 살아왔다. 그 결과가 이거다.

"……이럴 바에야 나도 신도처럼 일찌감치 마음을 정리하고 스스로 목숨을 끊었어야 했어."

벌써 몇 번째인지 알 수 없는 그 말을, 마음속에 담아두지 않고 실제로 입 밖에 냈다.

세상이 살아갈 가치가 없는 장소라고는 생각하지 않는다.

그러나 내 인생에 한해서 말하자면, 그것이 살아갈 가치가 있다고는 생각할 수 없었다.

목적지인 어뮤즈먼트 시설에 도착한 것은 오후 2시를 지났을 무렵이었다. 볼링, 당구, 다트, 배팅 센터, 아케이드 게임, 메달 게임, 그것과 몇 군데의 음식점으로 이루어진 복합형 시설이다. 자명종을 동시에 500개 정도 울리는 듯한 요란한 소리에 머리가 어질어질했다. 고작 몇 개월간 방구석에 처박혀 있었던 것만으로, 이런 소음에 대한 내성을 완전히 상실해버린 듯했다.

소녀의 말에 의하면, 다음 복수 상대는 고등학교를 중퇴하고 지금은 이 시설 안의 이탈리안 레스토랑에서 일하고 있는 모양이었다. 그렇다고 해도, 소녀는 대체 어떻게 그런 정보를 얻은 것일까? 방법은 짐작도 가지 않았지만, 틀림없이 상당한 수고를 들여서 꼼꼼하게 조사했을 것이다.

레스토랑의 외벽은 유리로 되어 있어서 밖에서도 안의 상황을 잘 알 수 있었다. 마침 딱 좋은 위치에 있던 벤치에 앉아, 어느 점원이 소녀의 복수 상대인지 찾고 있는데 옷을 갈아입은 소녀가 다가왔다. 이 시간대에 교복 차림으로 이런 곳을 어슬렁거리면 청소년 계도에 걸릴지도 모르니까, 내가 그렇게 하라고 말했던 것이다.

"그 가게 점원, 확실히 실력이 있네."라며 나는 복장을 칭찬했다. 핀 도트의 원피스에 모스그린 카디건, 심플한 부츠. "그런 차림을 하면 어른스럽게 보여. 대학생이라고 해도 통하겠어."

소녀는 칭찬의 말을 무시하며 말했다. "그 선글라스, 빌려주세요."

"이거 말이야?" 나는 자신의 눈가를 가리켰다. "상관이야 없지만, 오히려 사람들의 시선을 끌 거야."

"괜찮아요. 저 사람에게 제 정체만 들키지 않으면 그걸로 충분해요."

수상쩍은 동그란 선글라스를 낀 소녀는 내 옆 자리에 앉아서 레스토랑 안을 잡아먹을 듯이 들여다보았다.

"있어요. 저 여자예요."

소녀가 가리킨 인물은——어제도 그랬지만——언뜻 보기에는 타인에게 위해를 가할 사람으로는 보이지 않았다. 어디에나 있는, 조금 예쁜 여자아이다. 눈과 눈 사이가 조금 가깝다는 점만 빼면, 완벽히게 정돈된 얼굴이라고 해도 좋을 것이다. 다크브라운으로 물들인 머리는 남자처럼 짧았지만, 도톰한 입술과 작은 코가 빚어내는 여성다움 쪽이 약간 상회하는 덕분에 오히려 색기가 느껴진다. 움직임도 목소리도 시원시원하다. 남녀노소를 가리지 않고 호감을 살 듯한 쾌활한 여자아이. 그것이 그녀의 첫 인상이었다.

모든 나쁜 녀석들이 알기 쉽게 악해 보이는 얼굴을 하고 있는 것은 아니다.

"저 애가 다음 복수의 대상이란 얘기구나."

"네. 오늘은 저 사람을 죽일 거예요." 별것 아니라는 듯 소녀는 말했다.

"오늘도 만나자마자 가위로 찌를 거야?"

소녀는 팔짱을 끼고 생각에 잠겼다. "아뇨, 그 방법은 이곳에서는 역시나 너무 눈에 띄니까, 아르바이트가 끝나기를 기다릴 거예요. 뒤편에 종업원용 출입구가 있으니, 그 여자가 퇴근할 기색을 보이면 그곳에 먼저 가 있기로 하죠."

"이의 없음. 이번에는 나도 뒤편에서 대기하는 거야?"

"그렇게 되겠네요. 저 여자가 도망치려고 하면 무슨 수를 써서라도 붙잡으세요."

"알았어."

아르바이트가 언제 끝나는지 몰랐으므로, 우리는 그 벤치에서 계속 감시했다. 소녀는 2층으로 쌓인 아이스크림을, 나는 피시 앤 칩스를 베어 물며 먼 곳에서 들려오는 볼링 핀이 넘어지는 소리에 귀를 기울였다. 젊은 남녀의 재잘거리는 소리가 이곳저곳에서 들렸다. 흰살 생선 프라이는 폐유로 튀긴 것 같은 맛이 났고, 포테이토는 소금기가 부족해서 나는 그것들을 제대로 씹지도 않고 콜라를 동원해 그냥 삼켰다.

어느샌가 소녀는 레스토랑 안이 아니라 통로 옆에 있는 크레인 게임을 바라보고 있었다. 유리 너머에는 곰과 원숭이의 혼혈 같은 생김새의 봉제인형이 쌓여있었다. 다시 시선을 소녀에게 돌리자, 눈이 딱 맞았다.

"……저거, 뽑아와 주세요."라고 소녀가 말했다. "어차피 시간이 한참 더 걸릴 것 같으니까요."

"내가 감시할 테니까 네가 뽑아와." 나는 소녀에게 지갑을 건넸다. "저 여자에게 뭔가 움직임이 있으면 바로 부를 테니까."

"저는 1년이 걸려도 못 뽑아요. 당신이 뽑아와요."

"아니, 나도 크레인 게임은 서툴러. 태어나서 이때까지 경품을 뽑은 적이 없어."

"됐으니까 가세요."

소녀는 지갑을 되돌려주며 내 등을 때렸다.

1천 엔 지폐를 환전기에서 동전으로 거스른 뒤, 기계 앞에 섰다. 개구부 근처의, 비교적 떨어뜨리기 쉬워 보이는 봉제인형을 목표로 정하고 부끄러움을 참으며 동전을 넣었다. 하다못해 옆에 소녀가 있어주었다면 모양새가 날 텐데, 라며 나는 한숨을 쉬었다. 음울한 얼굴을 한 남자 대학생이 평일 낮에 테디 베어를 상대로 낑낑거리고 있다는 구도는 너무나도 비참하다.

천오백 엔을 날려버리고, 지나가던 젊은 남자 직원에게 위치 수정을 부탁한 뒤에 다시 800엔을 더 들여서야 간신히 봉제인형은 구멍에 떨어졌다. 인생에서 처음으로 크레인게임으로 얻은 경품이었다. 벤치에 돌아가서 봉투를 소녀에게 건네자, 그녀는 무뚝뚝하게 그것을 받아들고, 이후에 이따금씩 감촉을 확인하듯이 봉투 안에 손을 찔러 넣고 있었다.

여자 아르바이트가 끝난 것은 오후 6시를 지났을 무렵이었다.

소녀는 일어나더니 "서두르죠."라고 말하고 종종걸음으로 가게를 나왔다. 나도 그 뒤를 따랐다.

달이 보이지 않는, 복수에 안성맞춤인 밤이었다. 특히 뒷문 앞의 주차장은 조명시설이 적어서 일부러 그늘에 숨어있을 필요는 없어 보였다. 오랫동안 시끌벅적한 장소에 있던 탓인지, 아직 귓속에 소음이 남아있어서 현기증이 날 것 같았다. 가을의 밤바람이 목덜미에서 체온을 빼앗아간다. 서늘함을 느끼고 겨드랑이에 끼고 있던 재킷을 입었다.

소녀는 가방에서 어제도 사용했던 양재 가위를 꺼내고 소가죽 케이스에서 뽑았다. 손에 잘 잡히도록 좌우 비대칭으로 만들어진 새까만 핸들, 어둠 속에서 둔탁하게 빛나는 은색 칼날은 어제 있었던 일의 기억도 거들어서 사람을 상처 입히기 위한 도구로밖에 보이지 않았다. 다시 보니 기분 나쁜 형태다. 좌우 각각의 손잡이 구멍은, 분노로 추하게 일그러진 눈처럼 보였다.

여자는 좀처럼 모습을 보이지 않았다. 혹시나 한발 늦은 것이 아닐까 하고 불안을 느끼기 시작할 무렵, 뒷문이 열렸다. 아르바이트 제복을 벗고 트렌치코트와 레드와인색 스커트로 갈아입은 그녀는 업무 중이던 때에 비하면 단숨에 늙은 듯 보였다. 소녀를 학대하고 있었다는 말로 보면 그녀도 아직 열일곱이나 열여덟 정도일 텐데, 나와 비슷하거나 그것보다 조금 아래 정도로 보였다.

눈앞을 막아선 소녀를 보고, 여자는 미심쩍다는 얼굴을 했다.

"저, 기억하시나요?"라고 소녀가 물었다.

여자는 소녀의 얼굴을 빤히 관찰했다.

"저기, 미안해. 이름이 여기까지 나오기는 했는데 말이야." 여자는 자신의 목을 가리키며 그렇게 말했다.

소녀의 눈매가 험악해졌다. 그 표정이 여자의 기억을 자극한 듯했다.

"아아, 뭐야. 누군가 했더니만……."

여자의 뺨이 풀어졌다.

그런 식으로 웃는 인간을, 나는 몇 명인가 알고 있었다. 타인을 두들겨 패는 것을 최고의 기쁨으로 삼는 놈들. 상대가 자신의 공격에 대해 반격해올지 어떨지를 간파하는 것만큼은 기가 막힐 정도로 능숙해서, 일방적으로 때릴 수 있다고 판단한 표적은 철저하게 희롱한다. 그러는 것으로 자존심을 유지하는 녀석들의 웃음이었다.

여자는 소녀의 머리꼭대기에서 발끝까지 거리낌 없이 관찰했다. 자신의 기억 속에 있는 그녀와 현재의 그녀에게 차이가 있는지 감정하고 있는 것이겠지. 그것에 따라 능숙하게 대응을 바꿀 셈이다.

여자 안에서, 소녀의 취급이 결정된 듯했다.

"너, 아직 살아있었냐?"라고 여자는 말했다.

그것은 무슨 의미일까, 하고 나는 생각했다. "(네가 살아 있어 봤자 좋은 일은 하나도 없을 텐데) 아직 살아있었냐?"일까 "(그만큼 참혹한 일을 당했는데도) 아직 살아있었냐?"일까.

"아뇨. 이미 죽었어요."라고 말하며 소녀는 고개를 저었다. "그리고, 당신도 길동무예요."

여자에게 대답할 시간은 주어지지 않았다. 다음 순간에는 양재 가위가 그녀의 대퇴부에 박혀있었다.

여자는 금속성 비명을 지르며 그 자리에 쓰러졌다. 고통에 발버둥 치며 괴로워하는 모습을, 소녀는 경멸하는 듯한 눈으로 내려다보고 있었다. 캐멀 트렌치코트의 옷자락이 피로 물들어간다. 그러나 그것을 봐도 나는 더 이상 동요하지 않았다. 오늘은 마음의 준비가 되어있다.

도움을 청하려고 여자는 크게 숨을 들이쉬었지만, 한 단어가 입 밖에 나오기 전에 소녀의 로퍼가 코끝을 걷어차고 있었다. 얼굴을 감싸고 소리 없는 비명을 지르는 여자의 눈앞에서, 소녀는 손톱깎이 같은 형태의 도구를 꺼내들고 그것을 칼날 위에 미끄러뜨리기 시작했다.

줄로 날을 갈고 있는 듯했다.

한쪽 칼날 당 다섯 번을 미끄러뜨린 뒤, 소녀는 줄을 버리고 여자의 머리카락을 움켜쥐어 몸을 일으키게 하고는 벌어진 가위 끝을 겁에 질린 두 눈에 찔러 넣었다. 한쪽이 왼쪽 눈, 다른 한쪽이 오른쪽 눈 담당이다. 여자는 움직임을 멈췄다.

추운 밤이었다. 겨울도 아닌데, 토해내는 숨이 하얗게 물들었다.

"뭔가 나에게 할 말은 있나요?"라고 소녀는 물었다.

코피에 젖은 여자는 목숨을 구걸하는 듯한 말을 반복했지만, 제대로 된 언어의 형태를 이루고 있지는 않았다.

소녀는 이해력이 모자란 아이를 타이르는 듯한 어조로 말했다.

"그때는 잘못했습니다, 라고 해야지?"

소녀는 가위를 일단 뽑아서 접고, 눈에서 흉기가 멀어진 것에 안도한 여자의 목을 힘껏 찔렀다.

노린 것은 목이 아니었다. 가위는 경동맥을 꿰뚫은 듯했다. 칼날을 뽑은 순간, 상처에서 뿜어져 나오듯이 피가 넘쳐 나왔다. 흐르는 것이 아니다. 넘쳐 나온 것이다.

여자는 무시무시한 기세로 몸 밖으로 빠져나가는 피를 멈추려는 듯이 두 손으로 상처를 막았지만, 수십 초 뒤에 그 자세 그대로 눈을 뜬 채 숨을 거두었다.

"……이번에도 더러워져버렸어요." 선혈에 젖은 소녀는 나를 돌아보며 그렇게 말했다. "이 옷, 꽤 마음에 들었는데."

"또 사면 돼."라고 나는 말했다.

창백한 얼굴을 하고 있었으니 아마도 그럴 거라고 생각했지만, 그늘에서 원래의 교복으로 갈아입은 뒤에 일부러 가게 안으로 돌아간 소녀는 레스토랑 옆의 화장실에 뛰어 들어가서 한동안 나오지 않았다. 구역질하는 흐릿한 소리가 들렸다. 토하고 있는 것이겠지.

주저 없이 사람을 찌른 것치고는 그 뒤의 반응이 아주 정상적이네, 라고 나는 생각했다. 그런 쪽의 케이스북에 실려 있는 연쇄살인범과는 달리, 이 소녀는 폭력에 대해 뚜렷한 혐오감을 품고 있었다. 그렇지 않으면 살인 후에 일일이 구토하거나 다리가 풀릴 리가 없다.

그런 애가 살인을 저지르고 있는 것을 보면, 상당히 강렬한 원한임이 틀림없을 것이다.

그리고 나도 나다. 살인을 목격한 직후인데도 어째서 이렇게까지 태연할 수 있는 것일까? 살인귀와 함께 있으면서도 아무것도 느끼지 않는 내 쪽이 살인귀보다 훨씬 미쳐있는 게 아닐까?

뭐, 가령 그렇다고 해도 이제 와서 뭔가 문제가 되는 것도 아니지만.

어두컴컴한 복도에 있는, 금이 잔뜩 간 소파에 앉아서 소녀를 기다렸다. 담배 세 개비 분의 시간이 경과하자 간신히 그녀가 돌아왔다. 발걸음은 무겁고, 눈은 새빨갛게 충혈 되어 있었다. 오늘 먹은 것을 전부 게워내 버린 것이겠지. 안 그래도 하얀 피부는 거의 유령처럼 빛을 잃고 있었다.

"얼굴이 말이 아니네."

장난치듯이 내가 말하자 소녀는 생기 없는 눈으로 말했다. "원래부터 그래요."

"그렇지는 않아."라고 나는 부정했다.

원래대로라면 우리는 한시라도 빨리 이곳에서 도망쳐야 했다. 풀숲에 숨겼다고는 해도 그 여자의 시체가 발견되는 것은 시간 문제였고, 소녀의 가방에는 흉기인 양재 가위와 피에 젖은 옷이 들어있다. 내 옷 역시 알기 어렵기는 해도 군데군데 피로 더러워져서 검문을 받는다면 끝장인 상황이다.

그런데도 내 입에서 나온 것은 이런 말이었다.

"저기, 복수는 오늘 것은 이 정도로 하고, 기분 전환이라도 하지 않을래? 너도 많이 지쳐있는 것 같고 말이야."

소녀는 눈을 덮어 가릴 정도로 긴 앞머리를 손으로 넘기며 내 눈을 들여다보았다.

"……예를 들면?"

일축당하리라고 생각했지만, 예상 외로 의욕적인 대답이었다. 그 정도로 정신적으로 피폐해진 것이겠지.

이것은 좋은 '점수벌이'가 되겠는 걸, 이라고 나는 생각했다.

"볼링을 하자."라고 말했다.

"볼링?" 소녀는 가게 반대편에 있는 볼링 레인으로 시선을 향하고, 눈을 동그랗게 떴다. "설마, 지금 여기서 말인가요?"

"그래. 흉기를 소지한 채로, 살인 현장에 남아서 볼링을 하는 거야. 살인범은 현장에 돌아온다는 말이 있는데, 설마 현장에 남아서 볼링을 하리라고는 아무도 생각 못하지 않을까?"

그거 진심으로 하는 말인가요? 라고 그녀는 눈으로 물었다. 진심이야, 라고 나도 눈으로 대답했다.

"나쁘지 않은 제안이지?"

"……그러네요. 나쁘지 않아요."

우리의 악취미가 합치되는 순간이었다. 살인 현장에 남아서 오락을 즐긴다. 죽은 자에 대한 모독으로서는 더할 나위 없다.

접수처에서 수속을 마치고, 이보다 더할 수 없을 정도로 끔찍한 디자인의 볼링 슈즈를 대여해서 레인으로 이동한다. 소녀는 역시 볼링이라는 게임을 처음 접하는지, 8파운드 공의 무게에도 놀라고 있었다.

시범을 보이는 의미에서 내가 선공으로 공을 던졌다. 일곱 개 이상은 쓰러뜨리지 않을 생각으로 던졌는데, 노린 대로 쓰러진 것은 딱 일곱 개였다. 첫 스트라이크는 소녀에게 양보할 생각이었다.

돌아보며 소녀에게 말했다. "네 차례야."

소녀는 8파운드 공에 신중하게 손가락을 찔러 넣고서 핀을 노려보고, 여자치고는 단정한 폼으로 공을 던졌다. 쓰러진 것은 여덟 개. 기본 실력은 나쁘지 않은 듯했다. 집중력이 있는 것이겠지. 제4프레임에서 그녀는 금세 스페어를 처리했고, 제7프레임에서 스트라이크를 냈다.

그리운 감각이었다. 한때, 신도는 〈*위대한 레보스키〉의

---

*The Big Lebowski. 조엘 코엔 감독의 블랙코미디 영화. 1998년작. 주인공 레보스키는 볼링장에서 시간을 때우는 건달이다.

영향으로 바보처럼 볼링장에 매일 같이 드나들고 있었다. 최종적으로 신도의 베스트 스코어는 220점을 넘었다. 나도 옆에서 그것을 구경했고, 때때로 게임에 끼기도 했다. 그때 그에게 적확한 조언을 들었기 때문인지 컨디션이 좋으면 180점을 낼 정도의 실력은 붙었다. 무엇에 대해서든 정열이 오래가지 않는 나치고는 잘한 편이라고 생각한다.

소녀의 대항심을 자극하기 위해, 나는 일부러 간신히 소녀가 질 정도의 스코어를 냈다. 이런 까다로운 애를 상대로는 일부러 지는 것보다 그쪽이 효과가 있다고 생각했던 것이다.

결국 소녀는 게임을 끝내도, 좋은 의미에서 불만스러워 보였다.

"한 번 더."라고 그녀는 말했다. "한 번 더 하죠."

세 게임을 끝낼 무렵에는 창백했던 소녀의 표정도 어느 정도 건강한 빛을 되찾고 있었다. 우리가 있는 동안에 시체가 발견되지는 않은 듯했다. 어쩌면 내가 모르는 곳에서 소녀가 시체의 발견을 '미루기' 하고 있었는지도 모른다.

어쨌든 우리는 그 시간을 평온하게 보낼 수 있었다. 볼링을 마치고, 우리는 살해한 여자가 일했던 레스토랑에서 조금 호화로운 식사를 했다.

그날은 자취방으로 돌아가지 않았다. 다음에 복수할 상대가 있는 곳까지 차로 6시간 정도 걸린다고 소녀는 말했다. 차라리 신칸센을 타는 게 어떠냐고 제안했지만, "사람이 많은 탈것은 싫어요."라며 기각되었다. 대중교통 기관을 사용할 바에야, 차라리 비좁은 경차의 딱딱한 시트에 앉아서 자신을 죽인 남자와 단둘이 반나절을 지내는 편이 낫다는 듯했다.

소녀는 동급생을 죽인 쇼크에서 완전히 회복하지는 못한 모양이었다. 어젯밤에 거의 잠을 자지 못했기 때문인지, 어뮤즈먼트 시설을 나오는 단계에도 발걸음이 위태로웠다. 나는 나대로 이 수 개월간 잠만 자던 생활을 보내고 있었던 탓에 체력이 완전히 바닥나서, 운전을 시작하고 20분이 지나자 눈꺼풀이 눈의 절반 이상 올라가지 않고 있었다.

클랙슨 소리를 들었을 때, 나는 비로소 자신이 의식을 잃고 있던 것을 깨달았다. 신호에 걸려 정지한 사이에 깜빡 잠들어 버린 모양이었다. 황급히 액셀을 밟았더니 엔진이 헛돌았고, 나는 답답한 마음으로 기어를 드라이브에 넣고 액셀을 다시 밟았다.

왜 깨워주지 않았냐며 나무라는 듯한 시선을 조수석으로 보냈더니, 소녀는 방금까지의 나처럼 고개를 숙이고 눈을 감고 있었다. 긴장이 풀려서 단숨에 피로가 밀려들었는지, 클랙슨 소리도, 급발진의 흔들림도 깨닫지 못하고 곤히 자고 있었다.

두 사람 모두 이런 상태로 계속 운전하는 것은 위험하다고 생각했다. 어딘가에 차를 세우고 쉬고 싶었지만, 그저께 밤처럼 차 안에서 자 봤자 피로는 별로 풀리지 않을 것이다. 차라리 어딘가의 숙박 시설에서 확실한 수면을 취하는 편이 좋지 않을까. 소녀는 "시간이 없어요. 쉴 여유가 있다고 생각하나요?"라며 나무랄지도 모르지만, 졸음운전으로 한심하게 사고를 일으키는 것보다는 낫다.

'미루기'는 자유자재로 행할 수 있는 것이 아닌 듯하다. 만일 소녀가 곯아 떨어져 있을 때에 내가 핸들 조작을 잘못해서 대형 트럭과 정면충돌 같은 걸 하게 되면 그녀는 그것을 '미루기' 할 수 있을까? 주마등을 볼 새도 없이, 죽고 싶지 않다며 겁먹을 새도 없이 즉사한다면 '이런 일이 있어서야 되겠는가.'라는 영혼의 비명을 지를 수도 없으니 죽음을 미루는 것은 불가능하지 않을까?

그리고 아마도 소녀는 그 답을 모를 것이다. 설명을 듣기로는 본인도 자신의 능력 전부를 파악하고 있는 것은 아닌 듯했다.

안전을 중시하기로 결심했다. 국도변에 있는 비즈니스호텔의 주차장으로 들어가서, 차에 소녀를 놔두고 프런트에 가서 빈 방이 있느냐고 묻자 트윈 룸 하나만이 비어있다는 대답이 돌아왔다. 딱 좋다. 더블이었다면 내가 바닥에서 자게 될 판이었다.

용지에 필요사항을 기입할 때, 그러고 보니 나는 소녀의 이름도 주소도 모른다는 것을 깨달았다. 지금 물어보고 올 수도 없으므로 가짜 이름을 썼다. '유가미 치즈루'. 같은 연립주택에서 공동생활을 하는 여동생으로 해두면 나중에 여러 가지로 편리할지도 모른다고 판단했다. 옷가게의 직원은 우리를 남매로 착각했으니 그리 무리한 거짓말도 아닐 것이다.

차로 돌아간다. 곤히 자고 있던 소녀를 깨워서, "다음 복수를 하기 전에 여기서 한숨 자고 가자."라고 말하자 불평 없이 따라왔다. 소녀 쪽으로서도, 입 밖에 내지는 않았지만 딱딱한 시트 위가 아니라 푹신한 침대 위에서 쉬고 싶다고 생각한 것이겠지.

자동문 앞에서 돌아보며 묻는다.

"2인 1실인데, 상관없어? 거기밖에 빈 방이 없었어."

대답은 없었지만, 나는 그것을 "상관없어요."를 의미하는 것이라고 멋대로 해석했다.

비즈니스호텔다운 간소한 인테리어였다. 아이보리를 기조로 한 배색으로, 나란히 놓인 침대 사이에는 전화가 놓인 정사각형 테이블, 그 위에는 싸구려 추상화가 걸려 있다. 침대들 정면에는 라이팅 데스크가 있고, 전기 포트나 텔레비전 등이 구비되어 놓여있었다.

문이 잠긴 것을 확인하고서, 소녀는 마른 피가 달라붙은 양재 가위를 가방에서 꺼내서 유닛배스의 세면대에서 씻기 시작했다. 더러움을 정성껏 씻어내고 수건으로 물기를 닦아 낸 뒤, 침대 가장자리에 앉아서 줄을 대고 사랑스러운 듯 칼 날을 간다. 그녀의 목적 성취에 절대 빼놓을 수 없는 도구.

　어째서 가위일까? 라이팅 데스크에 있던 도기 재떨이를 침대 옆 테이블로 옮겨놓고 담배에 불을 붙이며 생각했다. 좀 더 좋은 흉기는 얼마든지 있을 텐데. 칼을 살 돈이 없었 기 때문에? 흉기로 보이지 않으니까? 휴대하기 편리하니 까? 그냥 집에 있던 물건이라? 가장 다루기 쉬워 보여서? 애착이 있는 도구여서?

　나는 상상한다. 아버지나 언니에게 학대를 받은 밤, 한겨 울인데도 불구하고 별채의 창고에 감금당한 소녀는 추위에 떨면서 훌쩍이고 있다. 그러나 몇 분이 지나자, 눈물을 닦고 일어서서 캄캄한 어둠 속에 바깥에서 잠긴 자물쇠를 푸는 데 도움이 될 만한 도구를 더듬어 찾기 시작한다. 슬픔을 분 노로 전환하고 외로운 용기로 탈바꿈시키는 방법을 그녀는 숙지하고 있다. 울어봤자 아무 소용도 없다. 아무도 도와주 지 않는다.

　공구함의 서랍을 닥치는 대로 열어보고 있는데 갑자기 소 녀의 손끝에 아픔이 느껴진다. 반사적으로 손을 뒤로 뺐지 만, 그 뒤에 조심조심 손을 뻗어서 그녀의 손끝을 찌른 '뭔가'를 집어 들고 통기구로 비쳐든 달빛에 비쳐본다.

녹슨 양재 가위다.

어째서 이런 곳에 가위가 있는 걸까? 스패너나 드라이버나 펜치가 들어있다면 몰라도. 비슷하게 생긴 물건이라 한 묶음으로 취급당한 걸까?

링에 손가락을 넣어본다. 조금 힘을 넣자 간신히 칼날이 양쪽으로 벌어진다.

피가 손가락을 타고 손목까지 흐른 것을 상관하지 않고, 소녀는 가위를 홀린 듯 바라본다. 날카롭고 뾰족한 끄트머리를 바라보고 있는 동안, 뱃속에서 용기가 솟아나는 것을 깨닫는다.

암흑에 눈이 익숙해짐에 따라, 공구함에 든 물건들의 윤곽을 알 수 있게 되기 시작했다. 다시 한 번, 뻑뻑한 서랍을 위에서부터 순서대로 뒤진다. 찾던 물건은 금방 발견했다. 줄을 손에 들고, 소녀는 주의 깊은 손놀림으로 칼날에 붙어 있는 녹을 벗겨내기 시작한다.

시간은 얼마든지 있다.

한밤중의 창고 안에, 사각사각하는 불길한 소리가 울려 퍼진다.

소녀는 맹세한다. 언젠가 이것으로 그들의 숨통을 끊어주 겠다고.

모든 것은 나의 공상에 지나지 않는다. 하지만 갑자기 저 가위에 흥미가 솟기 시작했다.

샤워를 하고 돌아온 소녀는 구비되어 있는 잠옷으로 갈아입고 있었다. 원피스 스타일의 희고 간소한 옷은 잠옷이라기보다 백의나 소복 같았다.

다 갈아놓은 가위를 눈앞에 펼치고 칼날의 상태를 확인하는 소녀에게, 나는 물었다.

"그거, 한 번 봐도 될까?"

"……왜요?"

당연한 질문이다. 흥미 본위, 라고 말하면 쌀쌀맞게 거절당할 것 같았다. 효과적인 말을 찾는다.

가위가 가죽케이스에 들어간 그때, 나는 말했다.

"아름답다고 생각해서."

대답으로서는 그럭저럭이었던 것 같다. 소녀는 경계하는 눈초리를 하면서도 가위를 건네주었다. 마음에 든 도구가 칭찬받아서 기뻤는지도 모른다.

소녀의 정면에 앉아서, 조금 전에 그녀가 했던 것처럼 그것을 눈앞에 펼쳐본다. 거울처럼 반짝이게 연마되어있다고 생각했는데, 의외로 그렇지도 않았다. 몇 센티 거리에서 보니 칼날 면에는 자잘한 상처가 무수하게 있었다. 그것도 그렇다. 중요한 것은 끄트머리가 저항 없이 살을 찢고 들어갈 수 있는가 하는 점이고, 다른 부위를 갈아 봤자 칼날의 강도가 떨어질 뿐일 테니까. 최소한의 녹을 벗겨낸 것뿐이었겠지……라고 생각하다가, 가위가 녹슬어 있던 것은 내 공상 속의 이야기에 불과하다는 사실을 떠올렸다.

"잘 갈려있네."라고 나는 혼잣말을 했다.

사람은 도구를 가지면 그것을 사용하는 자신을 상상하지 않을 수 없는 듯하다. 살상에 특화된 가위를 바라보고 있는 동안, 나는 갑자기 '이 가위로 누군가를 찔러보고 싶다'는 충동에 휩싸였다. 날카롭게 갈린 가위 끝은, 푹 익은 과일이라도 찌르는 것처럼 아주 간단히 살 속을 파고들 것이다.

시험 삼아 상상해본다. 나는 이 가위로 사람을 찌르고 싶다. 자, 그러면 누구를 찔러야 할까?

가장 먼저 그 대상의 후보에 오른 것은, 역시 옆 침대에 앉아서 안절부절못하는 눈치로 자기 손을 떠난 가위를 바라보고 있는 소녀였다.

곰 인형과 마찬가지로, 양재 가위는 그녀의 정신안정제 역할을 하고 있던 것 같다. 본인도 지금까지 그것을 몰랐던 것이겠지. 가위를 남의 손에 넘긴 뒤에 엄습한 강렬한 불안감에 동요하면서도, 그것을 인정하고 싶지 않아서 태연한 체를 하고 있다. 그런 느낌으로 보였다.

무기를 잃은 지금, 소녀는 한없이 무력에 가까운 존재였다. 그녀를 이 자리에서 찔러 죽이면 어떻게 될까, 라고 나는 상상한다. 단추를 다 채우지 않은 잠옷 틈새로 흘끗흘끗 보이는 모양 좋은 가슴 한복판에 이 가위를 찔러 넣는다면. 글라스하

프처럼 맑고 편안한 소리를 내는 저 목을 찢으면. 지방이 거의 붙어있지 않은 매끈한 복부를 찌르고 휘젓는다면.

가위를 통해 소녀의 살의가 전염된 듯했다.

손가락 구멍에 집게손가락을 넣고 가위를 회전시킨다. 소녀는 초조해진 듯이 "돌려주세요."라고 말하며 손을 뻗었지만, 나는 손가락의 회전을 멈추지 않는다. 가학적인 공상을 즐긴다.

앞으로 두 번 정도 같은 말을 들으면 돌려주자, 라고 마음먹었을 무렵에는 이미 소녀의 눈빛이 변해 있었다. 탁해졌다고 말하는 편이 좋을지도 모른다.

낯익은 표정이었다. 복수 상대와 대치했을 때의 그것이었다.

딱딱한 충격을 느꼈다. 시야가 새하얗게 폭발했다. 침대에 그대로 쓰러졌다. 미간에 깨지는 듯한 격통이 퍼진다. 얼굴에 뒤집어씌워진 담뱃재 냄새에 재떨이로 맞은 것을 알았다.

왼손에서 가위를 낚아채 가는 감각이 있었다. 그 칼끝이 다음 순간 나를 향하는 것이 아닌가 하고 걱정했지만, 다행히 그런 일은 없었다.

한동안 아픔에 신음하고 있었다. 몸을 일으켜서 셔츠의 가슴팍에 묻은 재를 털었다. 이마의 상태를 확인하려고 손끝으로 가볍게 건드려보니 끈적끈적한 피가 묻었지만, 요 이틀 동안 피를 질리게 봐서인지 특별히 아무것도 느껴지지 않았다. 손이 더러워져서 불쾌하다는 정도다. 코 가까이 가져가서 녹슨 쇠 같은 냄새를 맡는다. 바닥에 떨어진 재떨이를 주워들고 테이블에 돌려놓는다.

소녀는 나에게 등을 돌리고 자기 침대에 앉아있었다.

어떤 종류의 취기는 완전히 가셔 있었다. 이거야 원. 나는 스스로에게 기가 막혔다. 난 내가 냉정하다고 생각하고 있었는데, 요 며칠간의 이런저런 일들로 인해 착실히 제 정신을 잃어가고 있었던 것 같다.

화나게 만들어버렸다고 생각했다. 하지만 내가 짓궂은 장난에 대해 사과하려고 소녀의 어깨를 두드리자, 그녀는 겁먹은 듯이 몸을 움츠렸다.

돌아본 그녀의 뺨을, 눈물이 타고 흐르고 있었다.

아무래도 내가 생각하고 있던 것보다 훨씬, 그녀의 마음은 약한 듯했다.

가위를 손에 들고 기분 나쁜 미소를 짓는 나와, 자신을 학대해온 녀석들을 겹쳐본 것이겠지.

내가 반격해오지 않을 것을 알게 되자, 소녀는 고개를 숙이고 속삭이듯 말했다.

"……그런 짓, 다시는 하지 마세요."

미안해, 라고 나는 말했다.

뜨거운 물로 샤워를 하자 재떨이에 맞은 이마가 욱신욱신 쑤셨다. 머리를 감으니 비누가 상처에 스몄다. 이런 상처다운 상처는 오래간만이네, 라고 생각했다. 마지막으로 다쳤던 것이 언제였을까. 샤워를 멈추고 기억을 살핀다. 그렇다, 3년 전——사이즈가 맞지 않는 신발을 신고 하루 종일 돌아다녔더니 엄지발톱이 벗겨졌던가——아마도 그 이래일 것이다.

그렇다고 해도, 조금 전에 보였던 자신의 행동에는 놀랐다. 만약 소녀가 재떨이로 때려주지 않았더라면 어떻게 되었을까? 어떻게 된 영문인지, 내 머리에는 아주 자연스럽게 '소녀를 죽이자'는 상상이 떠올랐다. 그것이 자신의 의무처럼 생각되기까지 했다. 나는 스스로를 온후하고 폭력과는 인연이 없는 인간이라고 믿고 있었는데, 단지 이제까지 겉으로 나올 기회가 없었을 뿐이지 사실은 남들만큼, 혹은 그 이상의 흉폭성을 감추고 있었는지도 모른다.

잠옷으로 갈아입고 머리를 말리고 있는데, 벗어 던진 청바지의 주머니 안에서 휴대전화가 진동하고 있었다. 누가 전화했는지는 확인할 것도 없다. 욕조에 걸터앉아서 전화를 받았다.

『슬슬 내 전화를 원할 무렵일까 해서.』라고 미대생은 말했다.

"분하지만, 딱 그럴 때였어요."라고 나는 말했다. "숨이 막힐 것 같아요.”

『저기, 지금 나는 공중전화에서 너에게 걸고 있어.』그녀
는 자랑스러운 듯 말했다.

『길모퉁이의 전화박스인데, 머리 위에 여름의 거미줄이
잔뜩 남아있는 거 있지? 기분이 나빠 견딜 수가 없어.』

“옆방에 있을 때는 휴대전화로 걸었으면서, 제가 멀리 있
을 때는 공중전화로 거는 건가요?”

『혼자서 밤길을 산책하고 있는데 비가 내리더라고. 비를
피할 곳이 없나 찾아보니 여기가 눈에 들어오지 뭐야. 요즘은
공중전화 같은 건 사용할 기회가 없잖아? 모처럼 이렇게 되
었으니, 빗발이 약해질 때까지 여기서 히키코모리 군하고 이
야기를 하자고 생각했어. 하지만 10엔짜리가 없어서 100엔
을 넣어버렸어. 시간이 다 될 때까지 나랑 이야기를 해줘야겠
어. ……그런데 너, 지금 ‘멀리 있다’고 했지?』

“네.” 이런 걸 설명할 필요는 없는지도 모르겠다고 생각
하면서도 말을 이었다. “이미 자동차로 5시간 정도 거리에
있어요. 호텔에서 쉬고 있어요.”

『흐응. 드디어 히키코모리 군이라고 부를 수 없게 되기
시작했네.』그녀는 불만스러운 투로 말했다.『그 여자애하
고는 잘 지내고 있어?』

“울려버렸어요. 재떨이로 얻어맞았어요. 이마에서 피가
났어요.”

미대생은 깔깔 웃었다. 『음흉한 짓이라도 하려고 했던 거지?』

"가령 제가 그런 짓을 할 사람이라고 한다면, 당신 쪽이 먼저 피해를 입었을 텐데요."

『글쎄? 너는 그 여자애처럼 그늘이 있는 여자를 좋아할 것 같아.』

시시껄렁한 이야기를 100엔 분량의 시간이 지날 때까지 계속했다. 통화가 끊어지자, 머리를 말리고 유닛배스를 나왔다. 울보 살인귀는 내 침대에 등을 향하고 자고 있었다. 길고 윤기 있는 그 흑발이, 하얀 베개와 시트 위에 방사상으로 펼쳐져있다. 가느다란 어깨가 완만하게 올라갔다 내려갔다 하고 있다.

소녀가 악몽을 꾸고 벌떡 일어났으면 좋겠다고 나는 생각했다. 그렇게 되면 겁에 질린 그녀에게 "마실 것이라도 사가지고 올까?", "난방이 너무 강했는지도 몰라. 조금 온도를 낮추자."라는 센스 있는 말을 하며 '점수벌이'를 할 수 있다. 그렇게 해서 내 죄는 조금이나마 경감된다.

텔레비전을 틀면 오늘의 살인에 대해 보도되고 있을지 모른다고 생각했지만, 그것을 본다 한들 어떻게 되는 것도 아니다. 내 피가 묻어있는 도기제 재떨이를 가까이 끌어와서, 데스크에서 담배를 꺼내들고 오일 라이터로 불을 붙였다. 충분히 연기를 들이마신 뒤에, 10초 정도 유지하고 나서 토해냈다. 이마의 상처를 건드리자 타들어가듯이 아팠지만, 그 아픔이 내가 이곳에 존재하고 있다는 증거 같아서 편안하게 느껴졌다.

제6장
아픈 것아, 아픈 것아, 날아가라

하늘에 걸린 새털구름은 희미한 백조의 깃털 같았다. 어젯밤에 내린 비로 시커먼 탁류가 흐르는 강의 아치교를 건너, 황금색으로 반짝이며 물결치는 논을 따라 나 있는 작은 길을 달린다. 간선도로에 합류한 지 몇 분 되지 않아 작은 도시가 보이기 시작했다. 낯익은 체인점들이 익숙한 순서로 늘어서 있는, 판에 박은 듯한 풍경이었다.

자그마한 제과점 옆에 차를 세우고 주차장에서 크게 하품을 했다. 가을바람이 불고 지나가고, 싸늘한 기운이 코를 간질인다. 조수석에서 내린 소녀의 흑발이 나부끼며 왼쪽 눈꼬리에서 아래로 쭉 뻗은 5센티 정도의 옛 상처가 드러났다. 면도칼로 찢은 듯한, 깊고 직선적인 흉터다. 그녀는 그것을 내 눈에서 감추듯이 자연스럽게 왼손으로 덮었다.

본인에게는 아무런 설명도 듣지 못했지만, 세 명째의 복수 상대인 남자가 낸 상처임은 의심할 것도 없었다. 손바닥의 자상, 팔이나 등의 화상, 넓적다리의 열상, 얼굴의 절상. 온몸이 상처투성이잖아, 라고 나는 생각했다. 이 소녀에게는 가까이 있는 사람의 폭력성을 끌어내는 뭔가가 있는 것이 아닌지 억측이 들 정도다. 아무리 가정폭력과 집단 따돌림에 노출되어 있었다고 해도 이 상처의 양은 역시나 정상이 아니다.

어떤 형상을 한 돌을 보면 걷어차고 싶어지는 것처럼, 어떤 형태의 고드름을 보면 뿌리 쪽부터 뚝 부러뜨리고 싶어지는 것처럼, 어떤 형태의 꽃잎을 보면 한 장 한 장 뜯어보고 싶어지는 것처럼…… 세상에는 미추와는 관계없이 '저도 모르게 부숴버리고 싶은 것'이 존재한다. 이 소녀도 그런 것이 아닐까, 하고 생각했다. 어젯밤에 갑자기 내 안에서 생겨난 공격 충동도 그것으로 설명이 가능하지 않을까.

가해자 측이 멋대로 만들어낸 이론이지, 라며 나는 고개를 휘휘 젓는다. 마치 가장 큰 책임이 소녀에게 있다는 듯한 말투다. 그럴 리가 없다. 그녀가 어떤 성질을 가지고 있다 하더라도 상처 입혀도 괜찮을 이유가 되지는 못한다.

갓 구운 치즈 크라상, 애플파이, 토마토 샌드위치, 거기에 커피를 사서 테라스 석에서 묵묵히 먹었다. 빵부스러기가 떨어져 있는지, 작은 새들 몇 마리가 발치에 어슬렁거리고 있었다. 도로 건너편에 있는 아동공원에서는 아이들이 축구를 하고 있다. 푸른 기운을 잃은 잔디밭 중앙에는 커다란 나무가 긴 그림자를 드리우고 있었다.

잿빛 캐스캣을 쓴 40대 남자가 가게 안에서 문을 열고 나와, 우리에게 미소를 지었다. 윤곽이 뚜렷한 얼굴에 머리는 짧게 정리했고, 입가의 수염도 꼼꼼히 다듬어져 있다. 가슴의 배지에는 '오너'라고 적혀 있다.

"커피 리필은 어떤가?"

부탁드릴게요, 라고 말하자 오너는 커피 서버를 들고 와서 눈앞에서 따라주었다.

"어디에서 왔지?"라고 그가 친근하게 물었다.

나는 동네 이름을 댔다.

"그거 참 멀리서도 왔네. ……그렇다면 역시 그 가장행렬을 보러 온 건가? 아니, 오히려 참가하는 쪽인가?"

"가장행렬이오?"라고 나는 되물었다. "그런 게 있나요?"

"허어, 모르고 온 건가? 운이 좋구나. 이왕 왔으니까 한번 구경하고 가. 장관이라고. 몇백 명이나 되는 사람들이 다양한 차림을 하고 역 앞의 상점가를 행진하는 거야."

"아하, 할로윈 퍼레이드인가요?"

테라스 옆의 애틀랜틱 자이언트――이른바 거대 호박이다――를 보고 나는 납득했다.

"그래. 3, 4년 전에 시작된 이벤트인데 해마다 참가자가 늘고 있어. 가장을 좋아하는 사람이 그렇게나 많이 있었다니, 깜짝 놀랐지. 다들 평소에는 겉으로 드러내지는 않지만, 또 다른 내가 되고 싶다는 욕구가 있는지도 몰라. 언제 어느 때나 계속 자기 자신으로 있는 것에 질려 있는 거겠지. 그로테스크한 모습을 한 녀석들이 많은 것은 자기파괴적 욕구가 강한 녀석이 많기 때문일까. ……솔직히 나도 한 번은 나가보고 싶지만, 마지막 한 발짝을 내디딜 수가 없더라고."

심리학에 심취한 듯한 말을 한 뒤에, 오너는 다시 우리의 얼굴을 교대로 들여다보고는 흥미진진하다는 눈치로 소녀에게 물었다. "그런데, 두 사람은 어떤 관계지?"

당신이 대답하세요, 라고 말하고 싶은 듯이 소녀는 나를 흘끗 보았다.

"어떤 관계라고 생각하세요? 맞춰보세요."

그는 수염을 쓰다듬으며 생각에 잠겼다.

"귀한 집 아가씨와 수행원이로구먼."

나는 재미있는 예시라고 감탄했다. 남매나 연인이란 예상보다는 훨씬 정답에 가깝다.

커피 리필에 대한 감사 인사를 하고 우리는 가게를 뒤로 했다. 소녀의 "저기에서 오른쪽이에요.", "한동안 직진이에요.", "……지금 지나친 곳에서 왼쪽으로 꺾어야 했어요." 라는 지시에 따라 세 명째의 복수 상대가 사는 연립주택에 도착했을 때에는 땅거미가 지기 시작하고 있었다. 오후 다섯 시의 저녁놀이 오랜 세월을 거쳐 퇴색된 필름 같은 빛깔로 도시를 물들이고 있었다.

연립주택의 주차장에는 빈 자리가 없었고 그 근처에도 차를 세울 장소가 없어서, 어쩔 수 없이 조금 떨어진 운동공원의 주차장에 세웠다. 강가에서 알토 색소폰의 어색한 연주음이 들렸다. 근처의 중학교나 고등학교의 취주악부원일 것이다.

"이 얼굴의 상처는 중학교 2학년 겨울에 생긴 거예요."

간신히 소녀가 상처에 대한 언급을 했다.

"해마다 한 번 하는 스케이트 수업 중의 일이었어요. 어느 중학교에나 반드시 몇 사람은 있기 마련인 품행이 불량한 학생 중 한 명이, 밸런스를 잃은 척을 하고 고의로 제 다리를 걸어서 넘어뜨렸어요. 그런데다 그 애는 쓰러진 저의 얼굴을 스케이트의 블레이드 부분으로 찼죠. 본인은 평소에 하던 가벼운 괴롭힘이라고 생각했겠죠. 그렇지만 스케이트란 것은 장갑을 낀 손가락 정도는 간단히 자를 수 있는 물건이에요. 스케이트 링크가 저의 피로 시뻘겋게 물들었죠."

소녀는 거기서 입을 다물었다. 나는 그다음을 재촉했다.

"처음에 그 남학생은 제가 혼자서 넘어지고 혼자 다친 거라고 우겼어요. 하지만 어떻게 보더라도 빙상에 넘어진 것만으로 생길 수 있는 상처는 아니었죠. 그날 중에 그 애는 자기가 범인이란 것을 인정했지만, 결국에는 사고로 정리되었어요. 명백히 그 애는 제 얼굴을 고의로 찼고 그것을 목격한 학생도 여럿 있었지만요. 남학생의 부모는 사죄하러 왔고 형식적인 수준의 위자료는 받았지만, 제 얼굴에 평생 남을 상처를 입힌 그 애는 출석정지조차 되지 않았어요."

"스케이트를 가지고 올 것을 그랬네."라고 나는 말했다. "그 녀석도 2, 30번은 '사고'를 당해야 했어."

"그러네요. ……뭐, 가위로도 충분해요."

소녀가 한순간 미소를 지은 기분이 들었다.

"이번에는 상대가 남자니까, 당신도 처음부터 같이 있어 줘야겠어요."

"알았어."

소녀가 양재 가위를 블라우스 소매에 감춘 것을 확인하고, 차 밖으로 나온다. 지은 지 30년 이상 지났을 연립주택의 벌겋게 녹슨 철골 계단을 올라, 중학교 졸업 이후로 제대로 된 직장에 취업하지 않고 빈둥거리고 있다는 남자의 집 앞에 섰다.

소녀의 가느다란 손가락이 인터폰을 눌렀다.

5초도 되지 않아서 발소리가 다가왔다. 문손잡이가 돌아가고, 문이 천천히 열렸다.

얼굴을 내민 남자와 눈이 맞는다.

공허한 눈. 혈색이 나쁜 얼굴. 치렁치렁 늘어진 머리카락. 푹 들어간 뺨. 무성하게 자란 수염. 야윈 몸.

누군가를 닮았구나, 라고 나는 생각했다. 그 '누군가'가

자기 자신이란 것은 금방 깨달았다. 얼굴이 비슷한 것이 아니다. 생기 없는 모습이 나와 꼭 닮은 것이다.

"여어, 아키즈키냐?"

남자는 소녀에게 말했다. 쉰 듯한 목소리였다. '아키즈키'가 소녀의 성씨라는 것을, 나는 이때서야 처음으로 알았다.

남자는 갑작스러운 손님의 방문에도 놀라지 않는 눈치였다. 소녀의 얼굴을 보고, 그 흉터를 응시하며 슬픈 듯한 얼굴을 했다.

"지금 여기에 네가 왔다는 것은."이라고 그는 가만히 말했다. "역시 다음에 죽는 것은 나인가 보네?"

나와 소녀는 서로 눈을 마주쳤다.

"안심해. 저항할 생각은 없어."라고 남자는 말을 이었다. "하지만 그 전에 잠시 아키즈키에게 할 이야기가 있어. 들렀다 가. 시간은 뺏지 않을 거니까."

남자는 대답도 듣지 않고, 우리에게 등을 돌리고서 많은 의문을 남긴 채로 집 안으로 돌아갔다.

"어떡할래?"

나는 지시를 요구했다. 소녀는 예기치 못한 사태에 당황했는지, 소매 안의 가위에 손을 댄 채로 굳어 있었다.

그리고 최종적으로 호기심 쪽이 승리한 듯했다.

"아직 손대지 않아도 괜찮아요. 이야기를 들어보죠."

죽이는 건 그다음이라도 늦지는 않을 거예요, 라고 소녀는 말했다.

하지만 반 시간 후, 그녀는 그 판단이 너무나 어설픈 생각이었음을 뼈저리게 깨닫게 된다. 이야기를 들어본다? 죽이는 것은 그 뒤라도 늦지 않다? 위기감이 너무 부족했다. 우리는 한시라도 빨리 남자를 처치했어야 했다.

아버지를 포함하면, 소녀는 이제까지 세 명에 대한 복수에 성공하고 있었다. 그 실적이 자만으로 이어지고 방심을 낳은 것이라고 생각한다. 복수 행위 자체는 간단하며, 이쪽이 마음만 먹으면 상대는 간단히 죽어준다. 언젠가부터 우리는 그런 식으로 생각하게 되었다.

배수구에서 올라오는 퀴퀴한 냄새가 밴 부엌을 지나, 거실로 통하는 문을 열었다. 창문으로 비쳐드는 석양에 눈이 부셨다.

세 평 정도 되는 방의 벽 쪽에는 전자 피아노가 있었고, 남자는 그 의자에 등을 향하고 앉아있었다. 피아노의 옆에 있는 간소한 데스크에는 오래된 트랜지스터라디오와 커다란 컴퓨터가 늘어서 있다. 반대편 벽에는 *피그노즈 앰프, 그것과 헤드의 로고가 닳아 없어진 페퍼민트그린의 **텔레

---

*pignose. 기타 앰프 메이커.

**Telecaster. 펜더 사의 일렉트릭 기타의 상품명.

캐스터가 있었다. 음악을 좋아하는 듯하지만, 그것을 직업으로 삼고 있는 것은 아닌 듯하다. 근거가 있는 것은 아니지만, 음악으로 먹고 사는 인간, 먹고 살려고 하는 인간은 풍기는 분위기로 알 수 있다. 이 남자에게는 그것이 없다.

"적당히 편하게 앉아."라고 남자가 말했다. 나는 데스크 체어에, 소녀는 스툴에 앉았다. 교대하듯이 남자가 일어서서 우리 앞에 섰다. 무슨 짓을 할 생각일까 하고 대비하고 있는데, 남자는 몇 걸음 뒤로 물러서서는 천천히 무릎을 꿇었다.

미안했어.

그렇게 말한 그는 바닥에 손을 짚고 고개를 숙였다.

남자는 "어떤 의미에서, 나는 안도하고 있어."라고 말했다. "저기, 아키즈키. 믿어주지 않을지도 모르지만 그날, 너에게 상처를 입힌 날 이래로 나는 계속 '언젠가 복수당하는 게 아닐까'라고 겁내며 살아왔어. 스케이트 링크에서 얼굴을 든 너의, 피와 증오에 젖은 표정이 잊히지 않았어. 응, 이 아이는 반드시 언젠가 나에게 복수하러 올 거다, 라고 생각했어."

남자는 한순간 고개를 들어 소녀의 안색을 살핀 뒤에, 다시 이마를 바닥에 댔다.

"그리고 지금, 너는 이렇게 내 눈앞에 있어. 나쁜 예감일수록 잘 들어맞는 법이야. 지금부터 나는 죽게 되겠지. 하지만 덕분에 내일부터는 겁먹지 않아도 돼. 그건 그것대로 나쁘지 않아."

소녀는 싸늘한 눈으로 남자의 뒤통수를 내려다보고 있었다.

"할 이야기란 건 그것뿐인가요?"

"응. 그것뿐이야."라고 남자는 무릎을 꿇은 자세로 굳은 채로 말했다.

"그러면 이제 죽여도 상관없죠?"

"……아니, 기다려. 잠깐만 기다려." 남자는 고개를 들고 뒤로 물러났다. 처음의 대응으로 봐서 미련 없는 남자라고 생각했는데, 의외로 포기를 못했다. "솔직히 말하면 아직 마음의 준비가 안 됐어. 게다가 아키즈키, 너도 알고 싶지? 어째서 내가 너의 방문을 예측했는지."

"뉴스에서 용의자로 제 이름이 보도되었던 거겠죠?"라고 소녀는 바로 말했다.

"아니야. 어느 미디어에서나 아직 너의 언니, 그리고 아이하라가 찔려 죽은 것밖에 보도되지 않았어."

아이하라란 레스토랑에서 일하던 여자의 이름일 것이다.

"그만한 정보가 있으면 충분할 테죠."라고 소녀는 말했다. "예전에 그 교실에 있던 사람이라면, 죽은 두 사람의 이름만 봐도 범인이 저라는 걸 금방 알 수 있을 거예요. 그리고 당신은, 만일 범인이 상상하던 인물이 맞다면 다음 표적은 자신이 될 가능성이 높을 거라고 생각했죠. 그렇죠?"

"……뭐, 그 말대로야." 남자는 시선을 이리저리 돌렸다.

"그러니, 이야기는 끝이에요. 저항할 생각은 없는 거죠?"

"응, 저항은 안 해. 그 대신이라기에는 뭣하지만, 조건이
있어."

"조건?" 나는 거기서 끼어들었다. 이야기가 복잡해지기
시작했다. 이 이상 이 남자의 페이스에 말려드는 것은 위험
하지 않을까? 하지만 소녀는 남자의 이야기를 끊으려고 하
지 않았다. 그의 이야기에 흥미를 드러내고 있다.

"죽는 방법에 대한 주문이 있어." 남자는 집게손가락을
세웠다. "지금부터 그것에 대해 이야기하려고 해. 하지만
그 전에 커피를 끓여올게. ……나는 아무리 시간이 지나도
악기를 다루는 것에는 능숙해지지 못했지만 커피만은 아주
잘 끓일 수 있어. 이상한 얘기지."

남자는 일어서서 부엌으로 걸어갔다. 아주 구부정한 자세
였다. 나도 옆에서 보면 저렇게 보일지도 모른다.

그가 말하는, '죽는 방법에 대한 주문'이란 대체 무엇일
까. 단순히 살해 방법을 말하는 것일까, 아니면 조금 더 정
교한 시추에이션을 상정하고 있는 것일까. 어느 쪽이든 우
리가 그 요구를 들어줄 의리는 없다. 하지만 작은 부탁을 들
어주는 것만으로 그가 저항하지 않고 죽어준다면 그렇게 나
쁜 이야기는 아닐 것이다, 라고 나는 생각했다.

물을 끓이는 소리가 났다.

"그런데 그 선글라스 형씨는 아키즈키의 경호원이야?"라고 부엌에서 남자가 물었다.

"쓸데없는 이야기를 할 생각은 없어요. 빨리 본론으로 들어가세요."

소녀는 짜증난다는 어조로 그렇게 말했지만 남자는 신경 쓰지 않고 말을 이었다.

"어떤 관계인지는 모르지만, 살인까지 함께해주는 사람이 있다는 건 행복한 일이지. 부럽네. 맞아…… 어린 시절에 '내가 나쁜 짓을 할 것 같을 때 말려주는 사람이 진짜 친구다'라는 이야기를 몇 번이나 들었는데, 나는 그렇게는 생각하지 않아. 여차하면 친구를 버리고 법이나 윤리의 편으로 돌아서는 그런 녀석의 뭘 신용할 수 있겠어? 나는 내가 나쁜 짓을 하려고 할 때 두말없이 같이 악인이 되어주는 녀석 쪽이 좋은 친구가 아닐까 생각해."

남자가 커피 컵 두 개를 들고 왔다. 하나를 소녀에게, 다른 하나를 나에게 건넨다. 뜨거우니까 조심해, 라고 남자가 말했다. 두 손으로 컵을 받아든 순간, 측두부에 강한 충격을 느꼈다.

어째서인지 시야가 90도 옆으로 기울어져 있었다.

그 남자에게 얻어맞은 것이라고 깨달을 때까지 아마도 몇 분은 걸렸을 것이다. 그 정도로 강렬한 일격이었다. 맨손이 아니라 뭔가 도구를 사용한 것이겠지. 바닥에 뻗어있는 사이에도 소리는 들리고 있었지만, 들리는 소리를 의미가 있는 정보로서 인식할 수 없었다. 눈은 뜨고 있었지만, 제대로 상을 맺을 수 없었다.

의식을 되찾고 가장 먼저 느낀 것은, 얻어맞은 부위의 아픔이 아니라 무릎에 끼얹어진 커피의 뜨거움이었다. 처음 그 아픔은 아픔이 아니라 정체 모를 불쾌감의 덩어리로서 나타났다. 조금 늦게 측두부가 깨질 듯이 아프기 시작했다. 왼손으로 아픈 부위를 누르자 미끈하고 뜨뜻한 감촉이 느껴졌다.

일어서려고 했지만 다리가 말을 듣지 않았다. 처음부터 이렇게 할 생각이었겠지, 라고 나는 생각했다. 이 남자는 실로 용의주도하게 우리가 방심하는 순간을 기다리고 있었던 것이다. 경계는 하고 있었다고 생각했지만, 컵이 건네지는 그 순간은 완전히 컵에 주의가 쏠려 있었다. 자신의 어리석음을 저주했다.

어느샌가 선글라스는 벗겨져 있다. 얻어맞을 때에 어디론가 떨어진 것이겠지. 서서히 눈의 초점이 맞기 시작하고, 흐리멍덩한 상이 맺히기 시작한다. 그리고 나는 간신히 지금 이 순간 무슨 일이 벌어지고 있는지 이해했다.

남자가 소녀를 깔아 누르고 있었다. 그를 찌르고 있어야 할 가위는 두 사람으로부터 멀리 떨어진 장소에 떨어져 있었다. 두 팔을 눌린 소녀는 필사적으로 저항하고 있었지만 체격 차이가 너무 컸다.

남자가 눈에 핏발을 세우며 말한다. "중학교 때부터 너를 노리고 있었어. 이야, 설마 이런 식으로 찬스가 찾아올 줄이야. 제 발로 어슬렁어슬렁 걸어온 데다, 이쪽은 정당방위의 권리를 가지고 있어. 호박이 넝쿨째 굴러들어온다는 건 이런 걸 보고 하는 소리지."

남자의 오른손이 소녀의 두 손을 머리 위에 누른다. 빈손으로 가슴팍을 쥐고 블라우스의 단추를 뜯어낸다. 소녀는 포기하지 않고 힘껏 날뛴다. 남자는 "가만히 있어!"라며 거친 목소리로 소녀의 눈 부근을 때린다. 두 번. 세 번. 네 번.

저 남자를 죽이자, 라고 생각했다.

그러나 의사와는 반대로 다리가 비틀거려서 그 자리에 다시 쓰러졌다. 방에 틀어박혀 살던 습관의 폐해구나. 하다못해 반년 전이라면 조금 더 몸이 잘 움직였을 텐데. 소리를 듣고 남자가 돌아본다. 그는 우리에게서 사각인 곳에서 뭔가를 집어 들었다. 검게 빛나는 특수 경봉. 저것으로 나를 때린 거겠지. 준비 한번 철저하다.

한순간 틈을 찌르며 가위를 주워들려고 한 소녀의 무릎에 경봉이 내리 휘둘린다. 둔탁한 소리. 짧은 비명이 울린다. 소녀가 움직이지 못하게 된 것을 확인한 남자는, 나를 향해 걸어온다. 일어서려고 바닥을 짚은 내 오른손은 남자의 발꿈치에 짓이겨진다. 중지나 약지 중 하나에서, 혹은 양쪽 다에서 축축한 나무젓가락을 부러뜨리는 소리가 들린다. '아프다'라는 두 글자가 몇백 개가 되어 머릿속에 떠오른다. 그것들을 하나하나 처리하지 않으면 나는 움직일 수 없다. 식은땀이 줄줄 흐른다. 개처럼 헐떡인다.

"방해하지 마, 한참 좋은 때니까."

그 말을 신호로, 남자는 경봉을 움켜쥐고 나를 몇 번이고 때렸다. 머리, 목, 어깨, 팔, 등, 가슴, 옆구리, 모든 곳을 노린다. 한 번 내리칠 때마다 뼈가 삐걱거리고, 저항할 기력을 빼앗겨 간다.

점차 나는 자신의 아픔을 객관적으로 볼 수 있게 되어갔다. 내가 아픔을 느끼고 있는 것이 아니라, '내 몸이 느끼는 아픔'을 내가 느끼는 것이라고 한 걸음 물러나서 지각함으로써 그 아픔은 남의 것이 되었다.

남자는 경봉을 접어서 벨트에 끼워 넣고, 바닥에 달라붙어있는 내 손을 짓밟은 채로 천천히 쪼그려 앉았다. 나를 때리는 데 질린 것은 아닌 듯했다.

새끼손가락 밑동이, 딱딱하고 날카로운 것에 끼이는 감촉이 났다.

그 감촉의 의미를 이해한 순간, 식은땀이 폭포수처럼 흘렀다.

"가위날이 참 잘 갈려있네."라고 남자가 말했다.

나는 내장에 불이 붙은 것처럼 흥분하고 있었다. 스스로 휘두른 폭력에 취해서, 제어가 되지 않게 된 것 같다. 이런 상태에 빠진 인간은 주저라는 것을 모른다. 덤으로 남자는 지금, 어느 정도의 폭력 행위는 정당방위로서 인정된다는 입장에 있다. 여차하면 그는 그 권리를 확대 해석할 것이다.

"이걸로 나를 찌를 생각이었냐?"

남자가 숨소리를 거칠게 하며 말했다. 가위를 쥔 손에 힘이 들어간다. 약지의 살에 칼날이 파고든다. 피부가 찢기는 아픔이 다음 아픔을 상상하게 만든다. 손에서 분리된 약지가 애벌레처럼 뚝 하고 바닥에 떨어지는 광경이 눈 안에 떠오른다. 높은 곳에서 낙하할 때처럼, 하반신의 힘이 빠져나간다. 나는 겁먹고 있다.

"살인범의 손가락 한두 개 정도 자른들, 아무도 신경 쓰지 않겠지?"

의외로 그럴지도 모르겠네, 라고 나는 생각했다.

직후에 남자는 가위를 쥔 손에 혼신의 힘을 담았다.

뚝, 하는 소리가 들렸다. 격통이 뇌를 휘젓고 다녔다. 뇌에서 콜타르처럼 새까만 점액이 넘쳐 나와서 온몸을 채운 기분이 들었다. 소리쳤다. 필사적으로 빠져나오려고 했지만, 남자의 발은 바이스처럼 고정되어서 움직이지 않았다. 시야의 절반 정도가 시커먼 알갱이로 채워지며 어두워졌다.

사고의 흐름이 정지되었다.

잘려나갔다, 라고 생각했다. 하지만 새끼손가락은 아직 내 손에서 떨어지지 않았다. 살은 찢어지고 상처에서 뼈가 엿보이며 검붉은 피가 뚝뚝 흘러 떨어지고 있었지만, 양재 가위의 칼날은 뼈를 절단하는 데는 이르지 못했다. "역시나 가위로 뼈는 못 자르나?"라며 남자는 혀를 찼다. 소녀는 칼 끝은 잘 갈고 있었지만 칼날은 그리 손질하지 않았는지도 모른다.

다시 가위에 힘이 실린다. 새끼손가락 두 번째 관절이 찢겼다. 뼈에 칼날이 파고드는 것을 알 수 있었다. 아픔에 뇌가 저린다. 하지만 이번의 그것은 미지의 아픔이 아니다. 사고는 정지하지 않는다. 이를 악물고 견디면서, 나는 주머니에서 차 열쇠를 꺼내서 끄트머리가 주먹 사이로 비어져 나오도록 고쳐 쥔다. 남자는 내가 잘 쓰는 손을 봉인했다고 생각하고 있다. 내가 왼손잡이임을 모르고 있다.

밟히고 있는 자신의 오른손까지 꿰뚫을 기세로, 남자의 발에 열쇠를 힘껏 때려 박았다. 자신도 놀랄 정도로 힘이 들어갔다. 남자는 짐승 같은 소리를 지르며 펄쩍 뛰어 물러섰다. 남자가 홀스터의 경봉에 손을 대는 것보다 먼저, 발목을 걸어 올리듯이 해서 자세를 무너뜨렸다. 쓰러질 때에 남자가 뒤통수를 세게 부딪쳤다. 이것으로 적어도 3초 이내의 반격은 없다. 자, 이쪽 차례다. 크게 숨을 들이쉰다. 나는 상상력을 일시적으로 셧아웃한다. 중요한 것은 모든 주저를 버리는 것이다. 이제부터 수 분간, 나는 상대의 아픔을 상상하지 않는다. 상대의 괴로움을 상상하지 않는다. 상대의 분노를 상상하지 않는다.

남자에게 걸터앉아서 앞니를 전부 부러뜨릴 기세로 두들긴다. 계속 때린다. 살을 사이에 끼고 뼈가 부딪치는 소리가 방에 일정한 리듬으로 울린다. 측두부와 새끼손가락의 격통이 내 분노를 과열시킨다. 남자의 피로 주먹이 젖는다. 점차 때리는 손의 감각이 사라지기 시작한다. 그래서 그게 어쨌는데? 어쨌든 계속 때린다. 중요한 것은 주저하지 않는 것, 중요한 것은 주저하지 않는 것, 중요한 것은 주저하지 않는 것.

어느샌가 남자가 저항하지 않게 되었다. 내 숨은 완전히 목까지 차올라있다. 남자 위에서 내려와서 옆에 있던 양재 가위를 주워들려고 했지만, 단단히 쥐고 있던 왼손이 마비되어서 움직이지 않았다. 어쩔 수 없이 오른손으로 집어 들려고 앞으로 몸을 기울였지만, 손끝이 떨려서 제대로 쥘 수 없다. 버벅거리는 동안 남자가 일어나서, 등 뒤에서 걷어차는 바람에 가위를 떨어뜨렸다.

돌아본 순간에 날아온 경봉을 기적적으로 피했다. 그러나 자세가 무너져서 나는 다음 공격에 대해 완전히 무방비가 되었다. 남자가 날린 발차기가 내 배에 꽂혔다. 호흡을 잊고 괴로워하며 침을 흘리면서도, 분명 이제부터 몇 초 내에 날아올 경봉의 일격에 대비하려고 내가 고개를 든 것과 거의 동시에, 실내의 소리가 멈췄다.

그렇게 느꼈다.

몇 박자 늦게, 남자가 무너져 내렸다.

피에 젖은 가위를 든 소녀가 공허한 눈으로 그를 내려다보고 있었다.

소녀로부터 도망치기 위해서일까, 아니면 나에게 도움을 청하기 위해서일까. 남자는 필사적인 얼굴로 내 쪽으로 기어왔다. 소녀는 그것을 뒤쫓으려고 했지만 경봉에 맞은 무릎이 아파서인지, 작게 신음하면서 넘어졌다. 하지만 곧 고개를 들고 두 팔로 기어서 어떻게든 남자를 따라잡았다.

소녀는 두 손으로 가위를 쥐고, 혼신의 힘을 담아 남자의 등을 찔렀다.

몇 번이고. 몇 번이고.

벽이 얇은 연립주택에서 그만한 소리를 냈다. 언제 경찰이 달려와도 이상하지 않았다. 그런데도 나도 소녀도 남자의 시체 옆에 누운 채로 움직일 수 없었다.

아픔이나 피로의 문제가 아니었다. 우리를 그렇게 만든 것은 '싸움에서 이겼다'라는, 극히 원시적인 달성감이었다. 상처도 피로도, 그 달성감 앞에서는 들러리 밖에 되지 않았다.

이런 충실감은 얼마 만일까? 나는 기억을 거슬러 올라가보았다. 그러나 지금 이것을 상회하는 달성감을 얻은 경험은 기억을 구석구석까지 뒤져봐도 발견할 수 없었다. 야구부 시절에 준결승에서 완벽한 투구를 해보였을 때의 충실감도, 지금 내가 느끼는 것에 비하면 티끌 정도밖에 되지 않았다.

흥이 깨질 요소는 전혀 없었다. 살아있다는 느낌이 들었다.

"어째서 '미루기'를 하지 않은 거야?"라고 나는 물었다. "좋지 않은 전개가 되었을 때, 너는 바로 그걸 '미루기'로 되돌려 놓을 거라고 생각하고 있었는데."

"제대로 절망할 수 없어서예요."라고 소녀는 대답했다. "저 혼자서 습격당했더라면 '미루기'가 발동했겠죠. 하지만 당신이 있었던 탓에 '아직 어떻게든 되지 않을까'라는 희망을 완전히 버릴 수 없었어요."

"뭐, 실제로 어떻게든 되었으니까."

"……손가락, 괜찮아요?"

소녀는 간신히 들릴 정도의 목소리로 그렇게 말했다. 자신의 가위로 내 새끼손가락이 상처 입은 것에 다소나마 책임을 느끼고 있는지도 모른다.

"괜찮아." 나는 웃어 보였다. "네가 이제까지 입은 상처에 비하면 찰과상 수준이지."

그렇게 말해보았지만, 사실을 말하자면 심한 아픔에 지금 당장에라도 까무러칠 것 같았다. 다시 한 번 남자에게 잘릴 뻔했던 새끼손가락을 보았더니 현기증이 나려고 했다. 가위로 너덜너덜하게 찢긴 그것은, 이미 '손가락 같은 뭔가'가 되어 있었다.

그건 그렇다 치고, 라며 나는 삐걱거리는 몸에 채찍질을 해서 일어섰다. 마냥 이러고 있어서는 안 된다. 이제 슬슬 도망쳐야 한다. 선글라스를 주워들고 상처가 난 측두부에 주의하면서 썼다.

무릎을 다친 소녀를 부축하며 연립주택을 나왔다. 바깥은 어두웠고 공기는 아주 싸늘했다. 피비린내 나는 방 안과 대비되어, 바깥 공기는 눈 덮인 산처럼 맑은 냄새로 느껴졌다.

다행히 주차장에 도착할 때까지는 누구와도 마주치지 않았다. 집에 돌아가면 샤워를 한 뒤에 상처를 치료하고 푹 자자. 그런 생각을 하며 주머니에서 차 열쇠를 꺼내서 실린더에 꽂았다. 그러나 열쇠는 중간에서 걸리며 끝까지 들어가지 않았다.

원인은 곧 알았다. 남자의 발을 찔렀을 때, 뼈에 부딪쳐서 열쇠가 뒤틀려버린 것이었다. 힘을 줘서 눌러도 보고, 뒤틀린 것을 펴려고 스토퍼 위에서 밟아 보기도 했지만 효과는 없었다.

나도 소녀도, 옷은 피투성이에 얼굴에는 눈에 띄는 멍과 찰과상이 있었다. 내 손가락에서는 아직도 피가 맺혀 떨어지고 있고, 소녀의 검은 타이즈는 이쪽저쪽에 줄이 가 있었다. 불행 중 다행이었던 것은 지갑과 휴대전화만은 외투 안주머니에 들어있던 것. 그러나 이런 모습을 하고 택시를 부를 수는 없다. 갈아입을 옷은 차의 트렁크 안에 있다.

욕설을 내뱉으며 차를 걷어찬다. 아픔과 추위로 뿌연 안개가 끼어있는 머리로 생각한다. 무엇보다 먼저, 너무 눈에 띄는 이 겉모습부터 어떻게든 해야 한다. 멍이나 상처는 지금 당장 치료할 수 없지만, 하다못해 복장만이라도 바꿀 수는 없을까. 하지만 가게에서 옷을 사려고 해도 온몸이 피투성이에 멍투성이인 사람이 두 명이나 가게에 들어서면 신고당할 것이 뻔하다. 옷 때문에 옷을 살 수 없다. 민가에서 세탁물을 훔칠까? 아니, 이런 차림으로 주택가를 어슬렁거리는 건 너무 위험하다.

저 멀리서 음악 소리가 들려오는 것을 깨달았다.

오싹하면서도, 어딘가 얼빠진 듯한 활기찬 노래.

제과점 오너의 말을 떠올린다.

'몇백 명이나 되는 사람들이 다양한 차림을 하고 역 앞의 상점가를 행진하는 거야.'

오늘은 할로윈 퍼레이드 날이다.

소녀의 얼굴에 손을 뻗는다. 새끼손가락에서 흐른 피를 그녀의 뺨에 발라 새빨간 곡선을 그린다. 소녀는 내 목적을 바로 알아차렸다. 스스로 블라우스 소매를 찢고, 가위를 사용해서 어깨와 스커트의 자락을 난잡하게 잘랐다. 나도 셔츠 옷깃과 청바지에 가위로 칼집을 내고 찢었다.

우리는 두 마리의 리빙데드로 변했다.

서로의 모습을 확인한다. 노리던 대로였다. 복장에 지나친 손상을 가한 덕분에, 멍이나 피까지도 싸구려 특수 분장으로밖에 보이지 않았다.

이렇게 되면 중요한 건 표정이다.

"알겠어? 사람들 앞에 나가게 되면 '우리의 모습이 우스워서 견딜 수 없다'라는 얼굴을 하는 거야."

나는 그렇게 말하며 웃는 얼굴을 만들어 보였다.

"……이런 느낌인가요?"

소녀는 입가를 끌어올리고 억누르는 기미로 미소 지었다.

내 반응이 약간 늦었던 것은, 한순간 진짜로 그녀가 나에게 미소 지은 듯한 착각을 느꼈기 때문이다.

"응, 완벽해."라고 나는 말했다.

큰길로 향하는 골목을 나아간다. 점차 음악이 또렷하게 들려온다. 큰길에 가까이 다가갈수록 시끄러운 소리는 한없이 늘어만 가고, 음악은 배 속이 울릴 정도로 커졌다. 유도원이 메가폰으로 소리치는 목소리가 여기저기서 들려온다. 달콤한 과자를 굽는 냄새가 떠돌기 시작했다.

골목을 나가자마자 눈에 들어온 것은, 창백한 얼굴을 한 키 큰 남자였다. 핏기 없는 얼굴과 대조적으로 그의 입가는 새빨갰다. 뺨의 살이 떨어져 나가고 잇몸이 드러나 있었다. 새까만 눈구멍에 파묻혀있는 눈이, 곱슬머리 사이에서 번뜩하고 이쪽을 노려보았다.

잘 만든 변장이구나, 라고 생각했다. 잇몸 남자도 이쪽을 보고 같은 생각을 한 듯했다. 씩 하고 우리에게 미소 지은 뒤에, 크게 입을 벌렸다. 펜으로 뺨에 세밀하게 그린 잇몸이나 이가 일그러져서, 그것이 그림이라는 것을 완전히 알게 되었다. 나도 그에게 웃음으로 답했다.

단숨에 자신감이 붙었다. 우리는 상점가를 당당하게 걷기 시작했다. 많은 사람들이 우리에게 거리낌 없는 시선을 던졌지만, 그것은 잘 만들어진 변장을 향한 호기로운 시선일 뿐이었다. 여기저기서 감탄하는 목소리가 들려온다. 굉장한 리얼리티라고 그들은 말한다. 당연하다. 어쨌든 진짜 상처에 진짜 피니까. 소녀는 아픈 다리를 질질 끌고 있지만, 그것도 역시 그들의 눈에는 연기로 비친다.

가장행렬이 차도를 행진하고 있었다. 보도는 구경꾼으로 넘쳐나고 수 미터를 나아가는 데만도 고생스러워서, 퍼레이드의 상황은 일부밖에 볼 수 없었다. 그때 확인한 20명 정도의 집단은 호러영화에 관련된 가장집단이었다. 드라큘라, 잭 더 리퍼, 부기맨, 프랑켄슈타인, 제이슨, *페니 와이즈, 스위니 토드, 가위손, 〈샤이닝〉의 쌍둥이…… 옛날 괴물부

---

*Pennywise. 스티븐 킹의 소설 〈it〉에 등장하는 광대 괴물.

터 새로운 괴물까지 모여 있었다. 메이크업 탓에 정확히는 알 수 없지만, 대부분이 20대에서 30대 정도일 것이다. 진짜라고 착각할 정도로 완성도 높은 변장도 있지만, 원작을 깔보고 있다고밖에 생각되지 않는 변장도 있었다.

길가에는 잭 오 랜턴이 같은 간격으로 한없이 늘어서 있고, 눈이나 입의 구멍 안에서 촛불이 빛을 발하고 있었다. 두 그루의 가로수 사이에 거미줄을 모사한 그물이 펼쳐져 있고, 거대한 거미가 몇 마리나 매달려 있었다. 길을 가는 아이들의 절반은 한 손에 오렌지색 풍선을 쥐고 검은 삼각 모자에 망토를 걸치고 있었다.

"이봐."

누가 어깨를 두드려서 돌아보니, 얼굴을 붕대로 감싼 남자가 서 있었다.

곧바로 도망치지 않았던 것은 그 목소리가 왠지 낯익은 목소리로 느껴졌기 때문이다.

남자가 붕대를 비틀어서 얼굴을 보였다. 우리에게 할로윈 퍼레이드에 대해 알려주었던 제과점의 오너였다.

"뭐야, 너희도 성격 한 번 고약하구나. 참가할 예정이었으면 그렇게 말해주지 그랬냐."

오너는 내 어깨를 툭 치며 말했다.

"아저씨야말로 참가하지 않을 것처럼 말했잖아요."

"그렇긴 하지." 그는 부끄러운 듯이 웃었다. "이미 퍼레이드에는 나갔어?"

"네. 아저씨 쪽은요?"

"나도 이미 순서는 끝났어. 하지만 인파가 참 무시무시하네. 벌써 발을 다섯 번은 밟혔을 거야."

"작년에도 이렇게 구경하는 사람이 많았나요?"

"아니, 올해는 특히 많네. 동네 사람들도 다들 놀라고 있어."

"할로윈은 일본에 정착되지 않으리란 게 정설이지만……." 나는 주위를 둘러보았다. "이걸 보면 의외로 그렇지도 않은 게 아닌가 하는 생각이 드네요."

"익명성이 강한 자리에서의 커뮤니케이션을 좋아하는 거야, 이 나라 사람들은. 그 성질에 맞는 거지."

"저기, 이 부근에 중고 의류점은 없나요?" 소녀가 그렇게 대화에 끼어들었다. "갈아입을 옷이 든 가방을 열차에 놓고 내린 것 같아서요. 이런 차림새로 집에 돌아갈 수도 없으니 적당히 입을 옷을 사고 싶어요. 말랐다고는 해도 도료가 묻은 손으로 새 옷을 건드리기는 좀 그러니까, 헌옷이 제일 좋은데요."

"그거 참 큰일이구나." 그는 붕대를 매만지면서 생각에 잠겼다. "중고 의류점이라. 확실히 저쪽 아케이드 구석에 한 군데가 있었을 거야."

그는 우리의 등 뒤를 가리켰다.

소녀는 가볍게 고개를 숙여 보이고, 내 소매를 꾹꾹 잡아 당겼다.

"급한 일이라도 있니?"

"네, 기다리는 사람이 있어서요."라고 나는 대답했다.

"그렇구나. 좀 더 느긋하게 이야기를 하고 싶었는데 말이야."

오너는 붕대가 감긴 오른손을 내밀어서 악수를 청해왔다. 나는 상처를 생각해서 주저했지만, 과감하게 그의 손을 쥐었다. 곧바로 다친 새끼손가락까지 강하게 쥐어왔다. 붕대에 피가 밴다. 이를 악물며 웃는 표정을 만들었다. 소녀도 떨떠름한 눈치로 그와 악수를 했다.

아케이드 안은 몹시 붐비고 있어서, 고작 몇 미터 앞에 있는 중고 의류점에 도달하는 데 10분 가까이 걸렸다. 한 걸음 내디딜 때마다 바닥이 삐걱거리는 비좁은 가게였다. 우리는 재빨리 옷을 골라서 바구니에 넣고 계산대로 가져갔다. 이번에는 소녀도 고민하지 않았다.

하얀 가면으로 변장한 남자 점원은 우리 같은 손님에 익숙한지, "사진을 찍어도 괜찮을까요?"라고 물었다. 적당한 구실을 대고 거절하면서 지갑을 꺼내자, "아, 할로윈 할인으로 반값입니다."라며 가격을 정정했다. 변장하고 있는 손님 한정으로 할인해주는 것 같다.

당장에라도 옷을 갈아입고 싶었지만, 그 전에 머리나 손발의 피를 씻어낼 필요가 있었다. 다기능 화장실을 사용하는 것이 최우선일 거라고 생각하고 임대 빌딩이나 소형 백화점을 이리저리 돌아다녔지만, 어느 곳이나 사용 중이었다. 가장한 사람들이 탈의실로 사용하고 있는지도 모른다.

돌아다니다 지쳐서 그냥 물수건이라도 사다가 길가에서 닦아내는 것은 어떨까 하고 생각하며 문득 고개를 들었더니, 건물들 사이로 중학교 옥상 위로 튀어나와있는 큰 시계가 보였다.

펜스를 기어올라 부지 안에 침입했다. 학교 건물 뒤편 필로티에 있는 수돗가는 마른 나무로 둘러싸여 있고 조명도 없어서 몰래 몸을 씻기에 최적이었다. 창고 대신으로 쓰이고 있는 듯한 그곳은, 학교 축제의 잔재 같은 것이 수없이 굴러다니고 있었다. 무대 세트, 인형 탈, 횡단막, 텐트 같은 물건들이었다.

셔츠를 벗고, 몸이 저려올 정도로 차가운 수돗물로 손발을 적시고, 곁에 놓여있던 레몬향 나는 비누를 비누망으로 거품을 내서 피가 묻은 곳 위에 벅벅 비볐다. 마른 피는 그리 간단히 떨어지지 않았지만, 끈기 있게 계속 비비자 어느 단계를 경계로 단숨에 깨끗해졌다. 비누 거품이 새끼손가락의 상처에 스몄다.

옆에 눈길을 주자, 소녀가 이쪽에 등을 돌린 채로 블라우스를 벗으려 하고 있었다. 화상 자국이 남아있는 가느다란 어깨가 드러났다. 황급히 시선을 피한 뒤, 나도 소녀에게 등을 돌리고 티셔츠를 벗었다. 젖은 피부가 밤바람에 노출되어 추위에 이가 덜덜 떨렸다. 딱딱한 비누로 힘겹게 거품을 내고, 목덜미와 가슴을 비벼서 더러움을 씻어낸 뒤 중고 의류점에서 산 향나무 냄새가 나는 티셔츠를 입었다.

마지막으로 남은 문제는 머리카락이었다. 소녀의 긴 머리카락에 달라붙은 피는 이미 굳어버려서 찬물로는 떨어질 것 같지 않았다. 어떡해야 하나 하고 생각에 잠겨있는데, 소녀가 가방에서 양재 가위를 꺼냈다.

설마하고 생각한 다음 순간, 그녀는 그 아름다운 장발을 가위로 잘라내고 있었다. 20센티 가까이는 자른 것으로 보였다. 소녀는 손에 남은 머리카락을 싸늘한 바람 속에 흩뿌렸다. 그것은 어둠에 녹아들어 금방 보이지 않게 되었다.

옷 갈아입기를 끝마쳤을 무렵에는 몸이 뼛속까지 차가워져 있었다. 소녀는 니트 코트의 옷깃에 목을 묻고, 나는 오리털 재킷의 지퍼를 맨 위까지 잠그고 부들부들 떨면서 역까지 걸었다. 도중에 소녀가 다리의 통증을 호소해서, 거기서부터는 내가 그녀를 업고 걸었다. 혼잡한 역 안에서 차표를 구입하고 있는데 열차의 도착을 예고하는 방송이 흘러나왔다. 과선교 계단을 종종걸음으로 뛰어올라가서, 눈부신 불빛을 발하는 열차에 올라탔다. 20분 뒤에 내린 역에서 자유석표를 구입하고 신칸센으로 갈아탔다. 통로에 앉은 채로 두 시간 정도 경과했을 무렵에 다시 완행열차로 갈아탔다. 그 무렵에는 피로가 한계에 달해있었다. 자리에 앉은 지 30초도 채 되지 않아서 나는 곯아떨어졌다.

어깨에 무게를 느꼈다. 어느샌가 소녀가 내 어깨에 기대어 자고 있었다. 부드러운 호흡의 리듬이 전해져왔다. 흐릿하고 달콤한 냄새가 났다. 이상하게도 그리운 느낌을 받았다. 목적지까지 아직 꽤 많이 남았으니 억지로 깨울 필요는 없을 것이다. 그녀가 눈을 떴을 때에 어색함을 느끼지 않도록, 나는 다시 눈을 감고 자는 척을 했다.

잠들락 말락 하고 있는데, 익숙한 역 이름을 안내하는 방송이 들렸다. 소녀의 귓가에 "슬슬 도착할 거야."라고 말하자, 눈을 감고 나에게 기대어 있던 소녀에게서 "알아요."라고 대답이 곧바로 돌아왔다.

언제부터 깨어있던 것일까?

결국 내릴 역에 도착해서 자리에서 일어서는 그 순간까지, 소녀는 계속 나에게 기대어 있었다.

자취방이 있는 연립주택에 도착한 것은 오후 10시를 넘긴 시각이었다. 소녀가 먼저 샤워를 하고, 실내복 대신에 입던 파카를 입고 후드를 쓰고는 진통제를 먹고서 침대에 들어갔다. 나도 일찍 욕실을 나와서 잠옷으로 갈아입고, 상처에 바른 바셀린 위에 반창고를 붙였다. 그리고 진통제를 규정량보다 한 알 많이 물과 함께 삼키고서 소파에 누웠다.

심야에 소리가 나서 눈을 떴다.

새까만 어둠 속의 침대 위에서 소녀가 두 무릎을 안고 있었다.

"잠이 안 와?"라고 나는 물었다.

"보시는 대로예요."

"아직도 무릎이 아파?"

"확실히 아프긴 하지만, 그건 대단한 문제는 아니에요. ……저기, 당신도 이젠 슬슬 알 거라고 생각하는데, 저는 겁쟁이예요." 소녀는 그렇게 말하며 무릎에 턱을 묻었다. "눈을 감으면 그 남자의 모습이 눈꺼풀 안쪽에서 떠올라요. 피투성이의 그 남자가 제 위에 올라타서 주먹을 쥐고 있어요. 무서워서 잠이 안 와요. ……바보 같죠? 살인귀이면서."

나는 할 말을 찾았다. 그녀 안에 소용돌이치는 모든 불안과 슬픔을 배제하고 편안한 수면을 가져다줄 마법 같은 말. 그런 것이 있으면 좋겠다고 생각했다. 하지만 나는 이런 장면에 너무나 서툴렀다. 제대로 사람을 위로한 경험 따윈 한 번도 없었다.

시간이 다 되었다. 내 입에서 나온 말은, 정말 센스 없는 말이었다.

"가볍게 술이라도 한잔할래?"

소녀는 조용히 고개를 들고, "⋯⋯나쁘지 않네요."라고 말하며 후드를 벗었다.

진통제와 알코올의 동시 섭취는 피하는 게 좋다는 것을 알고 있었고, 알코올 자체가 상처에 좋지 않다는 것도 알고 있었다. 그렇지만 그것 말고는 소녀의 고통을 덜어줄 수단을 알지 못했다. 인생 경험이 빈곤하며 타인에 대한 배려가 부족한 나의 위로보다는, 알코올에 의한 중추신경 억제작용 쪽이 훨씬 믿음직스럽다.

전자레인지에 데운 우유에 브랜디와 벌꿀을 섞은 것을 두 잔 만들었다. 좀처럼 잠을 이룰 수 없는 겨울밤, 나는 종종 이것을 만들어 마시곤 했다. 거실로 가서 소녀에게 머그잔을 건넬 때, 그러고 보니 그 남자가 이렇게 방심하게 만들고 나를 때렸던 것을 기억해냈다.

소녀는 내 손에서 잔을 받아들고, 김이 피어오르는 우유에 숨을 불어서 식혔다.

"맛있어."

한 모금 마신 뒤에 그녀는 그렇게 중얼거렸다.

"술에는 별로 좋은 기억이 없지만, 이런 건 좋아요."

금세 자기 몫을 다 마신 그녀에게 내 잔을 권하자 기뻐하며 마셨다.

조명은 헤드보드의 독서등뿐이어서 소녀의 얼굴이 취기에 발갛게 달아오른 것을 뒤늦게야 깨달았다.

침대에 나란히 앉은 채로 내가 아무것도 하지 않고 책장만 멍하니 바라보고 있자, 소녀가 혀짤배기 같은 말투로 말했다.

"당신은 정말 뭘 모르네요."

"응. 아마도 그 말이 맞을 거야."라고 나는 동의했다. 사실 그녀가 무슨 이야기를 하고 있는지 전혀 알 수 없었다.

"……이럴 때야말로 점수를 벌어둬야 한다고 생각해요."라고 소녀는 자신의 무릎을 보며 말했다. "제가 웬일로 위로를 필요로 하고 있으니까요."

"딱 그 방법을 생각하고 있던 참이야."라고 나는 말했다. "하지만 어떻게 너를 위로해야 좋을지 모르겠어. 너를 죽인 장본인인 내가 무슨 말을 해봤자 전혀 설득력이 없어. 그러기는커녕 오히려 빈정거리거나 비꼬는 소리로 들리고 말 거야."

소녀는 일어나서 머그잔을 테이블에 내려놓고, 검지로 가볍게 튕기고 나서 침대에 다시 앉았다.

"그러면 일시적으로 사고에 대해서 잊어줄 테니, 그사이에 점수를 벌어보세요."

아무래도 그녀는 나의 위로를 절실히 필요로 하고 있는 듯하다.

나는 조금 대담한 도박에 나서기로 했다.

"조금 특이한 방법이 될 텐데, 그래도 괜찮아?"

"네, 좋으실 대로 하세요."

"내가 됐다고 할 때까지 한 번도 몸을 움직이지 않겠다고 맹세할 수 있어?"

"맹세할게요."

"후회하지 않아?"

"……아마도."

소녀의 정면에 한쪽 무릎을 세우고 앉아서, 그녀의 무릎에 나 있는 애처로운 멍을 가까이에서 관찰한다. 처음에는 붉게 부어있던 부분이, 지금은 자줏빛으로 변해 있었다.

멍의 바로 옆에 손가락을 대자, 소녀는 움찔하고 몸을 떨었다. 소녀의 눈에 경계의 빛이 깃드는 것을 알 수 있었다. 이것으로 한동안은 내 손의 움직임에 온 신경을 집중할 것이다.

서서히 긴장이 높아져간다. 나는 문자 그대로 부스럼을 건드리는 듯한 신중한 몸짓으로 그녀의 멍 위에 손가락을 하나하나 얹었고, 최종적으로는 손바닥 전체로 멍을 덮었다. 아주 약간이라도 힘을 넣으면 그녀의 무릎에 격통을 줄 수 있는 상황이다. 그 선택지도 매력적이기는 했다.

소녀는 겁을 내면서도 약속대로 몸을 움직이려고 하지 않았다. 입을 꼭 다물고, 내 행동의 흐름을 지켜보고 있었다.

그녀에게는 참으로 속 타는 시간이었을 것이다. 일부러 그 상태를 최대한 길게 유지했다.

긴장이 최대한으로 높아졌을 무렵에, 나는 그 말을 했다.

"아픈 것아, 아픈 것아, 날아가라."

손을 그녀의 무릎에서 떼고 창문을 향해서 휘둘렀다.
한없이 진지하게, 나는 그 동작을 해냈다.
소녀가 멍하니 내 얼굴을 바라보았다.
실패인가, 하고 생각했다.
하지만 잠깐의 침묵 뒤에, 소녀는 쿡쿡 웃기 시작했다.
"뭔가요, 그건? 바보 같아요." 그녀는 입가를 누르며 말
했다. 하지만 그 웃음에 비웃음 같은 것은 섞여있지 않았다.
정말로, 진심으로 행복한 듯이 그녀는 웃어주었다. "무슨
어린애도 아니고."
"그러네. 바보 같아." 나도 따라서 웃으면서 말했다.
"대체 무슨 짓을 당하는 걸까 하고 속으로 벌벌 떨었단
말이에요. 실컷 긴장하게 해놓고, 고작 이거뿐이에요?"
소녀는 온몸의 힘을 빼고 침대에 푹 쓰러져서는 두 손으
로 얼굴을 덮고 웃었다.
웃음의 발작이 잦아든 뒤, 그녀는 말했다.
"……어디로 날아간 걸까요, 저의 아픔은?"
"너에게 상냥히 대해주지 않았던 모든 사람들이 있는 곳
에."
"그거 참 좋네요."
소녀는 몸을 비틀며 굼실굼실 일어났다. 너무 웃어서인지

눈동자가 젖어 있었다.

"저기, 조금 전 거, 다시 한 번 부탁드릴 수 있을까요?"라고 그녀는 말했다. "이번에는 이, 끔찍한 기억이 가득 차 있는 머리를 부탁드려요."

"물론이야, 몇 번이라도 해줄게."

눈을 감은 소녀의 머리에 손바닥을 덮고, 나는 다시 바보 같은 위로의 주문을 외웠다. 그녀는 그것만으로는 만족하지 못하고 '미루기'를 해제해서 몸에 있는 흉터 하나하나에 같은 행동을 하도록 요구했다. 손바닥의 자상, 팔과 등의 화상, 넓적다리의 열상. 눈 아래의 흉터까지 위로를 마치자, 소녀는 정말로 아픔이 어딘가로 날아갔다고 착각할 정도로 편안한 표정을 지었다. 마치 마법사가 된 것 같네, 라고 나는 생각했다.

"저기, 당신에게 한 가지, 사과해야 할 게 있어요."라고 그녀가 말했다. "'친하게 지냈던 사람도 신세를 졌던 사람도 좋아하는 남자애도 좋아했던 남자애도 없다.'. 저는 그렇게 말했죠. 기억하시나요?"

"응."

"그건 거짓말이에요. 저에게는 예전에 친하게 지냈고 신세도 진, 좋아하는 남자애가 한 명 있었어요."

"예전에……. 지금은 없다는 얘기야?"

"네, 어떤 의미에서는 그렇죠. 하지만 그건 제 탓이에요."

"……무슨 소리야?"

그러나 그녀는 그다음을 이야기하려고 하지는 않았다. 너무 말이 많았다는 얼굴로 고개를 저었다. 억지로 들으려 할 필요는 없다고 생각하고 추궁을 포기하자, 소녀는 "조금 전 거, 저도 해드릴게요."라고 말하며 내 손목을 살짝 쥐고, 반창고에 감긴 새끼손가락에 부드럽게 숨을 불었다

아픈 것아, 아픈 것아, 날아가라.

제7장
현명한 선택

벼락이 떨어지는 소리에 잠에서 깨어났다. 시계를 보려고 몸을 일으키자, 몸의 이쪽저쪽이 쑤셨다. 강한 오한과 두통이 느껴졌다. 손끝을 움직이는 것조차도 기합이 필요할 정도로 찰싹 들러붙은 권태감이 온몸을 덮고 있었다.

잘은 기억나지 않지만, 또 유원지의 꿈을 꾼 듯한 기분이 든다. 강한 쇼크를 받은 뒤에는 그런 어린애 같은 노스텔지어에 젖고 싶어지는지도 모르겠다. 꿈속에서는 이번에도 나의 손을 누군가가 쥐고 있었다. 그리고 어찌 된 영문인지 나란히 걷는 우리는, 지나치는 수많은 사람의 거리낌 없는 시선에 노출되어 있었다.

우리의 얼굴에 뭔가 묻어있는 걸까? 아니면 우리의 존재 자체가 이 자리에 어울리지 않는 것일까? '괜찮아. 신경 안써.' 라며 나는 고개를 저었다. 여보란 듯 옆에 있는 누군가의 손을 강하게 이끈다.

거기서 꿈이 끊어진다. 포토플레이어의 음색이 귀에 남아 있었다. 문득, 나는 생각한다. 어쩌면 이 꿈을 꾸는 것은 두 번째나 세 번째가 아닐지도 모른다. 기시감이 너무 강하다. 잊어버렸을 뿐이고, 나는 꿈속에서 이 장소를 반복해서 방문하고 있는 것이리라.

그 정도로 나는 유원지라는 장소에 강한 동경을 품고 있는 것일까? 혹은 단순히, 만족스럽지 못했던 소년 시절의 상징으로서 우연히 유원지가 선택된 것뿐일까?

시곗바늘은 2시 가까이를 가리키고 있었다. 창문에서 엿보이는 하늘은 두꺼운 구름에 덮여서 밤인가 하고 착각할 정도로 어두웠지만, 그것은 확실히 오전이 아니라 오후 2시를 가리키고 있는 것이었다.

"상당히 오랫동안 자버린 모양이네."

테이블 위에 겹친 두 손에 턱을 얹고 나를 바라보고 있던 소녀는 고개를 끄덕이며 동의했다. 어젯밤의 친숙함은 사라지고, 또 이전처럼 예민한 그녀로 돌아가 있었다.

세수를 마치고 거실로 돌아와서 "오늘은 어디의 누구에게 복수를 할 거야?"라고 묻자 소녀가 스윽 일어나서 내 이마에 손을 뻗어서 건드렸다.

"열이 있네요?"

"응, 조금. 감기라도 걸린 걸까."

소녀는 고개를 저었다. "심하게 얻어맞으면 열이 나는 법이에요. 저도 자주 그랬어요."

"그런가." 나는 자신의 이마의 온도를 손끝으로 확인했다. "하지만 안심해, 움직일 수 없는 건 아니야. 자, 오늘은 어디로 가면 돼?"

"저기 있는 침대요."

그렇게 말하더니 소녀는 나를 떠밀었다. 이미 휘청휘청하고 있던 나는 간단히 넘어지며 침대 위에 엉덩방아를 찧었다.

"열이 내릴 때까지 안정을 취하세요. 어차피 그 상태로는 도움이 되지 않을 테니까요."

"그래도 운전 정도는……."

"뭘 운전할 셈인가요?"

그 말을 듣고, 어젯밤에 차를 잃은 것을 간신히 떠올렸다.

"안 그래도 추운 날씨에 비까지 퍼붓고 있어요. 그런 몸으로 걸어 다녔다간 금방 쓰러질 거예요. 어차피 대중교통도 제 기능을 하고 있지는 못하겠죠. 지금은 여기에 가만히 있는 게 상책이에요."

"너는 그래도 괜찮은 거야?"

"괜찮을 리 없잖아요. 하지만 보다 나은 선택지가 있다는 생각도 안 들어요."

그녀의 말대로였다. 지금 취할 수 있는 최선책은 몸을 쉬게 하는 것이다. 누워서 온몸의 힘을 빼자, 소녀가 내 발치에 정성스레 개어져있던 이불을 덮어주었다.

"신경 쓰게 해서 미안해. 고마워, 아키즈키." 나는 자연스럽게 그녀의 성씨를 불러보았다.

"감사하는 건 당신 마음이지만." 소녀는 나에게 등을 돌리고 말했다. "네 명째의 복수를 마치면 그다음은 당신차례니까요. 그것만큼은 잊지 마세요."

"응. 알고 있어."

"그리고 그렇게 부르지 마세요. 저는 제 성이 싫어요."

"알았어."

느낌 좋은 발음의 성씨라고 생각하는데, 뭐가 불만일까?

"그렇다면 됐어요. 이제부터 아침 식사를 사올 건데, 뭔가 또 필요한 건 있나요?"

"큰 사이즈의 반창고하고 해열진통제. 다만 외출은 빗줄기가 조금 더 약해진 뒤에 하는 편이 좋을 거야."

"기다리고 있다고 약해진다는 보증은 없어요. 비든, 뭐든."

그녀는 그렇게 말하고 방을 나갔다.

그런 뒤에 1분도 되지 않아서 문이 열리는 소리가 났다. 깜빡 놔두고 간 물건이라도 있나 하고 생각했지만, 들어온 것은 소녀가 아니라 옆방의 미대생이었다.

"우와, 진짜네. 얼굴이 말이 아니야." 그녀는 얼굴을 보자마자 말했다. 따뜻해 보이는 올이 성긴 니트를 입고 있었는데, 반바지에서 뻗어 나온 다리는 그것과 대비되어 평소 이상으로 가늘게 보였다.

"초인종 정도는 눌러주세요."라고 나는 말했다.

"그 애한테 부탁을 받았어." 뜻밖이라는 얼굴로 그녀는 말했다. "복도에서 만나서 인사를 했더니, 울면서 애원하더라. '그 사람, 심한 열이 나서 괴로워하고 있어요.' 라고."

"거짓말이군요."

"응, 거짓말이야. 하지만 부탁받은 건 진짜야. 일부러 내 방까지 와서는 '물건을 사러 간 동안 저 사람을 간호해주시지 않겠어요?' 라고 했어."

나는 잠시 생각에 잠겼다. "그것도 거짓말이죠?"

"진짜야. 무엇보다, 내가 스스로 남한테 말을 걸 리가 없잖아."

미대생은 정면에서 엉거주춤한 자세로 내 얼굴을 빤히 들여다보았다. 그리고 담요에서 비어져 나온 오른손에 시선을 옮기더니 "우왓!" 하는 소리를 흘렸다.

"엄청 다쳤네. 그 애도 심했지만 너는 더 심해. 혹시 온몸이 상처투성이 아니야?"

"심한 건 오른손뿐이고, 나머지는 대단한 상처는 아니에요."

"그렇구나. 어쨌든 그 오른손은 정말로 상태가 심각해. 잠깐 기다려. 지금 방에서 구급용품을 가지고 올게."

황급히 방을 나갔다가 종종걸음으로 돌아온 그녀는, 피로 굳은 반창고를 가위로 잘라내고 내 다친 손가락의 상태를 확인했다.

"이거, 제대로 씻었어?"

"네. 흐르는 물로 세심하게."

"일단 묻겠는데, 병원에 갈 생각은 있어?"

"없어요."

"그렇겠지."

그녀는 익숙한 동작으로 내 상처에 응급처치를 했다.

"능숙하시네요." 나는 테이핑 된 상처를 보고 말했다.

"남동생이 자주 다치는 애였거든. 방에서 책을 읽고 있으면 남동생이 들어와서, '누나, 나 다쳤어' 라고 말하며 자랑스럽게 상처를 보여주곤 했어. 그때는 내가 치료해주었지. 이 정도로 심한 상처는 한 번도 없었지만 말이야. 그 애가 보면 부러워할지도 몰라."

다른 상처의 상태까지 확인을 마친 그녀는 "그건 그렇고."라고 말했다.

"너희한테 대체 무슨 일이 있었던 거야?"

"둘이 사이좋게 계단에서 굴렀어요."

"흐응?" 미대생은 의심스럽다는 듯이 눈을 가늘게 떴다.

"그래서, 온몸 구석구석을 계단 모서리에 부딪친 끝에, 어째서인지 새끼손가락에만 칼 같은 것에 베인 상처가 두 군데나 났다?"

"그런 거예요."

미대생은 말없이 내 새끼손가락을 때렸다. 갑작스런 격통에 내가 신음하는 것을 보고, 그녀는 만족스러운 듯한 표정을 지었다.

"그래서, 앞으로 또 계단에서 구를 예정은 있어?"

"없지는 않아요."

"요 며칠 사이에 두 명의 여자가 칼에 찔려 죽은 사건, 너희하고 관계가 있어?"

테이블에 있던 소녀의 양재 가위에 눈길을 줘버린 것은 내 부주의였다. 하지만 미대생은 내 시선의 부자연스러운 움직임은 깨닫지 못한 듯했다.

꽤나 감이 날카로운 걸, 하고 나는 속으로 그녀를 칭찬했다.

"허어, 무서운 사건이 일어났었나 보네요. 조심할게요."

"정말로 관계없는 거야?"

"네, 유감스럽게도."

"……그런가. 재미없네."라고 그녀는 말했다. "만약 네가 두 명을 죽인 범인이라면, 겸사겸사 나도 죽여 달라고 하려고 생각했는데."

"무슨 소린가요?"라고 나는 물었다.

"요컨대 네가 만약 범인이었다면, 나는 너를 협박하는 거야. '무슨 이유가 있더라도 친구의 악행을 못 본 체할 수는 없다. 나는 이 일을 경찰에게 이야기하겠다.'라고 말하고 파출소로 향하는 거지. 너는 어떻게든 멈추려고 하지만 내 의지는 굳세서, 이 사람을 말리려면 죽일 수밖에 없다고 판단하고 다른 여성을 살해할 때처럼 나를 칼로 찌르는 거야. 해피엔딩, 해피엔딩."

나는 덮어씌우듯이 말했다. "방법을 묻고 있는 게 아니에요. 왜 당신이 죽어야만 하는 건가요?"

"그 질문은 '왜 당신이 살아있어야만 하는 건가요?' 하고 같은 수준으로 어렵네." 그녀는 어깨를 으쓱해보였다. "너도 어느 한쪽을 고른다면 살아있고 싶지 않은 쪽의 인간이라고 짐작했는데, 아니야? 요 며칠 사이에 너의 눈매가 변한 건 저 여자애에게 삶의 보람을 얻은 탓인가?"

대답하지 못하고 입을 다물고 있는데 현관 쪽에서 소리가 났다. 소녀가 돌아온 듯했다. 봉투를 들고 거실로 돌아온 그녀는, 방을 채우고 있는 흐릿하게 긴장된 공기를 민감하게 알아차리고 발을 멈췄다.

미대생은 나와 소녀를 교대로 바라본 뒤에, 스윽 일어나서 소녀의 손을 잡았다.

"저기, 그 머리, 내가 정리해줄게." 미대생은 소녀의 뒷

머리를 손가락으로 쓸었다. 그런 뒤에 나에게, "괜찮아. 잡아먹지는 않을 거니까."라고 귓속말했다.

"당신의 커트 실력은 믿을 수 있지만, 우선은 본인의 의사를 확인해주세요."

"머리카락을 잘라주시게요?" 소녀는 멀뚱한 얼굴로 물었다.

"응. 맡겨줘."

"……그런가요. 감사합니다. 잘 부탁드려요."

신용할 수 있을지 어떨지는 미묘한 라인이었지만, 결국 나는 소녀가 원하는 대로 하게 했다. 머리카락 같은 것에 신경 쓰지 않는 여자애라고 생각하고 있었기 때문에 의외라는 생각이 들었다. 미대생이 소녀에게 뭘 할지, 또 뭘 이야기할지 불안했지만 한편으로 그녀의 헤어커트 기술은 신뢰하고 있었으므로 완성된 모습이 기대되기도 했다. 그것이 무엇이든, 어떤 것이 이전보다 아름다워지는 것은 좋은 일이다.

두 사람이 옆집으로 모습을 감추자, 나는 소녀가 가져온 봉투 안의 내용물을 냉장고 안에 집어넣고, CD플레이어에 '*Chaos And Creation In The Backyard'를 세트해서 작은 음량으로 틀어놓고 다시 침대에 누웠다.

천둥은 들리지 않게 되었지만, 빗줄기는 점점 더 굵어지는 듯했다. 옆으로 몰아치는 바람으로 빗방울이 창문을 두

---

*폴 매카트니가 2005년에 발매한 앨범명.

두두둑 하고 두들기고 있었다. 오래간만의 외톨이였다.

어릴 적에 몸이 약했던 나는, 평일 오후에 자주 이렇게 천장이나 창밖을 바라보았다. 학교를 쉬고 혼자 집 안에 누워서 보내는 비 오는 날의 오후는, 나 혼자 세상에 남겨진 듯한 느낌이었다. 집 밖에서는 이미 한참 전에 세상이 끝장나 있는 게 아닐까 하고 불안해져서 쥐 죽은 듯 고요한 정적을 견디다 못해, 텔레비전이나 라디오나 자명종 시계 등, 온 집 안의 기계를 작동시키고 다니기도 했다.

지금의 나는 그렇게 간단히 세상이 멸망해주지 않는다는 것을 알고 있기에 온 집 안의 기계를 켜고 다니지는 않는다.

그 대신, 편지를 쓴다.

나 자신은 잊어가고 있었지만, 애초에 이 며칠간 벌어진 일련의 사건은 키리코와의 편지 교환이 계기가 되어 시작되었다. 스스로 그 관계를 끊어놓고 이제 와서 그녀와의 재회를 바랐기 때문에 나는 살인을 거듭게 되었고, 이렇게 온몸이 상처투성이가 되어 침대에 누워있는 것이다.

이런 식으로 말하는 건 어폐가 있을지도 모르지만, 사실 나는 키리코와의 편지 교환을 그만둔 뒤에도 편지를 계속 쓰고 있었다. 누구를 향해서냐고 하면, 그건 역시 키리코를 향해서였다. 다만 그 빈도는 반년에 한 번 정도였고 또한 쓴 편지가 우체통에 들어가는 일도 없었다.

기쁜 일이 있었을 때, 슬픈 일이 있었을 때, 이루 말할 수 없이 쓸쓸해졌을 때, 모든 것이 허무해졌을 때. 나는 정신을 안정시키기 위해서 받을 사람도 없는 편지를 써서, 일부러 우표까지 붙인 뒤에 서랍에 넣었다. 비정상적인 행위라는 자각은 있었지만 그것 말고는 자신을 위로할 방법을 몰랐던 것이다.

오래간만에 그걸 해보자고 생각했다. 테이블 위에 편지지를 펼치고, 만년필을 쥔다. 내용은 특별히 생각하지 않았지만, 요 며칠 사이에 벌어진 일에 대해서 쓰기 시작했더니 손을 멈출 수 없었다. 음주운전으로 사람을 치어버린 것. 죽었을 소녀가 상처 하나 없이 눈앞에 나타난 것. 소녀의 '미루기'에 대한 것. 복수를 거들게 된 것. 소녀가 주저하지 않고 양재 가위로 복수할 상대를 찔러 죽인 것. 그때마다 그녀는 다리가 풀리거나 구토하거나 밤에 잠을 못 이루는 것. 두 명째 복수를 마친 뒤에 일부러 살인 현장에서 볼링을 하거나 식사를 즐긴 것. 세 명째의 복수 상대에게 뼈아픈 반격을 당한 것. 할로윈 퍼레이드 덕분에 피를 뒤집어쓴 우리를 아무도 수상히 여기지 않았던 것.

"애초에 당신을 만나러 가자는 생각을 하지 않았더라면, 제가 이런 꼴을 당하는 일은 없었을 거라 생각합니다."

거기까지 쓰고 나서, 나는 베란다로 나가서 담배를 피웠다. 그리고 다시 침대로 돌아가서 낮잠을 잤다. 바깥에는 폭풍이 몰아치고 있었지만 실로 평화로운 오후였다. 신성한 느낌이 들기까지 했다.

소녀가 사고를 '미루기' 하지 않았더라면 지금쯤 나는 어떻게 되었을까. 이제까지 의식적으로 생각하지 않으려고 했지만, 혼자 방 안에 가만히 있으니 그런 현실적인 문제에 대해서 생각하지 않을 수 없었다.

사고 직후에 내가 자수했더라면, 체포로부터 4일 이상 경과했을 테니 이미 형사나 검사의 취조는 끝나고 재판소에서 구류 질문을 받을 준비를 하고 있거나, 그것도 끝나서 구치소의 다다미에 누워서 천장을 올려다보고 있을 참일 것이다.

그러나 그것은 그나마 낙관적인 예상이었다. '미루기'가 풀린 세상에서 내가 이미 자살했을 가능성도 있다. 소녀를 치어 죽여 버린 시점에서 인생을 포기하고, 그 부근의 적당한 나무에 목을 매달고 죽어버렸을지도 모른다.

그 광경은 간단하게 상상할 수 있었다. *행맨스 낫으로 묶인 고리 속에 목을 넣은 나는, 수 초간 과거에 대해 생각한 뒤에 그 공허함에 등을 떠밀려 디딤대를 걷어찬다. 끼익끼익하고 나뭇가지가 삐걱거린다.

자살에는 용기가 필요하다고 생각하는 사람들이 많다. 하지만 그건 자살의 시비에 대해 심각하게 고민한 적 없는 인

---

*hangman's knot. 교수형 등에서 쓰이는 매듭. 잡아당기면 조여진다.

간의 의견이라고 생각한다. "자살할 용기가 있다면 그것을 다른 것에 사용하면 된다."라니, 착각도 유분수다. 자살에 필요한 것은 용기가 아니다. 어느 정도의 절망과 잠시 동안의 착란이다. 단 1초나 2초의 착란으로 자살은 성립해버린다. 애초에 사람은 죽을 용기가 있기 때문에 자살하는 것이 아니다. 살아갈 용기가 없기에 자살하는 것이다.

유치장인가 나뭇가지인가(혹은 화장터인가). 어느 쪽이든 우울해지는 이야기였다. 이렇게 푹신한 침대에 뒹굴며 좋아하는 음악을 듣고 있는 것이 기적 같다.

CD는 한 바퀴를 돌아 두 번째 재생에 들어갔다. 폴 매카트니가 노래하는 '*Jenny Wren'에 맞춰서 콧노래를 흥얼거렸다.

비는 하루 종일 내렸다.

오후 6시경, 공복이 느껴져 일어났다. 생각해보니 오늘은 제대로 먹은 것이 없었다. 부엌에 가서 소녀가 사온 캠벨의 치킨 누들 수프 통조림을 따서 편수냄비에 넣고 물을 부어 끓였다. 마침 그때 소녀가 돌아왔다.

그때까지 보는 이에게 무거운 인상을 주던 긴 머리는 목 언저리까지 오는 길이로 단정히 정리되어 있었다. 거의 눈을 덮

*〈Chaos And Creation In The Backyard〉의 3번 트랙.

을 정도였던 앞머리도 눈 아래의 흉터가 눈에 띄지 않을 정도
의 길이를 유지하면서, 상쾌한 느낌을 주고 있었다. 정말 솜
씨 좋은 걸, 하고 나는 미대생의 커트 실력에 새삼 감탄했다.

소녀는 내 모습을 확인하자마자, "그런 건 제가 할 테니
까, 누워 계세요."라고 말하며 나를 거실로 내쫓았다. 소녀
의 얼굴에 나 있던 멍이 사라진 것을 깨달았다. '미루기' 한
것인가 하고 생각했는데, 그런 게 아니라 미대생이 화장으
로 안 보이게 해준 것인 듯하다.

"그 사람, 너한테 뭔가 이상한 소릴 하지 않았어?"라고
나는 물었다.

"아뇨. 친절히 대해주셨어요. 나쁜 사람은 아닌 것 같았
어요. 방이 조금 어질러져 있었지만요."

그건 어질러져 있는 게 아니라고 설명할까 했지만 그녀에
게 그런 이야기를 해봤자 소용없으므로 그만두었다.

"그 사람의 실력은 확실했지? 나도 한 번 잘라달라고 한 적
이 있었는데, 서툰 미용사보다 훨씬 잘 잘랐어. 그 사람도 미
용실에 가는 것을 죽고 싶을 만큼 싫어해서, 그렇다기보다 미
용사라는 인간이 까무러칠 정도로 거북해서 스스로 머리를
자르다 보니 어느샌가 저렇게 능숙해졌다는 모양이야."

"쓸데없는 소리 하지 마세요. 계속 그러고 있다간 아무리
지나도 열이 내리지 않을 거예요."

몇 분 후, 수프가 들어간 컵을 든 소녀가 다가왔다. "고마

워."라고 말하고 받아들려고 하자, 소녀는 내 손을 쳐냈다.

"입을 벌리세요."

소녀가 진지한 얼굴로 그렇게 말했다.

"아니, 꼭 그렇게 하지 않아도……."

"됐어요. 손도 다쳤잖아요?"

다친 것은 오른손이고 주로 쓰는 손은 무사하다고 설명할 새도 없이, 소녀가 스푼을 내 입에 가까이 가져왔다. 떨떠름하게 입을 벌리자, 그 안으로 스푼이 들어온다. 화상을 입을 정도로 뜨거운 것도 아니고, 뱉어낼 정도로 맛없는 것도 아니다. 그것은 실로 안전하면서 적절한 치킨 누들 수프여서 나는 오히려 불안해졌다.

"뜨겁지 않나요?"라고 소녀는 물었다. "조금."이라고 내가 말하자 그녀는 다음 한 스푼을 뜨고 숨을 후후 불어서 식힌 뒤에 내 입으로 옮겼다. 적당한 온도다. 스푼이 입에서 빠져나간다. 씹는다. 삼킨다. "그래서, 다음 복수 상대는……."이라고 말을 꺼내는데 다시 스푼이 입에 찔러 넣어졌다. 씹는다. 삼킨다. "잠자코 드세요."라고 소녀가 말했다. 씹는다. 삼킨다.

지금, 자신이 스스로의 부주의로 죽이고 만 상대에게 간병 받고 있다고 생각하니 정말 참기 힘든 기분이었다.

"……저는 역시 이런 일에는 안 맞나요?"

내가 수프를 다 먹고 나자, 소녀가 말했다.

"아니, 능숙하다고 생각하는데."

당황하면서 내가 그렇게 대답하자, 소녀는 고개를 갸웃거렸다.

"뭔가 착각하고 있는 거 아닌가요? 복수 이야기예요."

"아, 그쪽 이야기인가. 간병에 대해 말하는 줄 알았어."

소녀는 고개를 숙이고, 텅 빈 용기 안을 들여다보았다.

"……솔직히 말하면, 다음 복수도 무서워서 견딜 수가 없어요."

"누구든 사람을 죽이는 건 무서워. 네가 특별히 겁쟁이인 것은 아니야."라고 나는 격려했다. "애초에 세 명이나 죽여 놓고 '안 맞는다'라고 할 수는 없잖아?"

소녀는 천천히 고개를 저었다.

"세 명이나 죽였기 때문에 한계가 왔다고 생각했어요."

"상당히 약해졌네. 그러면 이제 복수를 그만두고 원한도 잊고, 남은 나날을 별일 없이 평화롭게 보낼거야?"

속을 긁을 생각으로 한 말이었지만 내 의도와는 달리, 소녀는 그 의견을 순순히 받아들인 듯했다.

"……실제로, 그러는 것이 현명하겠죠."

당신이 말하는 대로, 복수 같은 건 무의미하니까요.

그녀는 그렇게 작게 중얼거렸다.

11월 1일. 소녀가 죽은 사고로부터 6일째 되는 아침, 기한인 10일의 반환점을 돈 것이 된다. 그럼에도 불구하고 소녀는 아침이 되어도 전혀 움직이려 하지 않았다. 내 고열도 내려가고 빗줄기도 약해져서 보슬비가 되어있었지만, 정작 중요한 소녀는 아침 식사를 마치고 바로 침대에 들어가서 이불을 머리까지 뒤집어써 버렸다.

　"몸이 안 좋아요."라고 그녀는 말했다. "한동안 못 움직일 것 같아요."

　그것은 어떻게 봐도 꾀병이었다. 본인도 그것을 무리하게 감출 생각은 없는 듯해서, 나는 솔직하게 물어보았다.

　"복수는 이제 그만두기로 한 거야?"

　"……그렇지는 않아요. 몸 상태가 좋지 않은 것뿐이에요. 가만히 내버려두세요."

　"그런가. 마음이 바뀌면 언제든 이야기해."

　나는 소파에 앉아서 바닥에 흩어져있던 음악 잡지 하나를 집어 들고, 들은 적도 없는 아티스트의 인터뷰 기사 페이지를 펼쳤다. 내용은 뭐든 상관없었다. 이런 상황에서 긴장을 풀고 문장을 눈으로 좇을 수 있을 리가 없다.

　다섯 페이지에 걸친 인터뷰를 다 읽고, 다시 한 번 처음부터 다시 읽으며 '퍼세틱(pathetic)'이라는 단어가 기사 안에 몇 번 사용되었는지 세어보았다. 다 해서 스물한 번은 역시 너무 많다고 생각했고, 그것을 세고 있던 나도 바보 같다고 생각했다. 다른 할 일은 없었을까?

소녀가 이불에서 얼굴을 내밀었다.

"저기, 한동안 어딘가를 걷다 오시면 안 될까요? 혼자 있고 싶어요."

"알았어. 한동안이면 어느 정도나?"

"최소 대여섯 시간 정도."

"무슨 일 있으면 바로 연락해. 연립주택 밖에 공중전화도 있지만, 옆집에 사는 여자에게 휴대전화를 빌려달라고 하면 흔쾌히 빌려줄 거야."

"알았어요."

우산이 없어서 모즈 코트의 후드를 쓰고, 잊지 않고 선글라스도 끼고서 자취방을 나섰다. 안개 같은 비가 서서히 코트에 스며들었다. 길을 가는 차는 안개등을 켜고 신중하게 달리고 있었다.

정처 없이 버스 정류장에 서 있다가, 12분 늦게 도착한 버스에 올라탔다. 차 안은 사람으로 꽉 차있었고, 다양한 체취가 뒤섞여 정체된 냄새를 만들어내고 있었다. 버스가 심하게 흔들려서 다리의 근력이 약해진 나는 몇 번이나 자세가 무너질 뻔했다. 비스듬히 앞쪽의 흐린 창유리에는 삐뚤삐뚤한 글자로 외설스러운 문구가 적혀 있었다.

번화가에서 버스를 내리기는 했는데, 여기에서 다섯 시간 정도를 어떻게 보낼지, '전혀'라고 해도 좋을 정도로 정한 것이 없었다. 찻집에 들어가서 커피를 마시며 가만히 생각해보았지만, 좋은 아이디어가 떠오르지 않았다.

생각해보면, 이제부터 내가 무엇을 하더라도 '미루기'가 해제된 세계의 나에게는 영향이 없다. 본래대로라면 지금쯤 나는 유치장에 있거나, 그렇지 않으면 이미 죽었을 것이다. 지금부터 내가 어떠한 선행을 쌓더라도, 어떠한 악행에 손을 물들이더라도 아무리 낭비하더라도 아무리 몸을 돌보지 않고 살더라도, 소녀가 죽으면 전부 취소된다. 나는 궁극의 자유 안에 있었다.

무엇을 해도 괜찮은 거야, 라고 나는 생각했다. 그런 가정하에서 자신에게 묻는다. 나는 뭘 하고 싶지? 하지만 답은 없다. 하고 싶은 것은 없다. 가고 싶은 장소도 없다. 원하는 것도 없다.

나는 이제까지 무엇을 낙으로 삼고 살아왔던 걸까? 영화, 음악, 책……. 어느 것에 대해서도 남들 이상의 관심을 품고 있었지만, 한편으로 이것이 없으면 살아갈 수 없다고 생각할 정도로 열의를 쏟고 있던 것은 단 하나도 없었다.

내가 그 오락들을 좋아한 것은, 처음에는 어쩌면 내 안의 드넓은 공허를 메워줄지도 모른다는 기대가 있었기 때문이다. 졸음을 참고, 지루함을 견디고, 쓴 약을 먹는 것처럼 수많은 작품을 감상해왔다. 하지만 결국, 그런 노력을 통해 내가 얻을 수 있었던 것은 자신 안에 있는 공허의 넓이와 깊이에 대한 지식 정도였다.

　그때까지 나는 사람의 내면에 있는 공허란, 채워져야 할 것이 채워지지 않은 공간을 가리키는 말이라고 생각하고 있었다. 그러나 최근 들어 그 인식은 바뀌었다. 무엇을 던져 넣어도 곧바로 소멸해버리는 공간. 제로라고도 부를 수 없는, 절대적인 무(無). 그런 것이 내 안에 있는 것이다, 라고 생각하게 되었다. 메우려고 해봤자 헛수고다. 주위에 강고한 벽을 만들어서 최대한 접하지 않도록 신경 쓰는 것 외에는 대처법이 없다.

　그렇게 깨달은 뒤로는 내 취미는 '구멍파기'에서 '벽 만들기' 방면으로 바뀌어갔다. 내면을 다루는 작품보다 단순한 아름다움이나 유쾌함을 지향하는 작품을 좋아하게 되었다. 그것들도 진심으로 아름다움이나 유쾌함을 즐기고 있던 것은 아니지만, 텅 비어있는 스스로의 내면과 마주하는 것보다는 나았다.

　하지만 어쩌면 며칠 뒤에 죽어버릴지도 모르는 이 상황에서, 이제 와서 벽 만들기에 전념할 생각도 들지 않았다. 어린아이가 새로운 완구를 가지고 노는 것처럼, 좀 더 우직하게 즐길 수 있는 것은 없을까? 일찌감치 점심을 먹고, 가슴을 뛰게 만들 뭔가를 갈구하며 번화가를 어슬렁거리고 있는데 반대편 보도에 있는 대학생 집단이 눈에 들어왔다. 본 적 있는 녀석들이었다. 학부의 동기들이다.

대충 세어보니 동기의 7할 이상이 그곳에 모여 있는 듯했다. 무슨 모임일까 하고 잠시 생각해보고, 아마도 졸업과제 연구 중간보고회의 마무리 모임일 것이란 결론에 이르렀다. 벌써 그런 시기인 것이다.

모두 뭔가를 달성한 듯한 후련한 얼굴로 웃고 있었다. 나를 알아차린 사람은 한 명도 없었다. 어쩌면 내 얼굴 같은 건 이미 잊어버렸는지도 모른다. 내가 멈춰서 있는 동안에도 그들의 시간은 착착 흘러간다. 내가 예전과 다르지 않은 나날을 보내는 사이에도 그들은 하루하루 다양한 경험을 쌓아 성장하고 있는 것이다.

이렇게나 결정적으로 고독을 의식하게 만드는 광경을 눈앞에 두고도 그리 상처입지 않는다는 부분에 나의 본질적인 문제가 있다. 옛날부터 그랬다. 만약 이럴 때에 보통 사람처럼 상처 입을 수 있었다면 내 인생은 조금 더 풍요로웠을 것이다.

예를 들면, 그렇다, 고등학교 3학년 무렵에 조금 신경 쓰이는 여자아이가 있었다. 굳이 말하자면 말이 없고, 사진을 찍는 것을 좋아하는 아이였다. 주머니에 늘 레트로 스타일의 토이카메라를 감추고, 다른 사람은 이해할 수 없는 맥락 없는 타이밍에 셔터를 눌렀다. 번듯한 수동 카메라도 가지고 있는 듯했지만, "사람을 위협하는 것 같아서 싫어."라고 말하며 그다지 쓰지 않았다.

그녀는 때때로 나를 피사체로 선택했다. 이유를 물으니 "채도가 낮은 필름과 어울리는 피사체니까."라는 대답이 돌아왔다.

"의미는 모르겠지만, 칭찬받는 건 아닌 것 같네."라고 나는 말했다.

"응. 칭찬한 건 아니야."라고 그녀는 끄덕였다. "하지만 너를 찍는 건 즐거워. 애교 없는 고양이를 찍는 것 같아서."

여름이 끝나고 콘테스트가 다가오자, 그녀는 나를 데리고 이리저리 돌아다녔다. 방문하는 장소의 대부분은 잡초로 뒤덮인 공원, 드넓은 벌채적지, 열차가 하루에 열 대도 다니지 않을 듯한 무인역, 폐기된 버스가 늘어선 자재 야적장 같은 살풍경한 공간이었다. 그런 장소에 나를 앉히고 몇 번이나 셔터를 눌렀다.

처음에는 자신의 모습이 반영구적으로 남겨지는 것에 부끄러움이 느껴졌지만, 그녀가 사진을 아티스틱한 시선으로밖에 보지 않고 있음을 안 뒤로는 부담이 없어졌다. 다만 뭐랄까, 자신의 모습이 담긴 사진을 아주 소중하게 파일에 정리하는 그녀를 보면 흐릿하게나마 마음이 움직이지 않는 것도 아니었다. 좋은 사진을 찍을 때마다, 그녀는 교실에서는 보이지 않는 어린애 같은 표정을 나에게 보여주었다. 이 웃음을 아는 것은 나뿐이라고 생각하니 자랑스러웠다.

어느 가을의 맑은 토요일, 그녀가 찍은 사진이 콘테스트에 입상했다는 말을 듣고 나는 그것이 걸려있는 전시장까지 일부러 걸음을 옮겼다. 자신이 찍힌 사진이 갤러리에 전시되어 있는 것을 보고, 다음에 그 아이와 만나면 식사 한 끼 정도는 사달라고 할까, 하고 생각했다.

그리고 귀가하다 들른 잡화점에서, 나는 우연히 그녀를 발견했다. 그녀 옆에는 남자가 있었다. 멋진 옷차림을 한, 머리를 갈색으로 물들인 대학생이었다.

그녀는 남자와 억지로 팔짱을 끼려고 했고, 남자 쪽은 어쩔 수 없다는 얼굴로 그것에 따르고 있었다. 그녀는 내가 한 번도 보지 못한 표정을 짓고 있었다. 오호라, 저런 얼굴도 하는구나, 하고 나는 감탄했다.

두 사람이 으슥한 곳에서 키스하는 것을 지켜보고, 그 뒤에 가게를 나왔다.

콘테스트가 끝난 이후로 그녀는 나에게 말을 걸어오지 않았다. 나도 카메라란 매개 없이 그녀와 이야기하는 것은 그리 좋아하지 않았으므로 내 쪽에서 말을 걸려고도 생각하지 않았다. 그런 식으로 나와 그녀의 조금 특이한 관계는 끝났다.

그때도 나는 거의 상처입지 않았다. 자각이 엷은 만큼 나중에 아프게 다가올 것이라 생각했지만, 그렇지도 않았다. 포기가 빠르다는 것과는 조금 다르다. 놀랍게도, 그녀 옆에 있던 남자를 보고도 나는 티끌만큼도 질투와 부러움이라는 감정을 느끼지 않았다. 귀찮아 보이네, 라는 생각까지 들었다. 처음부터 나는, 그녀를 내 것으로 삼고 싶다는 생각을 진짜로 하지 않았던 것이겠지.

사람들은 그것을 '여우와 신포도' 같은 상황에 지나지 않는다고 말할지도 모른다. 너는 아무것도 손에 넣을 수 없으니까 아무것도 손에 넣고 싶지 않은 체를 하고 있을 뿐이라고. 그렇다면 얼마나 좋을까? 내가 자각하지 못할 뿐이지 가슴속에는 새빨간 욕망이 부글부글 끓고 있으며, 지금이라도 분화할 상황이었다면 얼마나 좋을까, 하고 생각한다. 그러나 아무리 자신 안에서 그것을 찾아도 흔적조차 보이지 않는다. 곰팡내 나는 잿빛 공간이 마냥 이어질 뿐이다.

결국 나는 뭔가를 원할 수 없는 인간인 것이다. 기억에 남지 않을 정도로 아득한 옛날에, 그 능력을 상실하고 있었다. 혹은 그런 능력은 처음부터 나에게 구비되어 있지 않았는지도 모른다. 단 하나의 예외였던 키리코와의 관계도 간단히 끊어져버린 지금, 나는 이미 자기 자신이 쓰일 길을 찾을 수 없었다.

이것을 어쩌라는 거지?

골목에 들어가, 가파르고 좁은 계단을 내려갔다. 그곳은 신도와 내가 예전에 거의 살다시피 했던 게임 센터였다. 빛바랜 간판으로 쉽게 상상할 수 있듯이 내가 태어나기 전부터 가동되고 있는 듯한 오락기밖에 없는, 요즘 젊은이 취향이라고 말하기는 어려운 가게다. 박스테이프로 이쪽저쪽이 뒤덮인 동전교환기, 그을음투성이인 재떨이, 햇볕에 변색된 포스터, 이쪽저쪽이 닳아버린 오락기의 거친 화면과 싸구려 전자음. 이미 역할을 끝마치고도 남았을 이런저런 것들이 연명장치가 설치되어 죽 늘어서 있는 광경은, 넓은 병실을 연상시켰다. 아니, 시체 안치소라고 부르는 편이 가까울지도 모른다.

"내가 자진해서 이런 지루한 장소에 오는 것은." 그렇게 신도는 말하고 있었다. "여기에는 나를 재촉하는 것이 하나도 없기 때문이라고 생각해."

나도 같은 이유로 그 게임 센터가 마음에 들었다.

수 개월 만의 방문이었다. 자동문 앞에 섰지만, 몇 초를 기다려도 문이 열리지 않았다.

옆에 있는 벽에 벽보가 붙어있었다.

'저희 점포는 9월 31일을 기해 폐점하게 되었습니다. 오랫동안 아껴주시고 성원해주신 분들께 감사드립니다. (9월 31일의 폐점 시간은 오후 9시입니다)'

나는 계단에 앉아서 담배에 불을 붙였다. 누군가가 재떨이의 내용물을 버리고 간 것인지, 주변에는 밟혀서 납작해진 꽁초 수 백 개가 흩어져 있었다. 갈색 필터만 남은 꽁초는 비에 젖어서 녹슨 탄피처럼도 보였다.

　이로써 드디어 갈 곳이 없어졌다. 번화가를 나와서 적당한 공원에 들어가자 등받이 없는 나무 벤치가 하나 보였다. 쌓여있던 낙엽을 치우고, 남의 눈을 상관하지 않고 드러누웠다. 하늘은 두꺼운 구름에 덮여있었다. 새빨간 단풍잎이 천천히 떨어져 내려와서, 나는 그것을 왼손으로 잡았다.

　단풍잎을 가슴 위에 놓고, 눈을 감고 공원 안의 소리에 귀를 기울였다. 차가운 바람 소리, 지면에 쌓인 낙엽 위로 새로운 잎사귀가 떨어지는 소리, 새가 우는 소리, 글러브가 연식 야구공을 받아내는 소리.

　한층 강한 바람이 불고, 내 위로 몇 장이나 되는 붉고 노란 잎사귀가 떨어졌다. 더 이상 한 발짝도 움직이고 싶지 않다고 생각했다. 이대로 낙엽 속에 묻혀버려도 좋았다.

　이것이 내 인생이다. 아무것도 원하지 않고, 그 혼을 한 번도 활활 불태우지 못하고 연기만 내다 썩어가는 인생. 그러나 그것을 비극이라 부르는 것은, 지금은 아직 허락되지 않는다.

　장보기를 마치고 자취방에 돌아간 것은 지정된 것보다도 조금 이른 시각이었다. 20킬로그램 이상 되는 캐링케이스를 짊어지고 한시간 가까이 걸었던 터라 땀으로 범벅이었다. 거실 바닥에 놓인 그것을 보고, 소녀는 머리맡의 CD플레이어에서 뻗어 나온 헤드폰을 벗고서 "뭔가요, 그건?"이라고 나에게 물었다.

"전자 피아노야." 나는 땀을 닦으면서 말했다. "방에 가만히 있는 것도 지루하다 싶어서 말이야."

"저는 치지 않아요. 피아노는 이미 관뒀어요."

"그런가. 괜한 물건을 산 건가." 나는 어깨를 축 늘어뜨려 보였다. "그 뒤로 뭔가 먹었어?"

"안 먹었어요."

"뭔가 배에 집어넣는 편이 좋겠어. 바로 만들게."

부엌에 가서, 어제 내게 소녀가 먹여줬던 것과 같은 통조림 치킨 누들 수프를 데웠다. 침대에 앉아서 창밖을 바라보고 있던 소녀는, 눈앞에 내밀어진 스푼과 나를 교대로 바라보며 5초 정도 갈등하고 나서 부끄러운 듯이 입을 벌렸다. 어제의 눈치로 봐서 이런 일에 대해 아무런 거부감이 없는 아이인가 생각했는데, 간병 받는 입장이 되면 이야기가 달라지는 듯하다. 스푼을 입안에 가져가자 얇고 아주 부드러워 보이는 입술이 닫혔다.

"전 피아노 따윈 치지 않을 거예요." 첫 번째 한 입을 삼킨 소녀가 말했다. "몸 상태도 안 좋고."

"알아. 너는 피아노를 치지 않아."

나는 두 번째 스푼을 내밀었다.

그러나 한시간 뒤에 소녀는 피아노 앞에 앉아있었다. 바로 옆에서 내가 여러 가지 소리를 시험해보는 것을 듣자 참을 수 없게 된 모양이었다.

　　내가 침대 앞에 피아노를 세팅하자, 소녀는 건반 위에 살짝 손가락을 얹었다. 한동안 눈을 감고 차분히 그 공기를 감상한 뒤, 연습곡인 하농(HANON) 중에서도 특히 중요한 몇 가지를 더할 나위 없이 신중하게 치며 손가락을 풀었다. 옆방에서도 들릴 정도의 음량이었지만, 미대생은 이런 종류의 고급스러운 소리에는 아마도 너그러울 것이므로 문제는 없다.

　　나는 그리 귀가 좋은 편은 아니지만, 그래도 그녀의 왼손이 치명적인 결함을 품고 있다는 걸 알 수 있었다. 오른손의 손가락 놀림이 훌륭한 만큼, 그것은 잔혹할 정도로 눈에 띄었다. 자상으로 마비된 왼손은 분명 가죽 장갑이라도 끼고 있는 듯한 감각일 것이다. 본인도 그것을 신경 쓰고 있는지, 때때로 말을 듣지 않는 자신의 왼손을 밉살스럽게 노려보았다.

　　"끔찍하죠?"라고 소녀가 말했다. "다치기 전에는 저의 유일한 장점이었지만요. 지금은 이 모양이에요. 마치 남의 손으로 바꿔치기 당한 것 같은 느낌이에요. 치는 쪽도, 듣는 쪽도 불쾌해지는 연주밖에 못해요."

　　왼손의 미스터치가 세 번째를 맞이하자 소녀는 연주를 멈췄다.

　　"그러면 차라리 진짜 남의 손으로 교체해보는 게 어때?"

라고 나는 말했다.

"……무슨 소린가요?"

나는 소녀의 옆에 앉아서 왼손을 건반 위에 놓았다.

소녀는 미심쩍다는 듯 나를 보았지만 '뭐, 상관없겠죠.'라고 말하는 얼굴을 하고 오른손만으로 연주를 시작했다.

다행히 나도 아는 유명한 곡이었다. 쇼팽의 *프렐류드 제15번. 3소절부터 나도 연주에 끼어들었다. 피아노는 15년 만이었지만, 전자 피아노의 건반은 그랜드 피아노에 비하면 가벼워서 손가락이 나름대로 움직여주었다.

"피아노를 칠 줄 아는군요."라고 그녀가 말했다.

"흉내 정도라면. 어릴 적에 조금 배웠어."

오른손을 다친 나와, 왼손이 마비된 소녀로 서로가 부족한 손을 보충한다.

연주는 뜻밖에도 단시간에 호흡이 맞아갔다. 28소절 째가 되어서 조가 바뀌자, 소녀는 저음에 손을 뻗으려고 어깨를 기댔다. 그 감촉은 그저께의 열차 안에서 그녀가 기대왔을 때를 떠올리게 했다. 코트를 입지 않은 만큼 오늘은 저쪽의 체온이 보다 또렷하게 느껴졌다.

"몸 상태가 안 좋은 거 아니었어?"라고 내가 물었다.

"나았어요."

쌀쌀맞은 어조와는 대조적으로, 그녀가 연주하는 소리는

_____
*일명 '빗방울 전주곡'이라 불리는 곡.

한없이 친밀하게 내 소리에 얽혀 있었다.

이것저것 치는 동안에 눈 깜짝할 사이에 3시간이 지나 있었다. 서로에게 지친 기색이 보이기 시작했기 때문에, 정리 운동 삼아 비지스의 'Spicks & Specks'를 연주하고서 전자 피아노의 전원을 껐다.

"재미있었어?"라고 나는 물었다.

"시간 때우기는 되었어요."라고 소녀가 말했다.

걸어서 근처의 패밀리 레스토랑에 가서 저녁을 먹었다. 자취방에 돌아와서 브랜디 밀크를 만들어 라디오를 들으며 마시고, 그날은 둘 다 일찍 자리에 누웠다.

결국 그날, 소녀는 복수에 대해서 한 마디도 하지 않았다.

그녀는 복수를 그만둘지도 모르겠다고 나는 생각했다. 본인은 아직 복수를 계속하려는 듯한 말을 하고 있었지만, 고집을 부리는 것뿐일 것이다. 본심으로는 더 이상 아무도 죽이고 싶지 않을 것이다. 두려워하며 사람을 죽인 뒤에 기다리고 있는 것은 다리가 풀릴 정도의 공포와 구토할 정도의 역겨움, 그리고 죄책감에서 오는 불면증이다. 그저께처럼 뜻밖의 반격을 당할 가능성도 있다. 그녀는 지금 복수가 무의미하다는 것을 실감으로 이해하고 있었다.

오늘은 소녀에게 아주 평온한 하루였을 것이다. 헤드폰을 쓰고 침대에 드러누워 담요에 감싸인 채로 하루 종일 음악을 듣고, 마음껏 피아노를 치고, 외식을 하고, 브랜디를 마시고 침대로 돌아간다. 그녀의 인생에서 이렇게나 평화로운 하루는 상당히 드물지 않았을까.

소녀가 이런 생활을 마음에 들어 하면 된다고 나는 생각했다. 복수 같은 것은 잊어버리고 '미루기'의 효력이 사라지는 그날까지 오늘처럼, 소소하기는 해도 확실한 행복을 추구하면 된다. 옷을 사거나, 음악을 듣거나, 피아노를 치거나, 오락시설에서 놀거나, 맛난 것을 먹거나. 그러면 그녀는 더 이상 다리가 풀리거나 구토하거나 얻어맞지 않아도 된다. 나도 이 이상 살인을 거들지 않아도 되고, 다섯 명째의 복수 상대로서 '똑같은 꼴'을 당할 필요가 없어질지도 모른다.

어떻게든 해서 복수를 단념하는 방향으로 소녀를 유도할 수 없을까? 피아노는 꽤나 좋은 아이디어였다. 그밖에 그녀가 좋아할 만한 것은 없을까. 이웃집 미대생에게 상담해보는 것은 어떨까? 천장을 올려다보며 멍하니 생각하는 가운데 브랜디 기운이 올라와서 자연스럽게 눈꺼풀이 내려왔다.

자는 동안에도 뇌는 계속 생각을 하고 있다.

나는 뭔가를 간과하고 있다.

예를 들면, 요 며칠간 내가 계속 품고 있던 위화감의 정체에 대해.

그 위화감이 피크에 달한 것은 어제, 소녀가 입 밖에 낸 어떤 말을 들었을 때였다.

'당신이 말하는 대로, 복수 같은 건 무의미하니까요.'

나는 그 말을 기다리고 있었을 것이다. 소녀가 복수에 소극적이 되는 것은 나에게는 아주 기쁜 일이었을 것이다.

그랬어야 했다.

그러면 어째서, 나는 그렇게나 강렬한 실망을 느껴야만 했던 것일까?

그 대답은 비교적 금방 나왔다. 아마도 나는 그녀의 입에서 약한 말을 듣고 싶지 않았던 것이다. 이렇게까지 간단히, 자신이 해온 일을 부정하기를 바라지 않았다. 그만한 열의를, 격정을 간단히 버리는 것을 바라지 않았다. 분노의 화신처럼 움직이는 그녀는, 나에게는 어떤 종류의 동경의 존재였던 것이다.

그러나 정말로 그것뿐일까? 라는 목소리가 들린다.

그것뿐이야, 라고 나는 대답한다. 나는 소녀에게서 느낄 수 있는, 자신의 내면으로부터는 결코 솟아나지 않는 강렬한 열기를 언제까지나 접하고 싶었던 것이다.

아니지, 라고 목소리가 말한다. 그것은 나중에 가져다 붙인 해석에 지나지 않아. 너의 실망은 좀 더 심플한 이유가 발단이었어. 스스로를 속이지 마.

어리둥절해하는 나에게, 한숨을 내쉬는 소리가 들린다.

그렇지. 한 가지, 힌트를 줄게. 처음이자 마지막이야. 이걸로도 모른다고 한다면, 더 이상 무슨 소리를 하더라도 소용없겠지.

한 번밖에 말 안 한다.

"네가 느끼는 '열'은, 정말로 그 여자만이 발하고 있었던 거냐?"

이상이다.

눈을 감고, 다시 한 번 생각한다.

어디에선가 그리운 꽃향기가 난다.

나는 신도에게 감사한다.

위화감의 정체를 깨닫는다.

밤중에 벌떡 일어났다. 심장이 쿵쾅쿵쾅 뛰고 있었다. 목구멍 안에서 밀려올라오는 것은 구역질이 아니라 지금 당장에라도 소리치고 싶다는 충동이었다.

머릿속이 아주 맑아졌다. 마치 십여 년의 잠에서 깨어난 것 같았다. 일어설 때에 CD 케이스를 밟아서 내용물이 깨지는 소리가 났지만, 그런 것에 신경 쓰고 있을 상황이 아니다. 싱크대에서 수돗물을 글라스에 받아서 단숨에 비우고, 거실로 돌아와서 조명을 켜고 이불을 입가까지 올리고 자고 있는 소녀를 흔들어 깨웠다.

"뭐예요, 이런 시간에." 소녀는 머리맡의 시계를 실눈으로 확인한 뒤에 조명에서 도망치듯이 이불을 뒤집어썼다.

"다음 복수를 하러 가자." 이불을 벗기며 나는 말했다. "시간이 없어. 일어나서 준비를 해줘."

소녀는 빼앗긴 이불을 도로 끌어당기고서 두 팔로 끌어안았다. "아침이 된 뒤에도 괜찮잖아요."

"아니야." 뒤집어씌우듯이 나는 말했다. "지금 바로 움직여야만 해. 내일이 되면 너는 더 이상 복수자가 아니게 되어버릴 것 같은 기분이 들어. 그런 건 싫어."

소녀는 몸을 돌리며 나에게 등을 보였다.

"……어째서 당신이 그렇게까지 열심인지 이해를 못하겠네요."라고 그녀는 말했다. "당신에게는 제가 복수자가 아니게 되는 편이 여러 가지로 좋은 거 아닌가요?"

"나도 그렇게 생각하고 있었어. 하지만 요 이틀간 가만히 있는 동안에 생각이 바뀌었어. 본심을 깨달았다고 표현하는 게 맞을지도 몰라. 요컨대 이런 거야. 나는 네가 무자비한 복수자로 있어주기를 원해. 현명한 선택을 하는 건 바라지 않아."

"하는 말이 예전하고 정반대잖아요. 복수 같은 건 무의미하다고 말한 건 당신이잖아요?"

"그런 옛날 일은 잊었어."

"게다가." 소녀는 등을 구부리며 보다 강하게 이불을 끌

어안았다. "다음 복수 상대를 죽이고 나면, 그다음은 당신
이라고요."

"응. 하지만 그게 어쨌는데?"

"당신은, 저기, 그렇게까지 해서 제 기분을 맞추고 싶은
가요?"

"아니, '점수벌이'는 상관없어."

"그러면 머리가 이상해진 거네요." 소녀는 토해내듯이 말
했다. "저는 잘 거예요. 당신도 자면서 머리를 좀 식히세요.
아침이 되어서 마음이 차분해지면, 다시 한 번 그 일에 대해
서 상의하죠. ……불, 꺼주세요."

나는 생각한다. 어떻게 설명해야 그녀가 알아줄까?

소파에 앉아서 확실히 전할 수 있는 말이 떠오르기를 기
다렸다.

"생각하면 첫 번째 복수의 시점에서 전조는 있었어."

신중하게 말을 이어나간다.

"그 여자를 죽였을 때, 너는 다리가 풀려서 움직이지 못
하게 되어버렸잖아? 그때는 솔직히 '어떻게 이런 겁쟁이 살
인귀가 다 있지.'라고 생각했어. ……하지만 가만히 생각해
보면, 이상한 건 네가 아니라 내 쪽이었어. 너의 반응이 정
상이고 내 반응이 비정상이었어. 나는 사람의 죽음을 목도
하고서도 어째서 그렇게나 냉정하게 있을 수 있었던 걸까?
다리가 풀리는 정도는 아니더라도 불안이나 밤잠을 못 이루

는 정도의 반응은 있어도 되었을 거야."

소녀는 아무 말도 하지 않았지만, 내 목소리에 귀를 기울이고 있는 듯했다.

"두 명째의 복수를 끝내고도 나는 역시 혐오감도, 죄악감도 느끼지 않고 아무렇지도 않았어. 대신에 다른, 이제까지 경험한 적 없는 정체를 모를 감정이 솟아오르는 것을 알았지. 그게 살인에 대한 마이너스의 인상을 덮어버린 거겠지. 세 명째에 대한 복수를 이뤄냈을 무렵에는 나는 그 감정의 정체를 거의 깨닫고 있었을 거야. 하지만 또렷하게 자각한 것은 바로 지금이야."

소녀는 참다못한 듯 일어나서, 이해하지 못하겠다는 투로 말했다.

"저기요, 대체 무슨 얘길 하고 있는 건가요?"

내가 무슨 이야기를 하고 있냐고?

사랑에 대한 얘기다.

"나는 너를 사랑하고 있는 거라고 생각해."

그것은 세상을 얼어붙게 하기에 충분한 말이었다.

방 안의 모든 틈새에서 공기가 빠져나가고, 진공의 정적이 찾아왔다.

"……네?"

긴 침묵 뒤에, 간신히 소녀가 목소리를 발했다.

"그런 권리가 없는 것은 알고 있어. 내가, 이 마음을 품는

데 가장 어울리지 않는 인간이라는 것도 알고 있어. 뻔뻔스
러운 일에도 정도가 있다고 생각해. 어쨌든 나는 네 생명을
빼앗은 인간이야. 하지만 그걸 알면서도 말하지. 나는 너를
사랑하고 있는 것 같아."

"의미를, 모르겠어요." 소녀는 고개를 숙이고 몇 번이나
고개를 저었다. "혹시 잠이 덜 깼나요?"

"반대야. 잠에 취해 있었던 거야, 22년간. 이제 와서야
눈을 떴어. 너무 늦었지."

"정말 하나부터 열까지 이해가 안 돼요. 어째서 당신이
저를 사랑해야만 하는 건가요?"

"네가 처음 내 앞에서 사람을 죽였을 때." 나는 말했다.
"블라우스에 피가 튀어서 물들고, 흉기인 가위를 쥔 채로 시
체를 내려다보는 너를 보고, 생각했어. '아아, 아름답구나.'
라고. ……처음에 나는 스스로 그런 감정을 품었던 것을 마음
에 두지도 않았어. 하지만 지금 와서 깨달았어. 그것이 내 인
생에서 공전절후의 대사건이었다는 것을. 넋을 잃고 누군가
를 바라본 것은, 생각해보면 태어나서 처음 겪는 경험이었어.
더 이상 소원을 빌지도, 뭔가를 바라지도 않게 되었을 내가,
'그 순간을 다시 한 번 겪고 싶다'라고 생각했어. 그 정도로,
복수하는 네 모습은 압도적으로 아름다웠어."

"적당히 둘러대지 마세요."

소녀가 베개를 던져왔지만, 나는 그것을 받아내고 바닥에

떨어뜨렸다.

"그렇게 해서 기분을 맞춰서 점수를 벌 생각이죠? 안 속아요." 소녀는 나를 노려보았다. "마음에 안 들어요. 제가 제일 싫어하는 방법이에요."

"거짓말이 아니야. 믿기지 않는다는 것도 이해해. 나 스스로가 제일 당황스러울 정도야."

"듣고 싶지 않아요."

그렇게 말하며 소녀는 두 귀를 막고 눈을 감았다. 나는 그 두 손의 손목을 잡고 억지로 귀에서 손을 떼어냈다.

가까이에서 눈이 맞는다.

한 박자 두고, 소녀가 시선을 내렸다.

"알겠어? 다시 한 번 말할게." 나는 말했다. "복수하는 너는 아름다워. 그러니까, 부탁이니까 복수가 무의미하다는 말은 하지 마. 그런 빤한, 흔한 결론에 도달하지 마. 적어도 나에게 복수는 의의가 있어. 아름답다는 것은 그 자체만으로 무엇보다도 가치 있는 일이야. 나는 네가 한 명이라도 많은 상대에게 복수를 이뤄내기를 바라고 있어. 설령 그중에 나 자신이 포함되어 있더라도."

소녀의 손이 휘둘리더니 내 가슴을 확 떠밀었다. 나는 그대로 뒤로 나자빠졌다.

거부당하는 게 당연하지, 라고 나는 천장을 올려다보면서 생각했다. 자신을 죽인 인간에게 갑자기 "너를 사랑해."라는 말을 듣는다고 그걸 받아들일 사람이 어디 있겠는가.

애초에 이렇게 많은 것을 이야기할 생각은 없었다. 처음에는 그저 "너의 복수에 공감했어. 그건 옳은 일이니까, 여기서 그만두기를 바라지 않아." 정도로 끝낼 생각이었다. '사랑하고 있는 모양이야' 라니. 22년간 그런 쪽의 감정과 전혀 마주하지 않았던 인간이, 대여섯 살이나 연하의 겁쟁이 살인귀를 앞에 두고 스톡홀름 증후군 같은 착란을 일으키고 있는 것이 아닐까?

내가 토해낸 한숨은 내밀어진 소녀의 손에 닿았다.

조심조심 손을 뻗자, 저쪽 손이 내 손을 단단히 잡고 나를 끌어 일으켰다.

이전에도 이런 일이 있었지, 라고 나는 기억해냈다.

그때는 세찬 비가 퍼붓고 있었다.

그녀는 내 손을 쥔 채로 오랫동안 침묵하고 있었다. '내가 지금 뭘 하고 있는 걸까?' 라는 얼굴이었다. 맞잡은 손을 바라보며, 무의식중에 한 그 행위가 무엇을 의미하는지를 열심히 생각하는 듯했다.

문득 그녀의 손가락에서 힘이 빠지고, 슥 하고 떨어졌다.

"자, 얼른 준비 하세요." 소녀는 말했다. "지금이라면 막차를 탈 수 있을지도 몰라요."

아연해서 멍하니 서 있는 나를 보고, 소녀는 새침한 얼굴을 했다.

"왜 그래요? 복수하는 아름다운 처를 좋아하는 거잖아
요?"

"……응, 그래."

간신히 나는 대답했다.

"이해하기 어렵네요." 소녀는 비웃음을 한껏 담아서 말했
다. "애초에 당신 같은 사람이 좋아해줘도 기쁘지 않아요."

"상관없어. 너에게는 나말고 의지할 수 있는 사람이 없으
니까, 아무리 미움받더라도 곁에 있을 수 있어."

"그 말대로네요. 정말 뜻밖이에요."

그렇게 말하고 소녀는 내 발등을 꾹꾹 밟았다. 하지만 아
픔을 느낄 정도의 세기는 아니었고, 매끈매끈한 맨발이 맞
닿는 감촉은 기분이 좋았다. 그것은 어떤 종류의 동물이 동
료에게 친애의 정을 표시할 때에 사용하는 방식과 비슷하지
않은 것도 아니었다.

바깥 기온이 몹시 떨어진 듯해서 우리는 겨울용 코트를
입고 집을 나왔다. 연립주택 처마 아래에 세워져있던, 모르
는 거주인의 소유물일 녹슨 자전거를 무단으로 빌려서 짐칸
에 소녀를 태우고 서서 밟기로 역까지 전속력으로 달렸다.
핸들을 쥔 손은 곧바로 곱기 시작했고, 건조한 바람에 노출
된 안구가 아팠다. 냉기에 노출된 새끼손가락의 상처가 쑤
셨다.

긴 언덕길을 오른 뒤에는 역까지 이어지는 좁은 내리막이

다. 잠든 주택가에 끼이끼이 하는 브레이크 소리를 울리며 달렸다. 상당한 속도에 위험을 느꼈는지 소녀가 내 등에 찰싹 달라붙었다. 오로지 그 감각 때문에, 나는 이 언덕이 마냥 끊이지 않고 계속되면 좋겠다고 생각했다.

제8장

그녀의 복수

결론부터 말하면, 그 뒤로 우리는 첫 세 명을 포함해서 전부 열일곱 명의 목숨을 빼앗았다. 네 명째의 복수 상대인 소녀의 옛 담임이자 지금은 위암으로 투병 생활을 보내던 60대 남자를 살해한 뒤, 소녀가 "갈 수 있는 데까지 가보죠."라는 말을 꺼냈다. 그래서 당초에 예정에 넣지 않았던, 그녀가 깊은 원한을 품고 있는 열세 명이 새롭게 복수 상대에 들어가게 되었다.

　그녀와의 관계로 말하면, 중학교 시절의 지인이 일곱, 고등학교 시절의 지인이 넷, 교사가 둘, 그 밖에 넷. 남녀 비율로 말하면 여자가 열한 명에 남자가 여섯. 살해된 방식으로 말하면 간단히 살해당한 것이 여덟 명에, 도망친 것이 네 명, 설득하려고 시도한 것이 두 명, 저항한 것이 세 명. 그런 결과가 되었다.

　모든 것이 순조롭게 진행되었던 것은 아니다. 그러기는커녕 우리는 몇 번이나 실패했다. 열일곱 명째의 살해까지 다섯 번 복수 상대를 놓치고, 네 번 경찰에 붙잡히고, 두 번 큰 부상을 입었다. 하지만 어느 것이나 소녀가 '없었던 일'로 해버렸다. 불공평한 방법이다. 우리는 모든 책임을 방기하고 한없이 이기적으로 움직였다.

　조금 전부터 내가 숫자만 늘어놓고 있는 듯 보이지만, 열일곱 명의 살해를 거든 내 입장에서는 이것이 가장 실감에 입각한 설명이다. 너덧 명째가 끝난 무렵부터, 복수 상대 한 사람 한 사람은 숫자로밖에 느껴지지 않았다.

　인상에 남는 상대가 없었던 것은 아니지만, 나에게 중요한 것은 누가 살해당했는가가 아니라 복수 시에 보이는 소녀의 일거일동이었다. 원한이 깊으면 깊을수록, 흐르는 피의 양이 많으면 많을수록, 그녀의 저항감이 크면 클수록 복수는 광채를 더해갔다. 그 아름다움만은 몇 번을 반복해도 퇴색되지 않았다.

　열한 명째를 저세상 사람으로 만든 시점에서, 사고의 '미루기'의 기한이었을 열흘은 이미 지나 있었다. 하지만 15일째를 맞이한 지금도, 그 효력은 아직 간신히 유지되고 있는 듯했다. 본인도 그것을 이상하게 여기고 있었다. 복수를 계속하는 동안에 생겨난 "아직 죽을 수는 없다."라는 강렬한 의사가 '미루기'의 기한을 연장시킨 것이라고, 나는 생각하고 있다.

단풍으로 물든 숲 속에서 열일곱 명째를 처치하고 난 뒤, 소녀는 내 두 손을 잡고 춤추듯 떨어지는 낙엽들 속을 자동 인형 시계의 인형처럼 빙글빙글 돌았다. 천진난만하게 웃는 그 얼굴을 보고서야 나는 간신히 자신이 저지른 일의 중대함을 이해할 수 있었다.

'미루기'가 해제되었을 때, 이 웃는 얼굴은 영원히 사라진다.

그것은 세상에서 색이 하나 사라져버리는 것만큼이나 치명적인 소실로 생각되었다.

……돌이킬 수 없는 짓을 해버렸구나.

여기에 와서, 간신히 나는 남들처럼 가슴 아파할 수 있었다.

넘치는 기쁨을 표현하고 난 소녀는, 제정신을 되찾았는지 어색한 얼굴로 손을 떼고 "기쁨을 나눌 수 있는 상대가 당신밖에 없어서요……."라고 수습하듯이 말했다.

"그 한 사람일 수 있어서 행운이라고 생각해."라고 나는 말했다. "이걸로 열일곱 명째지?"

"네, 남은 것은 당신 한 명이에요."

열일곱 명째의 시체 위에 마른 낙엽이 쌓여간다. 바로 수분 전까지는 숨을 쉬고 있었던 키 큰 매부리코의 여자는, 소녀의 언니와 함께 소녀에게 폭력을 휘둘렀던 녀석들 중 한 명이었다. 퇴근길을 미행해서, 혼자 남았을 때에 말을 걸었다. 자신이 과거에 괴롭혔던 상대 따윈 기억하지 못한 눈치였지만 그녀가 가위를 꺼낸 순간, 위기를 알아차리고 도망치기 시작했다. 그런 날카로운 판단력을 보고 처음에는 귀찮은 상대일지도 모른다고 생각했지만, 자기 발로 숲으로 도망쳐 들어간 것은 어리석다고밖에 말할 방법이 없었다. 우리는 주위의 눈을 신경 쓰지 않고 여자의 살해에 전념할 수 있었다.

한 가지 아쉽게 느낀 것은, 완전히 살인에 숙련된 소녀는 더 이상 피를 뒤집어쓰거나 반격을 당하지 않게 되어버렸다는 점이다. 화려한 손놀림으로 더할 나위 없이 정확하게 표적을 찔러 죽이는 모습도 아름다웠지만, 상처입고 더러워진 그녀를 볼 수 없게 된 것은 조금 아쉬웠다.

"복수 상대가 없어졌을 때, 저에게는 '미루기'를 계속할 수 있을 정도의 강한 의사가 남아있지 않을 거예요."라고 그녀는 말했다. "즉, 당신의 죽음은 저의 죽음을 의미한다는 얘기죠."

"언제로 할 거야?"

"무턱대고 질질 끌어봤자 소용없겠죠. ……내일, 당신에게 복수할 거예요. 그걸로 전부 끝이에요."

"그렇구나."

나무들 사이로 석양이 비쳐 들어서 나는 눈을 가느다랗게 떴다. 발밑에 쌓인 낙엽의 색과 어울려, 숲 속은 이 세상의 종말처럼 새빨갛게 물들어 있었다. 그리고 실제로, 소녀의 세상의 끝이 바로 저기까지 와 있었다.

둘이서 먹는 마지막 저녁 식사였다. 기념일을 축하할 만한 가게에서 식사하자고 제안했지만 소녀는 그것을 기각했다. "갑갑한 장소는 싫고, 매너도 모르니까요."라고 그녀는 말했다. "마지막 식사인데 긴장해서 무슨 맛인지도 모르고 먹게 되는 건 싫어요."

정말 그 말대로다. 결국 평소에 가던 패밀리 레스토랑에서 스테이크를 부탁하고, 소프트드링크처럼 묽은 와인으로 건배했다. 표정이 어른스러워서일까, 그럴싸한 옷을 입으면 소녀는 대학생으로밖에 보이지 않아서 점원은 그녀의 음주를 특별히 나무라지 않았다.

그녀는 식후에 몽블랑을 집어먹으면서 말했다.

"전 몽블랑은 처음 먹어봐요."

"감상은?"

소녀는 떨떠름한 표정을 지었다. "이제 와서 알고 싶지 않았네요, 이렇게 맛있는 것이 있었다니."

"그 기분은 알 것 같아. 나도 좋아하는 여자와 하는 식사가 이렇게 즐겁다는 걸 이제 와서 알고 싶지 않았어."

소녀는 주의를 주듯이 테이블 아래에서 내 정강이를 가볍게 찼다. 화를 내는 행동이 아니라 그녀가 술에 취하면 해오는 몹시 서툰 스킨십이라는 것을 이 보름간의 경험으로 알았다.

"뭐, 어때요. 당신의 경우에 '미루기'가 해제되면 잊을 수 있잖아요."

"잊고 싶은 게 아니야. 좀 더 빨리 알고 싶었어."

"당신이 잘못했어요. 음주운전 같은 짓을 했으니까. 바보네요."

"그 말이 맞아."라고 나는 동의했다.

소녀는 언짢은 듯한 얼굴로 테이블에 팔꿈치를 짚고, 와인 잔을 무의미하게 살랑살랑 흔들었다. "옷을 사는 즐거움도, 누군가가 머리를 잘라주는 즐거움도, 오락시설에서 노는 즐거움도, 술을 마시는 즐거움도, 피아노를 같이 치는 즐거움도, 이거고 저거고 저는 전혀 알고 싶지 않았어요."

"응. 실컷 원망해. 너는 내일, 그 원한으로 나를 죽이는 거야."

"……안심하세요. 복수는 반드시 완수할 거예요." 소녀는 와인을 가볍게 입에 머금고, 시간을 들여서 삼켰다. "뭐가 어찌 됐든 당신은, 제 인생을 끝나게 만든 사람이니까요. 당신에게 아무리 신세를 지더라도, 이것만큼은 뒤집을 수 없어요."

"그렇다면 됐어."

고민하는 단계는 수일 전에 지나 있었다. 지금은 그저, 그녀에게 가위로 찔리는 그 순간이 기대되었다. 좋아하는 사람 손에 죽는다는 것은 슬픈 일이었지만, 형태야 어찌 되었든 그녀의 머릿속이 나 하나로 물든다고 생각하면 그리 나쁜 기분은 들지 않았다.

내가 고분고분히 살해당하는 것은 소녀에 대한 속죄를 위해서가 아니다. 살인을 거든 책임을 지기 위해서도 아니다. 나는 그저 그녀가 한 명이라도 많은 인간의 복수를 달성하기를 원해서, 그 마지막 한 사람으로 자신의 몸을 바치는 것뿐이다.

그리고 정확히 말하면 나는 죽는 것은 아니다. 사고의 '미루기' 기간 중에 일시적으로 죽은 것이 될 뿐이다. 올바른 세계선──이 표현 또한 정확하지는 않지만 영화나 책에서 그런 식의 문법에 익숙해진 나에게는 잘 와닿는다──에서는 이미 소녀가 죽어있기에, 나를 죽이는 '고양이 발톱'은 존재하지 않는다. 저편의 내가 자살하지 않는 한, 나는 계속 살아있다.

다만 그렇게 계속 살아가는 나는, 생전의 소녀를 모르는 '나'다.

그것이 한 명을 사고로 죽게 만들고 열일곱 명의 살해에 가담한 자에게 내려지는 벌이겠지, 라고 불손한 나는 생각한다.

"너에게 하나 묻고 싶은 게 있는데."

"네?" 소녀는 고개를 갸웃했다.

"만약 우리의 만남이 그런 형태가 아니었다면 어떻게 되었을 거라고 생각해?"

"……글쎄요. 생각해봤자 소용없는 일이겠죠."

그래도 나는 상상하지 않을 수 없었다. 만약 내가 소녀를 치지 않았더라면? 시간은 그날 밤까지 거슬러 올라간다. 슈퍼마켓에서 술을 사서 마신 뒤에 다시 차를 몰기 시작했던 나는, 핸들을 잘못 돌리는 바람에 바퀴가 도랑에 빠져서 움직일 수 없게 된다. 휴대전화를 가지고 있지 않아서, 빗속에서 자신을 도와줄 친절한 차를 기다린다.

그 상황에 소녀가 나타난다. 어째서 이런 시간에 여고생이, 이런 빗속을 우산도 없이 혼자서 걷고 있는 걸까? 이상하게 생각하면서도 나는 그녀에게 말을 건다. "얘, 휴대전화 좀 빌려주지 않을래? 보다시피 차가 움직이지 못하게 되어서 말이야." 소녀는 고개를 가로젓는다. "저는 휴대전화가 없어요.""그런가, 곤란하게 됐네……. 그건 그렇고, 너, 춥지 않아?""추워요.""내 차에서 덥히고 가지 않겠어?""싫어요. 수상하니까.""내가 보기에는 이런 한겨울에 우산도 쓰지 않고 인적 없는 길을 걷는 너도 상당히 수상해. 괜찮아, 이상한 짓은 안 할게. 수상한 사람끼리 사이좋게 지내

자고." 소녀는 망설인 뒤에, 말없이 조수석에 올라탄다. 둘이서 나란히 잠든다.

아침 햇살을 뒤집어쓰고 눈을 뜬다. 경트럭이 클랙슨을 울리고 있다. 견인 로프로 도랑에서 끌어올려 주었다. 우리는 경트럭 운전수에게 감사 인사를 한다. "그러면 우선 너를 집까지 바래다줄게. 아니면 학교 쪽이 좋을까?" "이미 제 시간에 못 갈 거예요. 당신 때문에." "그런가. 미안하게 됐네." "학교는 이미 포기했으니 적당히 이 근방을 달려주세요." "드라이브 하자는 얘기야?" "적당히 이 근방을 달려주세요."

하루 종일 시골길을 드라이브한 뒤에 소녀와 헤어진다. 이상한 하루였네, 하며 쿡쿡 웃는다. 며칠 뒤, 나와 소녀는 다시 우연히 만난다. 차를 세웠더니 등교 중이던 그녀는 말없이 조수석에 올라탄다. "자, 오늘은 어떻게 하루를 낭비할래?" "적당히 이 근방을 달려주세요, 유괴범 씨." "유괴범?" "그러면 거동수상자 씨." "그것보다는 유괴범 쪽이 낫네." "그렇죠?"

그리하여 우리는 매주 만나게 된다. 멋진 기분 전환 수단을 얻은 우리는, 서로를 이용해서 제멋대로 병을 회복해간다. 몇 년이 지나고, 소녀는 어떻게든 고교생활을 끝내고 졸업하고, 나는 사회 복귀를 해서 프리터로서 일하고 있다. 두 사람은 지금도 금요일 밤이 되면 드라이브를 떠난다. "늦었어요, 유괴범 씨." "많이 기다렸지? 자, 가자."

참으로 어처구니없으면서도 이상적인 관계다. 하지만 만일 그런 식으로 만났다면, 그녀와 친밀해졌을지는 몰라도 그녀를 사랑하게 되지는 않았을 것이다. 소녀의 복수에 동참함으로써 나는 서로를 깊이 이해하게 되었다는 기분이 든다. 그것은 일방적인 착각일지도 모르지만.

그날 밤, 아랫배의 압박감에 눈을 뜨니 누군가가 내 위에 걸터앉아 있었다. 잠이 덜 깨서 초점이 맞지 않는 오감은, 시간을 들여서 천천히 회복되어갔다.

처음에 돌아온 것은 청각이었다. 빗방울이 지붕을 두드리는 소리가 들렸다. 다음이 촉각이다. 등이나 뒤통수에 딱딱한 감촉이 느껴졌다. 소파에서 굴러 떨어져서 바닥에 누워있던 것 같다.

그리고 목덜미에는 뾰족한 것이 닿아있었다. 그것이 양재가위임은 생각할 것도 없었다. 그녀가 말하는 '내일'은 날짜가 바뀐 순간이라는 의미였던 듯하다.

어둠에 눈이 익숙해졌다. 잠옷을 입고 있었을 소녀는 어느샌가 교복차림이었다.

그것을 안 순간, 이상하게도 "아아, 이걸로 끝이구나."라는 실감이 솟아났다.

모든 것이 원래대로 돌아가려 하고 있다.

그런 기분이 들었다.

"깨어있나요?"

소녀가 가느다란 목소리로 말했다.

"응."하고 나는 대답했다.

눈꺼풀은 닫지 않았다. 그녀가 복수를 성취하는 모습을, 이 눈으로 마지막까지 지켜보고 싶었다.

어둠 속이라 소녀의 표정을 읽어낼 수 없었다. 다만 호흡의 눈치와 목소리의 톤으로 보아, 기쁨에 떨거나 분노로 일그러져있는 것은 아닌 듯했다.

"당신에게 몇 가지 질문을 하겠어요."라고 소녀는 말했다. "마지막 확인이에요."

돌풍이 불어 연립주택이 흔들린다.

소녀는 첫 번째 질문을 했다.

"당신은 자신이 범한 죄를 갚기 위해서 이 보름간, 저를 거들고 있었어요. 그런 거죠?"

"대부분은 그래."라고 나는 대답했다. "그 결과로, 죄를 불리게 되었지만."

"당신은 제가 복수하는 모습을 사랑했다, 라고 말했죠. 그건 진짜인가요?"

"정말이야. 몇 번을 말해도 너는 믿어주지 않을 것 같지만……."

"'예'와 '아니오' 외의 대답은 필요없어요."라고 소녀는 내 말을 가로막았다. "당신은 죄의 보상이라는 목적 이전에, 한 명이라도 많은 상대에게 복수하기를 바란다는 이유로 제 손에 죽고 싶어 하고 있어요. 그렇죠?"

"맞아."

엄밀히 말하면 죽고 싶은 것은 아니지만, '예'와 '아니오'로 말하자면 '예' 쪽에 가까울 것이다.

"그렇군요."

소녀는 납득한 눈치였다.

나는 그녀의 질문들이 자신의 살인을 정당화하기 위한, 이제부터 처치할 사람인 내가 그 결과를 바라고 있다는 언질을 받기 위해 이루어지고 있는 것이라 착각하고 있었다. '예'라고 대답하면 대답할수록, 복수를 향하는 그녀의 등을 밀게 되는 거라고 생각하고 있었다.

질문이 끊어졌다. 자, 드디어 시작이다, 라며 나의 가슴은 고동쳤다. 의식이 맑아지고, 시각뿐만 아니라 모든 감각의 해상도가 비약적으로 향상된다. 가위의 끄트머리에서 소녀의 흐릿한 감정의 흔들림까지 전해져올 것 같은 기분이 든다. 조금씩, 하지만 확실히 그곳에서는 망설임이 사라져간다. 그녀의 마음에 확신이 깃들기 시작함을 알 수 있다. 단 몇 밀리미터이지만 칼끝이 전진한다. 통각에 대한 자극이 나의 감각도를 한계까지 끌어올린다. 죽음에 대한 공포와 미에 대한 기대가 서로 녹아들고 뇌내 마약이 흘러넘쳐 홍수를 일으키고 말도 안 되는 황홀감에 감싸인 목소리를 낼 것 같아졌다. 몸의 중심이 오싹거린다. 좋았어, 그대로 꿰뚫어줘, 라며 나는 환희한다. 그 가위로 모든 것을 끝내줘. 22년간 죽지 못했던 리빙데드에게 마지막 한 방을 꽂아줘.

어두워서 소녀의 표정이 잘 보이지 않는 것이 유감이었다. 내 목에서 피가 분출했을 때, 그녀의 얼굴을 물들이는 것은 기쁨일까. 분노일까. 슬픔일까. 허무함일까. 혹은 완전한 무표정일까.

"당신의 생각은 잘 알았어요."

그렇게 소녀가 말했다.

"그러니까 저는 당신을 죽이지 않겠어요. 죽여주치 않을 거예요."

목덜미에서 가위가 떨어졌다.

"왜 그러는 거야? 이제 와서 무서워졌어?"

도발하듯이 말했지만, 소녀는 신경 쓰지 않고 가위를 침대로 던졌다.

"그도 그럴 것이, 이렇게 죽여 달라고 하는 사람을 죽여 봤자 복수가 되지 않잖아요."라며 그녀는 나에게 걸터앉은 채로 말했다. "당신에게 유일한, 최대의 희망을 이루어주지 않는다. ……. 그것이 저의 복수예요."

여기에 와서 나는 간신히 '마지막 확인'의 의미를 이해했다.

그녀가 확인하려고 했던 것은 살인의 정당성이 아니었다.

그 행위가 얼마나 무의미한지 확인하려고 했던 것이다.

"……그것으로 너의 복수가 이루어진 것이 되는 거라면." 이라고 나는 말했다. "왜 너의 '미루기'가 해제되지 않지?"

"아직 실감이 나지 않을 뿐이에요. 걱정하지 않아도 확실히 죽을 거예요. 생각의 잔재가 완전히 불타버릴 때까지, 그리 오래 걸리지 않을 테니까요."

소녀는 나른한 듯 일어서 블레이저의 옷깃을 고치고 스커트의 주름을 펴더니, 나에게 등을 돌리고 현관 쪽으로 걸어 갔다. 일어서서 뒤쫓고 싶었지만 내 다리는 움직이려고 하지 않았다. 바닥에 드러누운 채로 배웅할 수밖에 없었다.

소녀는 문 앞에 이르렀을 때, 문득 뭔가 기억났다는 듯이 발을 멈췄다가 몸을 돌리고 나에게 돌아왔다.

"한 가지, 감사 인사를 해야겠네요."라고 그녀는 속삭이는 듯한 목소리로 말했다. "이런 상처투성이 몸인 저를, 당신은 '아름답다'라고 말해주었어요. 어디까지가 본심인지는 모르지만…… 그래도 아주 기뻤어요."

소녀는 내 옆에 무릎을 꿇고, 한 손으로 내 눈을 덮어 가렸다. 다른 한 손은 턱에 대고 있다.

부드러운 머리카락이 내 목덜미에 닿는다.

인공호흡을 하는 것처럼, 그녀의 입술이 내 입술을 살며시 품는다.

어느 정도나 그러고 있었는지 모르겠다.

입술이 떨어지고, 눈가리개가 풀린다.

그녀는 방을 나갔다.

작별의 말 대신, "미안해요."란 말을 남기고.

십수 일 만에 빈 침대에 누워서 눈을 감는다. 머리맡을 손으로 더듬어서 소녀가 던지고 간 가위를 쥔다. 턱 아래에 끄트머리를 대고 호흡을 정돈한다. 올바른 사용법을 조사해볼 필요는 없다. 어디를 어떻게 찌르면 피가 뿜어져 나오는지, 몇 분 정도 지나면 죽음에 이르는지에 대해서는 그녀가 진저리 날 정도로 시범을 보여주었다.

맥동이 칼날을 타고 전해져온다. 일정한 리듬으로 새겨지는 그것이 내 마음을 차분하게 만들어간다. 인간이 죽을 때에 마지막까지 남는 것은 청각이라는 이야기를 문득 떠올린다. 다른 감각이 죽어도, 청각만은 죽음 직전까지 작동하는 듯하다. 지금 내가 스스로의 손으로 경동맥을 꿰뚫으면 흐려져 가는 의식 속에 빗소리만이 계속 들릴 것이다.

일단 가위를 내려놓고 머리맡의 CD플레이어를 조작한다. 인생 마지막을 장식하는 소리 정도는 스스로 결정하고 싶다. 죽음을 추도하는 듯한 슬픈 곡보다는 상황에 어울리지 않는 시끄러운 곡을 틀어서 분위기를 깨는 편이 나의 죽음에 어울릴 것 같았다. 리버틴스의 'Can't Stand Me Now'를 큰 소리로 틀고, 다시 침대에 몸을 던져서 가위를 쥐었다.

그대로 연달아 세 곡을 들어버렸다. 저도 모르게 음악을 즐기고 있었다. 이봐, 적당히 좀 해. 이대로라면 앨범 한 장을 통으로 다 들어버리겠어. 그러고서 '다음 앨범'으로 넘어갈 거냐?

잘 들어, 다음 곡이다. 다음 곡이 끝나면 이번에야말로 이 바보 같은 인생을 정리하는 거야.

그러나 네 번째 곡이 앞으로 몇 초면 끝나려 하는 참에 현관문을 두드리는 소리가 들렸다. 무시하고 곡에 귀를 기울이고 있으려니 문을 난폭하게 두드리는 소리가 났다. 나는 떨떠름하게 가위를 침대 아래에 숨기고 조명을 켰다.

무단으로 방에 들어온 미대생은 CD플레이어의 정지 버튼을 눌렀다.

"이웃집에 민폐잖아."라고 그녀는 말했다.

"음악성의 차이겠죠."라고 나는 농담하듯 말했다. "그래서, 바꿀 CD는 가지고 오셨나요?"

미대생은 방을 둘러보고, 그러고 난 뒤에 물었다.

"그 애는?"

"나갔어요. 바로 조금 전에."

"이 빗속에?"

"네. 정나미가 떨어졌대요."

"허어. 그거 불쌍하게 됐네."

미대생은 담배를 꺼내서 불을 붙이고, 나에게도 한 개비 내밀었다. 받아들고 입에 물자 그녀가 불을 붙여주었다. 신도가 피우던 것만큼 타르 함량이 무시무시하게 높은 담배여서, 하마터면 기침을 할 뻔했다. 틀림없이 그녀의 폐는 이미 시꺼멓게 되어 있을 것이다.

"재떨이는 어디 있어?"라고 그녀가 물었다.

"깡통을 쓰세요." 나는 테이블 위를 가리켰다.

한 대를 피우고 나자, 그녀는 곧바로 다음 담배에 불을 붙였다.

미대생은 뭔가 말하고 싶은 이야기가 있어서 왔을 거라고 나는 생각했다. 소음에 대한 불평은 대의명분에 지나지 않는다. 언제였던가, 말한 적이 있다. 진짜로 전하고 싶다고 생각한 것은 말로 하는 데 어이가 없을 정도로 서투르다고.

지금 그녀는 필사적으로 생각하고 있는 거겠지. 뭔가 중요한 것을 나에게 전하기 위해서.

세 대째를 다 피웠을 무렵에 드디어 그녀가 입을 열었다.

"내가 너의 좋은 친구였다면 '지금 당장 그 애를 쫓아가'

라고 말하겠지. '그러지 않으면 평생 후회하게 될 거야'라 면서 말이야. 하지만 나는 교활한 여자니까 그런 소린 하지 않아."

"어째서인가요?"

"글쎄. 어째서일까?"

그런 뒤에 그녀는 맥락 없이 "벌써 겨울이 다 됐네."라고 담배 연기를 피워 올리며 말했다.

"저기 말이야, 나는 남쪽 지방 출신이야. 거기는 눈이 내 리는 일은 있어도, 다음 날까지 남아있는 적은 드물었어. 그 래서 이 동네에서 처음으로 겨울을 맞이했을 때는 깜짝 놀 랐지. 눈이 한 번 쌓이면 봄까지 땅바닥을 볼 수 없으니 말 이야. 게다가 눈이란 건 둥실둥실 가볍고 새하얀 것이란 이 미지를 갖고 있었기 때문에, 쌓인 눈이 짜증날 정도로 무겁 다든가 얼어붙은 길을 걸으려면 엄청나게 신경을 써야 한다 든가 배기가스를 뒤집어쓴 눈은 화산암처럼 된다든가 하는 것에는 조금 실망했지."

갑자기 무슨 소릴 시작하나, 하는 생각은 하지 않았다.

이것은 서투른 그녀가 나름대로 최선을 다한 표현이다.

"하지만 역시 밤중에 눈이 많이 내린 다음 날 아침에 제 설차가 일으키는 진동에 눈을 뜨고, 뿌옇게 흐려진 창문을 열고 주택가를 내려다볼 때의 광경은 언제 봐도 좋았지. 세 상이 새하얗게 칠해졌다는 느낌이 들어. 반대로 한밤중에 집에 돌아와서 오들오들 떨며 설탕을 듬뿍 넣은 따뜻한 커피를 마신다, 같은 것도 좋겠네."

그녀는 거기에서 입을 다물었다.

"……내가 말할 수 있는 건 거기까지야. 그래도 저 사신(死神)이 있는 곳에 가겠다면 나는 더 이상 말리지는 않겠어."

"네. 고맙습니다."

"정말, 너도 그렇고 신도 군도 그렇고, 어째서 나랑 사이가 좋아진 남자들은 금방 없어져버리는 걸까?"

"당신의 매력은 죽음을 의식하기 시작한 사람밖에 알 수 없는 거예요."

"그거, 별로 안 기쁜데." 그녀는 복잡해 보이는 표정으로 웃었다. "저기, 계속 물어보고 싶었는데 말이야. 네가 내 손조차도 잡아주지 않았던 것은 단순히 나에게 흥미가 없었던 것뿐이야? 아니면 죽은 신도 군에 대한 예의야?"

"글쎄요. 저도 잘 모르겠어요. 그 녀석에게 이길 수 있을 리가 없다고 처음부터 포기하고 있었는지도 모르죠."

"……기쁜 대답 고마워. 아주 조금이나마 마음이 편해졌어."

그렇게 말하더니 그녀는 왼손을 내밀어왔다. 오른손이 아닌 것은 다친 내 오른손을 배려한 것이겠지.

"마지막이니까, 악수 정도는 해주겠지?"

"네, 기꺼이."

나도 왼손을 내밀었다.

"잘 있어요. 그게……."

"사에구사."라고 말하고 그녀는 내 손을 쥐었다. "사에구사 시오리. 제대로 이름을 말하는 건 처음이지, 유가미 미즈호 군? 나는 그런 무책임한 관계를 좋아했어."

"지금까지 신세 많이 졌어요, 사에구사 씨. 저도 당신과의 관계가 편하고 좋았어요."

그녀는 간단히 손을 뗐다. 나도 아쉬워하거나 하지 않고 그녀에게 등을 돌렸다.

코트의 단추를 잠그고, 부츠의 끈을 단단히 묶고서 우산을 쓰고 문을 연다.

"네가 없어지면 쓸쓸해지겠지."

등 뒤에서 사에구사 씨가 그렇게 중얼거리는 소리가 들렸다.

소녀가 갈 만한 장소를 닥치는 대로 돌아다녀 보는 게 정석적인 방법일 것이다. 그러나 그럴 필요는 없었다. 그녀가 향할 곳으로 생각되는, 짚이는 장소가 있었다. 단서는 몇 개나 남아있었다.

생각나는 순서대로 그것을 늘어놓는다.

첫 번째 단서는 열차에 타려고 차표를 살 때 발견했다. 누가 지갑을 건드린 흔적이 있었다. 지갑 속 카드들의 순서가 바뀌어 있었던 것이다. 그것이 소녀의 짓이라는 건 생각할 것까지도 없다.

처음에는 남은 시간을 보내기 위해 필요한 만큼의 돈을 가져가려고 했던 것이겠거니 하고 생각했다. 그러나 내용물을 재확인해보니, 현금은 1엔도 줄지 않았고 현금카드나 신용카드도 그대로였다. 다양한 가능성을 검토하고 나는 이러한 결론에 이르렀다──그녀는 내 소지품에 포함된 '어떤 것'을 찾아서, 그것이 발견될 가능성이 높은 지갑을 조사했던 것이다.

두 번째 단서는 소녀가 떠나갈 때에 말했던 '미안해요.'다. 자신을 죽인 상대를 향해 말한 '미안해요.'. 그것은 무엇에 대한 사죄였을까? 그 직전의 '고맙습니다.'에 대해서는 그녀는 제대로 설명해주었다.

"이런 상처투성이 몸인 저를, 당신은 '아름답다'라고 말해주었어요. 어디까지가 본심인지는 모르지만…… 그래도 아주 기뻤어요."

하지만 '미안해요'에 대한 설명은 없었다. 굳이 말할 것도 없다고 생각했다……는 것은 아닌 듯하다. 실제로 내가 이렇게 머리를 싸매고 있으니까.

그녀에게는 그것을 설명할 수 없는 사정이 있었는지도 모른다. 그렇지만 하다못해 마지막에 마음만은 전해두고 싶었다. 그렇기에 단 한 마디의 '미안해요' 였던 것이 아닐까.

세 번째 단서는 나흘 전으로 거슬러 올라간다. 소녀가 샤워를 하는 동안 키리코에게 쓴 '보낼 수 없는 편지' 의 나머지를 쓰려고 헤드보드의 서랍을 열었는데, 쓰던 편지지가 사라져 있었다. 그때는 특별히 마음에 두지 않았지만——그 편지를 소녀가 읽어버렸다는 것은 틀림없다고 치고——어째서 그녀는 편지를 원래 장소에 돌려놓지 않은 것일까?

정돈이라는 개념이 필요 없을 정도로 간소한 내 방에서 물건을 잃어버리는 것은 불가능하다. 하지만 그 이후로 결국 나는 한 번도 그 편지지를 보지 못했다. 소녀가 나에 대한 심술로 편지지를 CD케이스 안이나 책 사이에 감추거나 쓰레기통에 버리거나 하지 않았다고 한다면 남은 가능성은 하나.

그녀는 아직 그 편지를 가지고 있는 것이다.

여기까지 생각하고, 나는 다시 한 번 소녀와의 만남부터의 나날을 돌아본다.

그것은 간단한 퍼즐이었다.

내 기억은, 왜곡되어 있었다.

왜 소녀는 '아키즈키' 라는 성씨를 혐오하고 있었을까?

왜 그녀가 말한 '동급생' 에는 고교생과 대학생이 혼재해 있었던 것일까?

애초에 그녀는 어째서 나에게 치인 그날, 그런 인적 없는 곳을 우산도 쓰지 않고 혼자 걷고 있었던 것일까?

어째서 이렇게 간단한 것을 지금까지 깨닫지 못했을까?

적어도 단서 중 몇 가지는——그것이 의식적이든 무의식적이든——소녀의 손에 의해 남겨진 것이라고 생각한다. 감추려고 마음만 먹으면 충분히 감출 수 있었을 텐데, 지갑의 내용물을 뒤엎은 흔적을 일부러 남긴 것. 떠나갈 때에 말한 '미안해요.'. 진실로 이어지는 끈의 마지막 한 가닥만은 끊지 않고 남겨둔 것이다.

그때 사에구사 씨가 문을 두드려주지 않았더라면 나는 그것을 깨닫지도 못한 채 가위로 목을 찌르고 있었을 것이다. 그녀에게 감사해야만 한다. 생각해보면 나는 마지막의 마지막까지 사에구사 씨에게 도움을 받기만 했다. 하지만 작별한 방식을 후회하지는 않는다. 우리 관계에는 그런 어이없는 끝이 어울린다. 분명히.

차가 없으므로 목적지까지는 열차를 한 번, 버스를 세 번 갈아타고 갔다. 세 번째로 갈아탄 버스는 도중에 정체구간에 걸렸다. 비 때문에 사고가 났는지, 소방차와 경찰차가 맞은편 차선을 역주행하는 모습이 보였다. 나는 운전수에게 서두르고 있다는 뜻을 전하고 그 자리에서 요금 계산을 마치고 버스를 내린 뒤, 거기서부터는 정체된 자동차들 사이로 걷기 시작했다.

완만한 언덕을 내려간 곳은 수백 미터에 걸쳐 침수되어 있었고, 제일 깊은 곳은 무릎까지 물이 차 있었다. 이런 상태라면 장화를 신었더라도 소용이 없다. 끈을 단단히 맨 부츠 안으로 빗물이 들어온다. 젖은 옷이 체온을 빼앗아간다. 추위와 기압에 손가락의 상처가 쑤시기 시작했다. 옆으로 몰아치는 바람 탓에 우산은 정신적 위안 정도밖에 되지 않았다. 그러던 중에 돌풍이 불어와서 우산 자루를 쥔 손에 힘이 들어간 순간, 우산의 뼈대 몇 개가 부러져버렸다. 못쓰게 된 그것을 길가에 던져버리고 눈을 뜰 수 없을 정도로 거센 빗속을 걸었다.

20분 정도 걸어가자 간신히 침수구역을 벗어날 수 있었다. 옆으로 넘어진 중형 트럭과 대파된 왜건차량을 몇 대나 되는 긴급차량이 둘러싸고 있었다. 회전하는 경광등이 빗방울이나 젖은 노면에 반사되어 주위를 새빨갛게 비추고 있다. 정체지역 뒤편에서 짧은 클랙슨이 울린다. 골목을 막 도는데, 우산을 한 손으로 들고 자전거를 모는 남자 고등학생에게 들이받힐 뻔했다. 곧바로 저쪽이 나를 발견하고 급브레이크를 걸어서 부딪치지는 않았지만, 타이어가 미끄러져서 넘어지고 말았다. 나는 괜찮으냐고 말을 걸었지만 남학생은 무시하고 다시 자전거를 몰고 떠나갔다.

그 뒷모습을 떠나보내고, 다시 걷기 시작한다.

앞으로 얼마나 걸어야 소녀가 있는 장소에 도착할 수 있을지, 나는 정확히 알고 있었다.

이곳은 내가 태어나고 자란 고향이니까.

공원 일대는 침수되어, 구름 사이로 비치는 아침 햇살에 반짝이고 있었다. 공원 안에 하나밖에 없는 작은 나무 벤치가 물 위에 떠 있는 것처럼 보였다.

소녀는 거기에 앉아있었다. 당연히 푹 젖어있었다. 교복 위에 입고 있던 것은 내가 빌려준 감색 나일론재킷이었다. 벤치의 등받이에는 부러진 우산이 걸려 있었다.

첨벙첨벙하고 물웅덩이 안을 걸어서 등 뒤로 다가가, 두 손으로 그녀의 눈을 덮었다.

"누구일 것 같아?"라고 나는 물었다.

"……어린애 같은 짓 하지 마세요."

소녀는 내 두 손을 쥐고, 그대로 자신의 명치 부근으로 가져간다. 잡아당겨져서 앞으로 몸을 굽히게 된 내가 그녀를 등 뒤에서 끌어안는 모습이 된다.

소녀는 몇 초 만에 쥐고 있던 손을 놓았지만, 나는 그 자세가 마음에 들어서 유지하기로 했다.

"그때 생각이 나네."라고 나는 말했다. "사고가 일어난 그날, 나는 지금 네가 앉아있는 벤치에서 하루 종일 비를 맞고 있었어. 누구하고 만날 약속을 했었거든. ……아니, 만날 약속을 했었다는 표현은 옳지 않지. 내가 일방적으로 키리코가 오는 것을 기다리고 있었을 뿐이니까."

"무슨 얘기죠?"

소녀가 일부러 분위기를 깨기 위해 하는 말임은 알고 있었다. 그래서 그대로 말을 이었다.

"초등학교 6학년 때, 부모님의 일 때문에 그때까지 다니던 초등학교에서 전학을 가게 되었어. 마지막 등교일에 혼자 하교하려던 외로운 나에게 말을 걸어준 것이 그 여자애, 히즈미 키리코였어. 그때까지 우리는 거의 대화한 적도 없었지만, 헤어질 때에 그 애는 나와 펜팔이 하고 싶다는 말을 꺼냈어. 아마도 상대는 누구라도 상관없었고, 그저 멀리 있는 지인과 편지를 주고받아 보고 싶었던 것뿐이라고 생각해. 나도 거절하기 힘들어서 받아들였을 뿐이지, 처음에는 솔직히 별로 내키지는 않았어. ……하지만 계속 편지를 주고받는 사이에 우리는 서로의 생각이 무서울 정도로 일치하는 것을 깨달았어. 두 사람은 무엇에 대해서 이야기해도 의견이 맞았어. 누구에게도 전해지지 않을 것이라 생각했던 감각조차, 그 애는 내가 의도한 대로 이해해주었지. 아무 생각 없이 시작한 편지 교환이 내가 사는 낙이 될 때까지 그리 많은 시간은 걸리지 않았어."

소녀의 몸은 차가웠다. 빗속에서 몇 시간이나 가만히 앉아서 내가 나타나기를 기다리고 있었던 탓이다. 얼굴은 새

파랗게 질리고, 호흡은 미세하게 떨리고 있었다.

"편지 교환을 시작한 지 5년이 지난 어느 날, 키리코가 편지에 '직접 만나서 이야기를 하고 싶습니다.'라는 뜻을 전해왔어. 기뻤지. 그 애는 나를 좀 더 알고 싶다고, 또 내가 자신에 대해 좀 더 알아줬으면 한다고 생각해주고 있었어. 그 사실만으로 감동했어."

"……하지만 당신은 그 애를 만나러 가지 않았죠."라고 소녀가 말했다. "그렇죠?"

"맞아. 나는 키리코를 만날 수가 없었어. 정확한 시기는 기억나지 않지만, 중학생이 되자마자 나는 편지에 거짓말을 하게 되었어. 그것도 한두 개의 거짓말이 아니야. 당시 내 생활은 너무 비참했고, 게다가 너무나 무미건조했거든. 그것을 있는 그대로 써서 키리코를 실망시키거나 불쌍하게 여겨지는 것이 싫었어. 그래서 자신이 한없이 건전하고 충실한 생활을 보내고 있는 것처럼 위장했어. 그렇게 하지 않았다면 우리의 편지 교환은 더 빨리 끝나버렸을 거라고 생각해."

거기까지 설명하고, 과연 정말로 그랬을까, 하고 자문한다. 익숙해지지 못하는 중학교에서의 고독한 생활에 대해 편지에 쓰는 것이, 편지 교환이 끊어진 계기가 된 것이었을까?

지금 와서는 모르겠다.

"그러나 얄궂게도 그 필사적인 노력이 발목을 잡았어. 모처럼 세상에서 제일 신뢰하는 여자아이가 '직접 만나서 이야기를 하고 싶습니다.'라는 말까지 해주었는데, 그것에 응하면 지금까지 해왔던 거짓말이 들통나버려. 허식을 제거한 내가 어떤 인간인지 알면 키리코는 나를 싫어하게 될 거야. 애초에 몇 년에 걸쳐 편지에 거짓말을 써왔다는 것을 안 시점에서 경멸할 거라고 생각했어. 어쩔 수 없이, 나는 키리코를 만나러 가기를 포기했지. 편지의 답장도 두 번 다시 하지 않았어. 무슨 말을 써야 좋을지 몰랐어. 그런 식으로 나와 키리코의 관계는 끝났어. ……다만 5년이나 계속해온 습관을 그만두기는 어려워서, 그 뒤에도 나는 미련스럽게 보낼 예정도 없는 편지를 쓰며 자신을 위로했어. 누구에게도 읽힐 일 없는 편지가 조금씩 늘어갔어."

나는 소녀를 감고 있던 팔을 풀고, 벤치를 옆으로 돌아 그녀 옆에 앉았다.

소녀는 가방 안에서 뭔가를 꺼내서 나에게 내밀었다.

"돌려드릴게요."

키리코를 향해서 적은 '보낼 수 없는 편지'였다.

역시 소녀가 가지고 갔던 것이다.

"지금 이야기만 듣기로는."이라고 소녀가 말을 이었다. "사고가 있던 날, 당신이 이 벤치에 앉아서 키리코 씨를 기다렸다는 이야기는 성립하지 않네요."

"친구가 죽었어. 그게 계기였어. 고등학교 이후로 알고 지내던 녀석이었지. 서로 터놓고 지내던 친구라서, 내가 편지 교환 상대에게 거짓말을 계속하다가 그것을 들킬 것 같아서 답장을 그만둔 것까지 그 녀석에게는 다 이야기했어. 그런 그 녀석이 죽기 한 달 정도 전에 나에게 말했어. '너는 히즈미 키리코를 만나러 가야 해.' 라고. 그게 내 인생에 좋은 영향을 가져다줄 게 틀림없다며. 그 녀석이 나에게 그런 식으로 뭔가를 권하는 건 거의 없는 일이었어."

그렇다, 신도는 남에게 조언을 하거나 고민을 들어주거나 하는 것을 싫어했다. 또 조언을 듣거나 고민을 말하는 것도 마찬가지로 싫어했다. 선의에서 나온 행동이라면 설령 그것이 사려나 분별이 결여된 것이라도 호의적으로 받아들여지는 풍조를 그는 증오했다. 그것은 거대한 책임을 동반한 행위이므로, 문제에 대처할 수 있다는 확신이 있지 않은 한, 사람은 타인의 인생에 참견해서는 안 된다. 그것이 신도의 생각이었다.

그런 그가 나에게 조언다운 조언을 한다는 것은, 신도 나름대로 강하게 생각하는 바가 있었다는 이야기일 것이다.

"그래서 5년 만에 편지를 써보자고 생각했어. 만약 아직 나를 용서할 생각이 있다면, 우리 두 사람이 다녔던 초등학교 옆에 있는 공원으로 와줘, 라고 써서 보냈어."

다리를 꼬려고 한쪽 다리를 들자, 물웅덩이에 파문이 일며 발밑의 푸른 하늘이 흔들렸다. 싸늘한 나뭇가지와 모든 것을 포기한 듯이 맑게 갠 높은 하늘은, 겨울이 목전에 다가

왔음을 느끼게 했다.

"하루 종일 기다렸지만 키리코가 이 공원에 찾아오는 일은 없었어. 무리도 아니야. 그 뒤로도 보냈던 몇 통의 편지를 무시했으면서, 친한 친구가 자살해서 쓸쓸해지자마자 '당신에게 사과하고 싶다'라니, 너무 뻔뻔스럽지. 분명 그 애는 더 이상 나를 필요로 하고 있지 않을 거야. 그렇게 생각하니 견딜 수가 없더라. 그래서 나도 모르게 술로 도피했지. 공원에서 귀가할 때에 가장 가까운 가게에서 위스키를 사서 마시고, 다시 차를 몰았어. 그리고 너를 치고 말았던 거야."

주머니에서 담배와 라이터를 꺼냈다. 오일 라이터로 문제없이 불이 붙었지만, 젖은 담배는 몹시 떫은맛이 났다.

"그렇군요. 경위는 대충 알았어요."라고 소녀는 말했다.

"내 이야기는 여기까지야. 다음은 네 차례야."

소녀는 두 무릎에 손을 짚고, 깊은 생각에 잠긴 듯한 얼굴로 페인트가 벗겨진 미끄럼틀을 바라보고 있었다.

"……저기요, 미즈호 씨." 그녀는 내 이름을 불렀다. "사고가 있었던 그날, 키리코 씨가 이 공원에 오지 않은 이유를 아시나요?"

"그걸 물어보려고 왔어."라고 나는 말했다.

"제 생각에는요."라고 소녀는 예방선을 치듯이 말했다. "키리코 씨는 약속 장소에 가려고 했어요. 하지만 그 결심을 할 때까지 상당한 시간이 필요했어요. 이번에는 그 여자 쪽에서 당신을 만나러 올 수 없는 이유가 있었던 거예요. 단적으로 말하자면, '만날 낯이 없었다.'는 거죠. 한편으로, 5년간 아무런 소식도 없다가 이미 나 같은 건 잊어버렸으리라고 생각하던 상대가 아직 자신을 원하고 있다는 걸 알고서 분명 눈물이 나올 정도로 기뻐했겠죠. 양자를 천칭에 올려놓고 고민한 결과, 키리코 씨는 미즈호 씨를 만나러 가기로 결의했어요."

그녀는 그것을 가능한 한 단조롭게 이야기하고 있는 듯 보였다. 마치 감정적이 되는 것을 거부하는 것처럼.

"그렇지만 결단이 너무 늦었어요. 그 사람이 교복을 입은 채로 집을 뛰쳐나온 것은, 약속 시간인 오후 7시를 넘어서였어요. 덤으로 그날은 심한 비가 와서 버스도, 전철도 제대로 다니지 않았어요. 결국 그 여자가 목적지에 도착한 것은 밤 12시가 지났을 무렵이었어요. 당연히 공원에는 아무도 없었어요. 그 여자는 벤치에 앉아서 차가운 비를 맞으며 자신의 어리석음을 한탄했어요. 어째서 나는 늘 잘못된 선택을 하는 걸까? 쓸데없는 곳에 신경을 쓰다가 가장 중요한 부분을 소홀히 하는 걸까? 키리코 씨는 망연자실한 상태로 오던 길을 터덜터덜 돌아갔어요."

그 뒤에 키리코가 무슨 일을 당했는지는 내가 제일 잘 알고 있다.

그녀와 나는 생각할 수 있는 최악의 형태로 재회를 했다.

게다가 서로 그것을 깨닫지 못한 채로.

"한 가지, 알 수 없는 게 있어."라고 나는 말했다. "'마주할 낯이 없었다.'라는 건 무슨 얘기야?"

"……그걸 설명하기에 이 장소는 적절하지 않네요."

키리코는 무릎에 손을 짚고서 귀찮다는 듯 일어섰다.

나도 그것을 뒤따랐다.

"일단, 연립주택으로 돌아가자. 따뜻한 물로 샤워하고, 마른 옷으로 갈아입고, 맛있는 것을 먹고, 푹 자고, 그런 뒤에 진상을 이야기하기에 어울리는 장소로 가자."

"네."

돌아가는 길에 나와 키리코는 거의 입을 열지 않았다.

차가운 손과 손을 맞잡고, 그녀의 걸음에 맞춰서 천천히 걸었다.

하고 싶은 이야기가 많이 있었을 텐데, 막상 재회하니 말 따위는 필요 없다는 생각이 들었다. 모든 것을 양해한 침묵이 너무나 편안해서, 생각 없이 말을 함으로써 그 시간을 가속시키고 싶지 않았다.

자취방의 좁은 침대에 나란히 누워 몇 시간 정도 자고, 역에서 출발하는 셔틀버스 안에서 흔들리며 '어울리는 장소'에 도착할 무렵에는 날이 저물기 시작하고 있었다.

그곳은 산 위에 있는 작은 유원지였다. 입장권을 사고 재킷을 입은 토끼 인형이 있는 입구를 지나자, 주위 일대에 빛바랜 판타지가 펼쳐져 있었다. 매점이나 매표소, 회전목마, 회전그네 같은 놀이기구 너머에는 대관람차와 바이킹, 롤러코스터 같은 것들이 보였다. 이쪽저쪽에서 놀이기구의 구동음과 함께 여자의 새된 목소리가 터져 나오고 있다. 공원 안의 스피커에서는 한없이 밝은 빅밴드의 음악이 흐르고, 어트랙션 주변에서는 오래된 포토플레이어의 음색이 들렸다. 그만한 비가 내린 다음 날인데도 불구하고 많은 관람객이 있었다. 가족 동반과 커플이 반반이었다.

키리코는 그것들을 그리운 듯이 바라보면서 내 손을 끌고 갔다.

나 역시 한 번도 방문한 적 없을 유원지를 그리운 감각으로 걷고 있었다.

아마도 나는 이전에도 이곳에 왔던 적이 있는 것이겠지.

그런 기분이 들었다.

대관람차 앞에서 그녀는 멈춰 섰다.

자동판매기에서 표를 필요한 만큼 구입하고, 우리는 곤돌라에 탔다.

유원지 안을 내려다보고 있는데, 암흑 속에서 불빛 하나가 꺼졌다. 분수 주변의 가로등이었다고 생각한다.

그것을 시작으로, 아직 폐점 시간도 아닌데 주위의 불빛이 툭툭 꺼져갔다.

사라져가는 유원지. 그러는 한편으로 내 안쪽에서는 상실되어 있던 뭔가가 급속히 회복되어가고 있었다. 마법이 풀려가고 있는 거라고 나는 생각했다.

사고의 '미루기'가 해제되고 키리코의 죽음이 찾아오는 것과 동시에, 그녀가 지금까지 뒤로 미뤄왔던 모든 것들이 원래 모습을 되찾는 것이다.

대부분의 불빛이 꺼졌다. 바로 조금 전까지 떠들썩했던 유원지는, 지금은 새까만 바다로 변해 있었다.

곤돌라의 위치가 정점에 달했을 때, 내 기억이 돌아왔다.

제9장
그곳에 사랑이 있기를

집 복도에서 지나칠 때에 눈을 마주치지 않았다는 이유만으로 '무시했다'라는 구실을 잡은 언니는, 내 머리채를 움켜쥐고 자기 방까지 끌고 가서 문을 열고 안으로 떠밀었다. 방바닥에 팔꿈치를 세게 부딪친 아픔을 견디며 고개를 들자, 그곳에는 언니가 데려온 불량한 놈들이 모여 있었다. 그들은 나의 등장에 환호하며 저속한 말을 던졌다. 방 여기저기에 술병과 빈 캔이 굴러다니고 쓰레기장처럼 쉰내가 난다. 도망치려고 발길을 돌리려는데, 앞니가 빠지고 눈꼬리가 쳐진 남자에게 정강이를 걷어차여서 쓰러진다. 깔깔 웃는 소리가 터져 나온다.

거기서부터는 평소와 같은 전개다. 나는 그들의 장난감이 된다. 한 사람이 위스키를 글라스에 찰랑찰랑하게 따라서 그것을 스트레이트로 단숨에 마실 것을 강요한다. 물론 나에게 그것을 거절할 권리가 있을 리 없으므로 떨떠름하게 글라스에 손을 뻗으려고 하면, 향수를 너무 뿌려서 식충식물처럼 냄새를 풍기는 여자가 시간이 다 됐다고 선언하며 옆에 있는 남자에게 눈짓을 한다. 남자는 내 등 뒤에서 팔을 꺾어 고정하고 입을 억지로 벌린다. 여자는 내 입에 글라스의 내용물을 부어넣는다. 만일 여기서 억지로 마시는 것을 거부하려 하면 더욱 심한 짓을 당한다는 것을 예전의 경험으로 아는 나는, 모든 것을 포기하고 입안의 위스키를 삼킨다. 약과 나무술통과 보리 냄새가 뒤섞인 듯한 독특한 냄새와 목을 태우는 감촉에 사레가 들리는 것을 가까스로 참는다. 녀석들이 깔깔거리며 놀려댄다.

어떻게든 글라스의 내용물을 비웠다. 강렬한 구역질이 엄습해 올 때까지 10초도 걸리지 않았다. 목부터 위장에 걸친 부위가 타는 듯이 뜨겁고 의식은 빙글빙글 돌며 혼탁해진다. 누군가가 뇌를 움켜쥐고 뒤흔드는 것만 같다. 급성알코올중독 일보 직전이다. 옆에서 꼴꼴꼴꼴 하는 불길한 소리가 들려온다. "자, 두 잔째."라고 말하며 여자가 글라스를 내 얼굴 앞에 들어 올린다. 도망치려고 하지만 이미 몸에 힘이 들어가지 않아서 아무리 저항해도 나를 구속하는 팔은 미동도 하지 않는다. 다시 위스키가 부어지고, 나는 도중에 쿨럭쿨럭하고 기침을 하고 말았다. 더러워! 라며 남자가 고정하고 있던 팔을 풀고 밀어낸다. 평형감각을 잃고 있던 나는 천장으로 날아가서 달라붙은 느낌이었지만, 실제로는 바닥에 찰싹 붙듯 뻗어있다.

　어떻게든 해서 이곳에서 도망치려고 문을 향해서 기었지만, 누군가에게 발목을 잡혀서 질질 끌려간다. 언니가 옆에서 쪼그려 앉아서, "지금부터 한시간 동안 토하지 않고 참아내면 놓아줄게."라고 말한다. 나는 한시간이나 견딜 수 있을 리 없다며 고개를 저으려고 했지만, 하필 그 전에 그녀가 내 위장 부근을 때렸다. 처음부터 참아내게 할 생각 따윈 없는 것이다.

　저도 모르게 그 장소에 구토한 나를 보고 주위 녀석들이 환성을 지르고, 키 작고 통통한 여자가 벌칙을 준다며 스턴 건을 꺼내서 스위치를 켠다. 폭죽 같은 스파크 소리에 나는 몸을 움츠린다. 그것이 어느 정도의 아픔을 가져다주는지, 나는 소유자인 그녀보다도 훨씬 잘 알고 있다. 직후, 전극이 목에 닿고, 목에서 자신의 것이라고는 생각되지 않는 비명이 흘러나온다. 그것이 재미있는지, 여자는 몇 번이고 피부가 얇은 장소를 노려서 전기 충격을 뒤집어씌운다. 몇 번이고. 몇 번이고. 몇 번이고. 몇 번이고. 알코올이 몸속을 본격적으로 돌기 시작하며 아픔과 아픔 사이를 메우듯이 구역질이 끼어든다. 내가 다시 한 번 구토하자 매도하는 소리가 이리저리 오가고, 특별히 긴 스턴 건의 일격이 날아온다.

그래도 나는 괴롭지 않다. 이 정도는 '없었던 일'로 할 것도 없다.

익숙함이란 무서운 것이라, 나는 이미 이 정도의 고통이라면 버텨낼 수 있게 되었다. 모든 공격에 대비해서 텅 비워둔 내 머릿속에는, 그 대신 음악이 가득 채워져 있다. 그들에게 희롱당하는 동안에는 그 음악을 최대한 정확히 재현하는 작업에 집중함으로써 다른 감각을 무디게 만든다.

내일도 도서관에 가서 많은 음악을 채우자고 나는 생각한다. 집 근처의 지은 지 30년 이상 된 꾀죄죄한 도서관은, 장서는 많지 않은 대신 CD는 아주 충실하게 구비하고 있어서 나는 그곳의 시청 코너에서 매일같이 CD를 듣고 있다. 처음에는 울적함을 날려줄 격렬한 음악을 즐겨 들었다. 하지만 고통에 대해 가장 유효하게 기능하는 것은 부드러운 시구도, 가까이 다가오는 듯한 멜로디도 아닌 '순수한 아름다움'이라고 깨달은 뒤로는 기호가 서서히 차분한 음악으로 옮겨갔다. '의미'나 '편안함'은 언젠가 사람을 내버려두고 간다. '아름다움'은 가까이 다가와 주지는 않지만, 그 대신 계속 같은 장소에 있어준다. 처음에는 이해할 수 없더라도, 내가 그곳에 도달할 때까지 가만히 기다려준다.

고통은 모든 쾌락과 감정을 망쳐버리지만, 유일하게 아름다움을 아름답다고 생각하는 감각만은 손상시키지 못한다. 그러기는커녕 고통에 의해 아름다움은 더욱 눈에 띄는 법이다. 그렇게 되지 않는 아름다움은 어차피 위조된 아름다움이다. 즐겁기만 한 음악, 재미있기만 한 책, 흥미롭기만 한 그림. 여차할 때에 의지가 되지 않는 존재에 얼마나 가치가 있다는 걸까?

 *피트 타운센드는 말했다. "록큰롤은 당신의 고뇌를 해결해주지 않을지도 모르지만, 그 고뇌 안에서 당신을 계속 춤추게 한다.". 그렇다, 고뇌를 해결하지 않는 것. 그것이야말로 구원의 본질이다. 모든 고뇌가 해결되는 것을 전제로 하는 사상을 나는 신용하지 않는다. 어쩔 도리가 없는 것은 어쩔 도리가 없을 정도로 어쩔 도리가 없는 법이다. 미운오리새끼를 백조로 바꾸는 '구제' 따위 대수로울 것 없다. 미운오리새끼를 미운오리새끼인 채로 행복하게 해 보이는 것이야말로 진짜가 아닐까, 라고 나는 생각한다.

 얼마나 지난 걸까? 몇 분도 되지 않았을지 모르고 몇 시간일지도 모른다. 어쨌든 정신이 들고 보니 언니와 그 패거리는 어딘가로 사라져 있었다. 오늘도 견뎌내 보였다. 나의 승리다. 일어나 부엌으로 가서 입안을 헹구고, 물을 두 잔 마시고, 그런 뒤에 화장실에 가서 다시 한 번 토한다. 이를 닦으려고 세면대에 선다.

 거울 안의 나는 끔찍한 몰골을 하고 있다. 눈은 충혈되어 새빨간데 안색은 새하얗고, 셔츠 이쪽저쪽에 위스키와 토사

---

*Pete Townshend. 1960년대 중반 결성된 영국의 록그룹 'The Who'의 기타리스트.

물, 핏자국이 묻어있다. 언제 피를 흘린 걸까 하고 몸의 이쪽저쪽을 살펴보지만 상처는 보이지 않는다. 그러나 이를 닦다 보니 아마도 스턴 건의 전기충격을 뒤집어썼을 때에 뺨 안쪽 살을 깨물어버린 듯하다는 것을 알았다. 칫솔이 새빨갛게 물든다.

시계는 새벽 4시를 가리키고 있다. 거실 선반에서 아스피린과 위장약을 꺼내서 먹고, 잠옷으로 갈아입은 뒤 내 방 침대에 눕는다. 내가 아무리 고통을 당하더라도 내일도 평소대로 학교에 가야 하는 것은 변함없다. 조금이라도 몸을 쉬게 해야만 한다.

침대 아래서 곰 인형을 꺼내서 끌어안는다. 이런 방식으로 자신을 위로하는 건 제정신이 아니라고 스스로도 생각한다. 정말이지 기가 막힌다. 하지만 아마도 나는 앞으로도 계속 이럴 테지. 나는 줄곧 오랫동안 포근한 포옹을 원하고 있었지만, 그것을 주는 사람이 어디에도 없다는 것을 알고 있다.

두터운 나무들에 둘러싸여 폐쇄감이 느껴지는 국도변의 그 공립고교에, 나는 원해서 입학한 것이 아니었다. 현내의 사립 입시명문교를 지망했지만 어머니는 여자에게 학문은 필요 없다고 주장했고, 의붓아버지도 고등학교 따윈 어디든다 마찬가지라면서 버스 한 번에 다닐 수 있는 가까운 공립 학교 말고 다른 학교에 들어가는 것을 허락하지 않았다. 수업 종이 울려도 교실의 이쪽저쪽에서 이야기 소리가 끊이지 않아서 수업이 제대로 이루어질 기미가 없고, 오후가 되면 반의 3분의 1이 조퇴한 상황, 체육관 뒤편에는 담배꽁초가 수백 개는 흩어져있고, 한 달에 한 명은 경찰에 체포되거나 임신을 이유로 중퇴하는 학생이 나오는 학교였다. 그러나 고등학교에 다닐 수 있으니 감지덕지라고 생각해야 한다고, 나는 스스로에게 말했다. 세상에는 중학교조차 제대로 다니지 못하는 아이도 있으니까.

오후 수업이 시작되었다. 교사의 목소리를 듣지 못할 정도로 시끄러운 교실에서 혼자 교과서를 읽고 있으려니 뒤쪽에서 날아온 뭔가가 어깨를 때렸다. 내용물이 조금 남아있는 종이팩이었다. 내용물인 커피가 조금 튀어서 내 양말이 더러워졌다. 웃음소리가 일었지만 나는 돌아보지도 않았다. 수업 중이라면 그들은 이 이상의 일을 해오지는 않는다. 종이팩이 날아온 정도로 끝난다면 나는 안심하고 공부를 계속할 수 있다.

문득 고개를 들자, 교사와 눈이 맞았다. 이십 대 후반의 젊은 여교사다. 날아든 종이팩은 그녀에게도 보였을 테지만, 못 본 체하기로 마음을 굳힌 것 같았다.

하지만 나는 그 일로 그녀를 책망할 마음은 없다. 나 역시,

그녀가 학생들의 공격 대상이 되었다고 해도 아무것도 해줄 수 없을 테니까. 자신의 몸은 스스로 지켜야 하는 법이다.

방과 후가 되자 나는 시립 도서관으로 직행했다. 음악을 듣고 싶은 것도 있었지만, 무엇보다 나는 빨리 조용한 장소에 가서 자고 싶었다. 도서관을 만화카페처럼 이용하는 것은 양심의 가책이 느껴지지만, 하지만 그곳 외에 안심하고 숙면할 수 있는 장소를 나는 몰랐다.

언제 아빠나 언니에게 얻어맞아 깨어나게 될지 알 수 없는 집, 섣불리 책상에 엎드려 잠들었다간 뒤에서 의자를 잡아당기거나 쓰레기통의 내용물을 머리에 뒤집어씌우는 교실. 그런 장소에서 잠을 잘 수 있을 리 없다. 그래서 나는 도서관에서 잔다. 다행히 나에게 위해를 가할 만한 사람들은 그곳을 가까이하지 않는다. 덤으로 책을 읽을 수 있고, 음악도 들을 수 있다. 도서관은 멋진 발명이다.

수면 부족은 인간을 근본적으로 약하게 만든다. 수면 시간이 절반으로 줄어드는 것만으로, 육체적 고통이나 매도나 미래에 대한 불안 등에 대한 나의 내성은 현저히 저하된다. 만일 한 번이라도 내가 꺾여서 굴복해버린다면 원래의 터프한 소녀로 돌아가기에는 상당한 시간과 노력이 필요할 것이다. 아니, 자칫하다간 두 번 다시 돌아오지 못할지도 모른다.

나는 강하고 유연해야만 한다. 그것을 위해 수면 시간 확보는 필수다. 집에서 네 시간 이상 잘 수 없었던 날에는 도서관에서 수면 보충을 하기로 하고 있다. 도서관 자습실의 딱딱한 의자는 결코 편안하다고 말할 수 없었지만, 나에게 이곳은 유일한 안식처다. 개관 시간인 오전 9시부터 오후 6시까지는.

가벼운 음악을 들은 뒤, 어빙의 *'사이더 하우스'를 빌려서 자습실에서 읽는다. 불과 몇 쪽을 읽었을 뿐인데 참을 수 없을 정도로 졸음이 쏟아졌다. 시간은 누군가에게 도둑맞은 것처럼 한순간에 지나가고, 사서인 여성이 어깨를 두드려서 나에게 폐관 시간이라고 고했다.

어제의 술기운이 간신히 가시고 두통이 사라졌다. 나는 그녀에게 머리 숙여 인사하고, 책을 선반에 돌려놓고 도서관을 나온다. 밖으로 나오니 완전히 날이 어두워져 있었다. 10월이나 되면 해가 지는 것이 빨라진다.

가을바람이 부는 싸늘한 귀갓길에 하는 생각은, 평소와 같은 것이었다.

오늘은 편지가 왔을까?

편지 교환을 시작하고 이래저래 벌써 5년이 된다. 그동안에 나를 둘러싼 환경은 크게 변했다. 아버지가 뇌졸중으로 돌아가시고, 몇 개월 뒤에 어머니가 지금의 의붓아버지에 해당하는 남자와 결혼했다. 성이 '히즈미'에서 '아키즈키'

---

*The Cider House Rules(1985). 미국의 작가 존 어빙의 소설. 낙태와 인종차별 등의 이슈를 다루고 있다.

로 바뀌고, 나에게는 두 살 위의 언니가 생겼다.

중학교 1학년 봄, 어머니가 "이 사람하고 결혼할 생각이란다."라며 나에게 소개한 그 남자를 언뜻 본 순간부터 나는 자신의 인생이 철저하게 파괴될 것을 예감했다.

'아아, 이거 틀렸구나.'. 나는 그렇게 마음속으로 중얼거렸다. 그 남자를 구성하는 모든 요소가 나에게 불길한 예감을 선사했다. 구체적으로 어디가 어떻게 불길한지는 말로 할 수 없지만, 17년이나 살아오면 '어느 한쪽이라고 하자면 나쁜 사람'과 '어느 한쪽이라고 하자면 좋은 사람'의 구별은 되지 않더라도 '명백히 나쁜 사람' 정도는 한눈에 알 수 있다. 무의식이 다루는 통계 데이터가 그것을 알려준다. 어머니는 어째서 하필이면 이런 역신(疫神) 같은 남자를 고르고 만 것일까?

내 예상대로 의붓아버지는 전형적인 역신이었다. 자신의 사회적 지위에 열등감을 품고 있으며, 그것을 감추기 위해 늘 주위 사람을 박살 낼 기회를 엿보고 있다. 게다가 자기보다 약한 입장에 있는 상대밖에 노리지 않는, 정말 역신이라 불릴 만한 남자였다. "접객 태도가 안 좋다."라는 이유로 점원에게 매도를 퍼부으며 일부러 이름을 묻고 협박하거나, 추돌해온 차에 타고 있던 가족 모두에게 길바닥 위에 무릎 꿇고 빌라고 강요하거나 하는 행위가 '남자다운' 멋진 행동이라고 진심으로 믿고 있는 듯했다.

그리고 아주 성가시게도, 나의 어머니는 적어도 그의 그런 열등감이 뒤집혀 표출된 '남자다움'에 매료된 모양이었다. 정말로, 정말로 구제할 길이 없다.

이러한 인간이 흔히 그러듯이, 의붓아버지는 폭력으로써 가족을 복종시키는 것을 '남자다움'의 주된 요소 중 하나라고 생각하고 있었다. 다른 요소는 뭐냐고? '술', '담배', '도박'. 이것들을 아버지는 '남자다움'의 상징으로서 숭배하고 있었다. 아마도 그에게는 그곳에 '여자'를 더하고 싶었겠지만, 공교롭게도 그가 아무리 '남자다움'을 갈고닦아도 그것에 끌려오는 '여자'는——우리 어머니를 제외하면——전무했다.

본인도 그것을 신경 쓰고 있는 것인지, 이따금씩 "나는 아내 한 명을 사랑하는 것에 삶의 보람을 느끼고 있으며, 다른 여자에게 손을 대려고 생각하면 기회는 얼마든지 있지만 전혀 흥미가 없다."라는 의미의 말을 묻지도 않았는데 되풀이하곤 했다. 그리고 그 입의 침이 마르기도 전에 어머니를 때렸다. 나는 몇 번이고 의붓아버지의 폭력을 말리려고 끼어들었지만, 어머니에게 "네가 사이에 끼어들면 이야기가 더 복잡해지니까 참견하지 말렴."이라는 말을 들은 이후로는 방관하게 되었다.

어쨌든 그것은 어머니의 선택이다. 그렇다면 나는 지켜볼 수밖에 없다.

어느 날, 어머니와 단둘이 있게 되었을 때에 "이혼 같은 건 생각 안 했어요?"라고 물어보았다. 그러자 어머니는 "이 이상 친정에 걱정을 끼치고 싶지 않다."라든가 "나는 남자가 없으면 안 된다."라는 소리를 하며 최종적으로는 "우리에게도 나쁜 부분은 있어." 같은 소리를 꺼냈다. 듣고 싶지 않았던 말만 골라서 다 하네, 라고 나는 생각했다.

의붓아버지의 폭력은 점차 의붓딸인 나에게도 향하기 시작했다. 뭐, 자연스러운 흐름이다. 귀가가 조금 늦었다든가, 학교를 조퇴했다든가 하는 사소한 이유로 그는 나를 때렸다. 그 방식은 갈수록 수위가 높아졌고, 어느 날 취한 의붓아버지는 나를 계단 위에서 떠밀었다. 다행히 잘못 부딪친 곳이 없어서 큰 사고가 나지는 않았지만, 이때만큼은 어머니도 격노해서 의붓아버지에게 이혼 이야기를 내비쳤다.

그렇다, 그냥 슬쩍 내비친 것뿐이었다. 아버지의 분노를 경계해서, 어머니는 '이혼'이란 두 글자는 일부러 꺼내지 않았다. "이 이상, 당신이 나하고 키리코에게 그런 짓을 계속하면 나도 나름대로의 수단을 강구할지도 몰라요."라고 말한 것뿐이었다. 그리고 그다음은 말하지 못했다. 의붓아버지는 눈앞에 있던 글라스를 집어 들고 다짜고짜 창문을 향해 내던졌다.

그때 나는 내 방에서 참고서를 펼치고 있었는데, 창문이 깨지는 소리를 듣고 펜을 멈춘 뒤 거실의 상태를 보러 나가야 하나 말아야 하나 망설였다. 그 직후, 문이 무시무시한 기세로 열리더니 아버지가 뛰어 들어왔다. 저도 모르게 비명을 지를 뻔했는데, 나는 그곳에서 참지 말고 힘껏 비명을 질렀어야 했다. 그러면 어쩌면 인근 주민이 달려와 줬을지도 모른다. ……물론 이건 농담이다.

뒤늦게 어머니가 달려와서 "그만둬요, 애는 관계없잖아요!"라며 의붓아버지에게 울며 매달렸지만, 그는 상관하지 않고 나를 때렸다. 나는 의자에서 굴러떨어지며 책상에 옆머리를 강하게 부딪쳤다. 그래도 '공부조차도 하게 내버려 두질 않네, 너무 싫다.' 정도의 감상밖에 들지 않았다. 역시나 매일 가족에게 얻어맞는 것을 보거나 얻어맞거나 하면 싫어도 익숙해진다.

하지만 두 방, 세 방, 네 방, 다섯 방 얻어맞는 동안, 몸의 중심에서 오싹오싹 하고 공포심이 스며 나왔다. 그것은 처음 겪는 경험이었다.

나는 문득 생각했던 것이다.

혹시 이 남자는 한도라는 것을 모르는 게 아닐까?

갑자기 내 눈에서는 눈물이 넘쳐흐르고 몸이 떨리기 시작했다. 혹은 이 시점에서 나는 수개월 뒤의 비극을 예측하고 절망하며 눈물을 흘리고 있었는지도 모른다. 어머니는 몇 번이나 아버지의 팔에 매달렸지만, 힘의 차이가 너무 커서 금방 내동댕이쳐졌다. "당신이 잘못했어!"라고 의붓아버지가 말한다. 나도 이런 짓을 하고 싶어서 하는 게 아니야. 하지만 당신이 사람을 우습게 보는 소릴 하니까, 내가 이 녀석까지 손을 대게 된 거야, 전부 당신 탓이야……

무슨 소릴 하고 있는 건지 전혀 알 수 없었다. 하지만 그가 분노를 향하고 있는 어머니를 때리지 않고 일부러 나를 때리는 이유는 왠지 모르게 알 수 있었다. 이러는 방법이 어머니를 직접 때리는 방법보다 효과적인 것이다.

나는 두 시간 가까이에 걸쳐 계속 얻어맞았다. 그의 노림수대로 이후에 어머니가 이혼에 대한 말을 꺼내는 일은 두 번 다시 없었다. 이것에 맛을 들였는지, 의붓아버지는 그 후에 내가 말을 듣게 만들려고 어머니를 때리고, 어머니가 말을 듣게 만들려고 나를 때리게 되었다.

나에게 유일한 위안은 미즈호 군과 편지를 주고받는 것이었다. 내 인생 중에서 칭찬받을 만한 일이 있다면, 그것은 미즈호 군에게 편지 교환을 제의한 것이다. 초등학교 6학년 가을에 담임교사의 입에서 미즈호 군의 전학에 대해 들은 날부터 계속 기회를 엿보고 있었는데, 겁쟁이인 나는 마지막 한 발짝을 좀처럼 내딛지 못했고 결국 편지 교환 이야기를 꺼낼 수 있었던 것은 그의 마지막 등교일이었다.

만약 그때 용기를 짜내서 말을 걸지 않았더라면 미즈호 군과 편지를 주고받지도 못했을 테니, 나는 삶에 보람을 느끼지 못하고 열세 살이나 열네 살 쯤에 죽었을지도 모른다. 당시의 나를 칭찬해주고 싶다.

여기서 말하는 '편지 교환'은, 사실 보통 사람이 상상하는 그것과는 조금 모습을 달리한다. 나는 편지 속에서 의붓아버지와 의붓 언니, 학교 녀석들에게 겁먹는 하루하루에 대해 울면서 호소하고 미즈호 군의 위로를 받고 있었던 것이 아니다. 편지 교환을 개시한 뒤로 수개월 간은 나에게 일어난 일을 그대로 적었지만, 의붓아버지가 오고 생활이 일변한 뒤로 나는 거짓말만 쓰게 되었다.

불평이나 약한 소리를 토해내고 싶다, 미즈호 군에게 위로받고 싶다, 하는 생각을 하지 않은 것은 아니다. 그러나 나는 내가 변하는 것에 의해 미즈호 군까지 변해버리는 것을 두려워하고 있었다. 만약 이쪽이 현재 상황의 괴로움을 있는 그대로 적었다간, 이후에 미즈호 군은 나를 배려해서 무난한 이야기를 신중하게 선택하게 될 것이고, 자신에게 일어난 좋은 일에 대해서 이야기하지 않게 되어버릴 것이다. 그리고 편지 교환은 어느샌가 서간 형식의 카운슬링처럼 되는 것이다.

그런 것은 싫었다. 그래서 나는 가공의 '히즈미 키리코'

를 만들어냈다. 아버지가 돌아가신 것이라든가, 어머니의 재혼 상대가 최악의 인간이었다든가, 학교에서 심한 집단 따돌림을 당하는 것은 입 밖에도 내지 않았다. 그것들은 '아키즈키 키리코'의 담당이며 '히즈미 키리코'가 관여하는 부분이 아니다. '히즈미 키리코'는 평범하면서도 충실한 나날을 보내고, 또한 그 행복을 음미할 수 있는 소녀다.

그녀가 되어 편지를 쓰는 것은 즐거웠다. 한 번 쓰기 시작하면 두 번째 문장을 쓸 무렵에는 '히즈미 키리코'로 변할 수 있었다. 거짓말에 진실감을 부여하기 위한 세부를 쌓아나가는 동안, 어느샌가 나는 2인분의 인생을 동시에 살고 있는 듯한 착각을 느끼게 되었다.

얄궂게도 내 가공의 리얼리티는, 곧 내 현실의 리얼리티를 추월해버렸다. 가령 내가 '히즈미 키리코'와 '아키즈키 키리코' 각각의 입장에서 편지를 썼다고 하고, 사정을 모르는 사람에게 어느 쪽이 실생활을 쓴 편지인지를 물어보면 열 사람 중 아홉은 '히즈미 키리코' 쪽을 가리킬 것이다. 그 정도로 나의 허구에는 정성이 들어갔고, 내 현실은 성의가 없었다. 그저 학대당하기만 하는 하루하루. 조금은 변화가 있는 편이 진실성이 있는 법이다.

나는 미즈호 군을 좋아했다.

그저 마음이 맞는다는 이유만으로, 5년이나 만나지 않은 인간을 '좋아한다'는 것은 이상하다는 기분도 든다. 얼굴도 잘 기억나지 않는 편지 교환 상대를 동경하다니, 정신이 나갔다. 달리 상대해주는 사람이 없어 그를 좋아하는 것 말고 다른 선택지가 없었을 뿐이라는 말을 들어도 부정할 만한 재료는 없다. 대부분 편지로밖에 이야기한 적이 없으니, 그의 좋은 점밖에 보이지 않는다는 것뿐일지도 모른다.

그래도 이상하게도 나는 확신할 수 있다. 내가 이런 마음을 품는 상대는 세상에서 미즈호 군 단 한 사람이다. 근거는 없다. 없어도 좋다. 나는 처음부터 자신의 마음을 억지로 정당화시키거나 합리적으로 설명하거나 할 생각은 없다. 사랑을 하는 것에 일일이 타인에게 뭔가를 증명해야만 한다는 규칙은 없을 것이다. 만약 그럴 필요가 있다고 느끼는 사람이 있다면, 그 사람은 아마도 사랑을 목적이 아닌 수단으로서 취급하고 있다.

한없이 구제하기 어려운 나의 뇌는, 필적이나 문체나 편지지에서 자기 멋대로 이상적인 '미즈호 군'을 만들어내고 있었다. 공상 속의 미즈호 군은 초등학교 시절보다 키가 부쩍 자라서 지금은 나보다 머리 하나는 크다. 딱 서로 포옹하기 쉬운 키 차이다. 편지에서는 밝고 수다스러운 그는, 실제로 얼굴을 마주하면 나와 눈도 마주치지 못할 정도로 부끄럼쟁이에 말도 어물거린다. 그러면서도 이따금씩, 이쪽을 두근거리게 만드는 말을 주저 없이 말한다. 평소에는 조금 그늘이 있는 표정을 짓고 있으며, 말투는 좋게 이야기하면 차분하고 나쁘게 말하면 냉담하지만 가끔씩 보이는 웃는 얼굴은 열두 살 때 그대로다. 완전히 이쪽의 허를 찌르며 보이는, 눈앞이 어질어질해질 정도로 사랑스러운 그 미소.

내가 상상하는 것은 그런 '미즈호 군'이었다. 나중에 재회했을 때에 너무나 많은 점이 자신의 예상과 일치해서 경악했지만, 그것에 대해서는 조금 더 나중에 쓰게 되겠지.

집에 돌아와서 우선 조사하는 곳은, 우편함이 아니라 현관에 있는 부엉이 오브제 뒤편이었다. 알고 지내는 우편 배달원에게, 발신자가 유가미 미즈호인 편지가 오면 그곳에 떨어뜨려 달라고 양해를 받아두었다. 물론 집배원은 늘 같은 사람은 아니었으므로 날에 따라서는 직접 우편함에 집어넣어버리는 일도 있다.

나는 부엉이 뒤편을 들여다보고 편지가 없는 것을 알고, 한숨을 내쉬면서 문을 열었다. 그리고 후회했다. 안의 눈치를 확인하면서 들어갔어야 했다.

의붓아버지가 가방을 내려놓고 신발을 벗고 있던 참이었다.

나는 떨떠름하게 "다녀왔어요."라고 말한다. 의붓아버지는 재빨리 나에게 등을 돌리고, 뭔가를 양복 안주머니에 집어넣었다. 그 동작이 어째서인지 묘하게 마음에 걸렸다. 안 좋은 예감이 들었다.

"응." 의붓아버지가 대답했다. 역시 어쩐지 어색하다고 생각했다. 찔리는 일이 있는 인간은 이런 반응을 하는 법이다. 불안이 부풀어 오른다.

큰맘 먹고 물어보았다.

"저기, 지금 뭔가 감추셨나요?"

"……으응?"

갑자기 의붓아버지의 목소리가 시커멓게 물든다. 전투태세에 들어간 것 같다. 언제라도 버럭 소리칠 수 있도록 스으, 하고 숨을 들이쉰다.

하지만 이것으로 알았다. 이 남자는 지금, 틀림없이 켕기는 기분을 느끼고 있다. 그 원인이 지금 안주머니에 넣은 '뭔가'인 것은 틀림없다. 그렇지 않다면 이 후안무치한 남자가 평범한 우편물을 몰래 감출 리가 없는 것이다.

"내 앞으로 온 우편물이다." 의붓아버지는 고압적으로 말했다. "뭐냐, 그 말투는?"

에둘러서 질문해봤자 어물쩍 넘겨버릴 뿐이라고 생각하고, 나는 단도직입적으로 물었다.

"그렇다면 그걸 보여주실 수 있을까요? 아주 잠깐이면 돼요."

의붓아버지의 얼굴에 한 순간 초조의 표정이 떠오른다. 하지만 그 감정은 생겨나자마자 분노로 모습을 바꾼다. 이런 장면에서는 먼저 화를 내고 버럭 소리치는 쪽이 이긴다는 것이 그의 신조 중 하나다. 확실히 그것은 상대가 자신보다 힘없는 입장의 인간인 경우에 한해 아주 유효하다.

"너, 태도가 그게 뭐냐?"

의붓아버지가 나에게 따지고 든다. 기름진 냄새가 코를 찌른다. 멱살을 움켜쥐더니 가볍게 내 뺨을 때린다. 하지만 덕분에 나는 그의 가슴팍에서 살짝 엿보이는 봉투를 확인할 수 있었다. 회색의 고급 종이와 우편번호의 필적으로, 그것이 미즈호 군에게서 온 편지라는 확증을 얻는다. 동시에 의붓아버지가 내 시선을 깨닫고 멱살을 쥔 손을 떼고 나를 떠밀었다.

사람 얕보는 것도 정도껏 해라. 그런 말을 남기고 그는 계단을 올라간다. 뒤를 쫓으려고 하지만 다리가 움직이지 않는다. 내 몸은 알고 있는 것이다. 저 남자에게 거슬러봤자 아무 소용없다는 것을.

나는 그 자리에 무너져 내린다. 저 사람에게만큼은 알려지고 싶지 않았는데. 의붓아버지는 이제부터 서재에 들어가서 문을 잠그고, 미즈호 군이 나에게 써준 편지를 읽겠지. 그리고 나에 대한 새로운 약점 한 가지를 틀어쥐었다는 생각에 히죽 미소를 지을 것이다.

옛날부터 그랬다. 훔쳐보기 근성이라고 해야 할까, 의붓아버지는 어쨌든 가족의 비밀을 알고 싶어 했다. 남자다움을 표방하는 주제에 아주 좀스러운 구석이 있는 것이다. 어머니가 전화를 받을 때마다 통화 내용 하나하나를 보고하게 한다. 모든 우편물을 멋대로 개봉한다. 기회만 있으면 가족의 휴대전화를 훔쳐보려고 한다(나는 휴대전화를 가지고 있지 않아서 피해를 입고 있지는 않지만). 그 사람이 내 방에 들어와서 서랍을 뒤지고 있는 것을 목격한 적도 한두 번이 아니다.

이런 상황이다. 나에게 온 편지를 읽는 것은 좋다고 치자. 딱히 뒤가 켕길 내용은 적혀 있지 않다. 내가 거짓말을 계속하고 있다는 점을 제외하면, 우리의 편지 교환은 지나치다 싶을 정도로 건전하다. 다른 사람이 읽더라도 곤란해질 일은 없다.

내가 지금 가장 두려워하는 것은, 의붓아버지가 '편지를 훔쳐봤다'라는 사실을 은폐하기 위해 증거품을 전철역이나 편의점 쓰레기통 같은 장소에 버리는 것이었다. 상상하는 것만으로 심장의 두근거림이 멈추지 않았다. 그것은 내 보물이다. 내 신앙이다. 내 생명이다. 그것을 잃는 것은 내 몸이 불에 타는 것보다 훨씬 괴롭다.

다음 날 의붓아버지가 출근하자, 나는 부끄러움도, 체면도 내팽개치고 집 안의 쓰레기통을 샅샅이 뒤졌다. 의붓아버지의 출근 루트에 설치되어 있는 쓰레기통을 회중전등까지 동원해서 전부 조사했다. 그리고 그가 근무하는 회사 근처에 있는 편의점의 화장실 쓰레기통에서 꾸깃꾸깃 구겨진 회색 봉투를 발견했다.

하지만 정작 중요한 내용물은 아무리 찾아봐도 보이지 않았다.

한 번뿐이라면 잃어버렸다고 하면 된다. 어딘가에서 읽으려고 생각하고 가방에 넣고 다니다가 분실해버렸다, 라고 편지에 쓰면 된다. 하지만 이번 일로 맛을 들인 아버지는 앞으로 우편함이나 그 부근에 주의를 기울이게 될 것이다. 그리고 히즈미 키리코 앞으로 온 편지를 발견하면, 기뻐하며 안주머니에 집어넣고 몰래 그것을 읽으며 우월감에 젖고 나서, 꾸깃꾸깃 둥글게 구겨서 출퇴근 중에 어딘가에 버릴 것이다.

나는 이 이상 편지 교환을 계속하는 것은 어려울지도 모른다고 생각했다.

어째서 나는 '의붓아버지에게 편지를 들켰다'라는 사실을 '없었던 일'로 할 수 없었을까? 그것은 역시 내가 마음 한구석에서 미즈호 군에게 계속 거짓말을 하는 것에 대해 양심의 가책을 느끼고 있었기 때문일 것이다. 이런 불건전한 관계는 끊어야만 한다, 이번 일은 편지 교환을 그만두기에 좋은 기회가 아닐까. 아주 잠깐이라도 그렇게 생각해버리면 소원은 순수함을 잃고, 강함을 잃고, '미루기'가 어려워지게 된다.

나쁜 일들이 한꺼번에 몰려오는 것처럼 느끼는 것은 '세차하기 시작하니 비가 내린다.' 식의 착각이겠지만, 편지를 찾지 못하고 실의의 바닥에 있던 나는 그날 더욱 심한 일을 당한다. 점심시간에 등교해서 교실에 들어가자마자, 나는 여학생 몇 사람에 멱살을 잡힌 채로 체육관 창고까지 끌려갔다. 이전부터 그녀들에게 점 찍혀 있던 것은 알고 있었으므로 특별히 놀라지는 않는다. 흐리던 하늘에서 비가 내리기 시작했다, 정도의 감각이다.

내가 교실에서 미움받고 있는 것은 극단적으로 강한 것도 극단적으로 약한 것도 아닌, 어중간하게 강하고 어중간하게 약하기 때문일 것이다. 저항할 수 있을 정도의 강함은 있지만 스스로를 완전히 지켜낼 정도의 강함은 아니고, 완전히 굴복해버릴 정도의 약함은 아니지만 현재 상황 개선을 포기해버릴 정도의 약함은 있다. 스포츠든 보드게임이든 집단 괴롭힘이든, 그런 '강하지만 약한' 인간을 쓰러뜨리는 일이 제일 즐거운 법이다.

그것을 자각한들 나는 이 이상 강해질 수도, 약해질 수 있는 것도 아니지만, 원인을 알았다는 기분이 든 것만으로 불안이란 상당히 경감된다. 비참한 인생을 보내는 사람일수록 내성적이 되는 것은 그 때문이겠지, 라고 나는 생각한다.

여섯 명 모두에게 각각 얻어맞은 뒤에 바닥에 짓눌린다. 입이 벌려지고 양동이의 구정물이 부어진다. 어디에서 가져온 물인지는 모르지만, 학기말의 대청소에서 사용된 물이 딱 저런 느낌으로 탁한 색을 하고 있었다. 이놈이고 저놈이고 나에게 묘한 것을 마시게 하는 걸 좋아하는 것 같다. 숨을 멈추고 마시는 것을 거부해보긴 했지만, 누군가가 내 목을 꾹 쥐며 압박해서 그 타이밍에 상당한 양의 구정물을 마셔버렸다. 세제와 먼지가 섞인 맛이 입안에 가득차고 목에서 위장을 향해 흘러든다. 나는 견디다 못해 구토한다. 이거 참, 요즘에는 토하기만 한다.

직접 뒤처리를 하라고 말하고서 같은 반 학생들은 만족스러운 눈치로 떠나간다. 나는 세면대 쪽으로 가서 다시 한 번 구정물을 토해내고 옷과 몸을 씻는다. 젖은 교복에서 뚝뚝 물을 떨어뜨리며, 지나치는 사람들의 시선을 견디면서 복도를 지나 교실 안의 로커를 열었지만, 그곳에 있어야 할 체육복이 없다. 문득 수 미터 앞의 개수대에 물이 틀어져 있는 것을 깨닫는다. 예상대로 체육복은 물에 푹 젖어있다. 정말 꼼꼼하기도 하지. 무엇이 그들을 이렇게까지 하게 만드는 것일까.

보건실에 가서 갈아입을 옷을 빌리고, 교복과 체육복을 드라이어로 말린다. 점점 눈의 초점이 맞지 않게 되기 시작하고 내 안에서 뭔가가 무너지려 한다. 하지만 간신히 버텨낸다. 몇 번이고 심호흡을 해서 정체된 몸속을 환기한다. 고생은 사람을 풍요롭게 만든다고 하는데, 나는 사람들에게 학대당함에 따라 점점 텅 비어간다. 그러니까 아마도 이것은 고생이라고 하지 않고 소모라고 불러야 할 것이다.

나는 하루하루 마멸되어간다.

방과 후, 나는 도서관에 들러 딱딱한 의자에 앉아서 미즈호 군에게 편지를 썼다. "직접 만나서 이야기를 하고 싶습니다."라는 한 문장을 쓸 때까지 20분이 걸렸다. "편지로는 도저히 이야기할 수 없는 것도 있습니다. 서로의 눈을 보고 서로의 목소리를 들으며 이야기 나눠보고 싶습니다."

편지로 교류하기가 곤란해졌다. 나는 휴대전화를 가지고 있지 않았다. 그렇다고 해서 가족의 시선이 있는 와중에 집 전화를 사용하기도 어려웠고, 공중전화로 만족스러울 정도로 오래 이야기를 나눌 돈도 가지고 있지 않았다. 그래도 나는 미즈호 군과의 교류를 계속하고 싶었다. 그렇게 되면 직접 만나는 수밖에 없다. 다른 선택의 여지가 없었다. 나는 미즈호 군을 만나러 가기로 마음먹었다.

그렇다고 해도 그것은 가능성 낮은 도박이었다. 미즈호 군은 가상의 '히즈미 키리코'와 실물의 '아키즈키 키리코'의 차이를 금세 간파해낼 것이다. 몇 시간 정도라면 그것을 얼버무릴 수 있을지 모른다. 하지만 나의 본래 모습은 편지 교환 이외의 형태로 그와의 관계를 지속해나가면서 계속 감출 수 있는 것이 아니다.

미즈호 군과 재회했을 때, 나는 거짓말을 고백하게 되겠지. 어떠한 반응이 돌아오게 될까? 미즈호 군은 착하니까 자신이 5년 가까이 속아왔음을 알더라도 분노를 드러내지는 않을 것이라고 생각한다. 하지만 실망할 것은 틀림없다. 나는 그것이 너무나도 두려워서 견딜 수 없었다.

어쩌면 나는 너무 낙천적인지도 모른다. 자신이 불감증이라고 해서 다른 인간까지 그럴 것이라 단정할 수는 없다. 애초에 나는 언제 어디서 누구에게라도 미움받을 수 있는 희귀한 체질의 소유자다. 그것도 가미할 필요가 있다.

최악의 경우, 미즈호 군은 내 거짓말을 진짜로 경멸해서 말도 하고 싶지 않다며 내 인생에서 모습을 감출지도 모른다. 아니, 그 이전에 그는 이 제안을 받아들여주지 않을지도 모른다. 편지에서는 친근하게 이야기해주었지만, 직접 만나고 싶다고 생각할 정도로 나에게 흥미를 갖고 있지 않을 가능성도 있다. 뻔뻔스러운 여자라며 싫어할 가능성도 생각할 수 있다.

나는 일단 그것들을 '없었던 일'로 할 수 있다. 귀여워하던 잿빛 털 고양이의 납작하게 눌려버린 사체를 발견한 여덟 살의 그날부터 나는 마법사다. 일어나버린 일을, 일정 기간 동안 '없었던 일'로 할 수 있게 되었다.

그렇지만 한 번 미즈호 군에게 미움받아버리면, 설령 그것을 '없었던 일'로 만들더라도 내 머리에는 '미즈호 군에게 거부당했다.'라는 기억이 남는다. 그런 상태가 되어도 나는 새침하게 모르는 체하며 계속 편지를 주고받을 수 있을까?

모든 희망이 다했을 때, 나는 어떡해야 될까?

간단한 일이다. 나는 평소와 같이 공상에 젖는다. 이미지하기 쉬운 것은 열차다. 시각은 언제라도 좋지만, 저녁쯤으로 해두자. 나는 철로의 건널목에 있다. 인적 없는 작은 건널목이다. 캉캉캉. 경보기가 울리기 시작한다. 나는 때를 봐서 차단기 밑을 지나, 철로에 드러눕는다. 머리와 목이 레일 위에 놓이는 형태다. 몇 초간 별이 빛나는 하늘을 올려다본 뒤, 나는 천천히 눈을 감는다. 철로에서 진동이 전해져온다. 눈꺼풀 뒤편을 헤드라이트의 날카로운 빛이 찌른다. 브레이크 소리가 울려 퍼지지만 이미 때는 늦었다. 내 목은 한순간에 절단된다.

그런 공상이다. 좋은 세상이라고 생각한다. 편하게, 확실하게 목숨을 끊는 방법이 얼마든지 존재한다. 그렇기에 나는 시원시원한 태도로 살 수 있다. '당신이 그 게임에 견뎌낼 수 없게 되었다면 스위치를 끄기만 하면 된다. 당신에게는 그럴 권한이 있다'. 아무리 노력해도 견뎌낼 수 없는 그때까지, 우선 나는 이 악취미적인 게임의 전모를 알기 위해 컨트롤러를 계속 쥐고 있다. 참고로 17년간 플레이 해온 나도 한 가지 알게 된 것이 있다. 이 게임에 '제작자의 의도' 같은 것을 기대해봤자 헛수고라는 점이다.

폐관 시간까지 쪽잠을 잔 뒤, 입구에 설치되어 있는, 세월이 느껴지는 동그란 우편함에 편지를 넣고 도서관을 뒤로 한다. 따스한 불빛이 흘러나오는 주택가를 걷고 있으려니, 어느 가정이나 모두 원만하게 살고 있는 것처럼 보인다. 현실에 그런 일이 있을 리 없고, 모두 저마다 성가신 문제를 안고 있을 것이다. 하지만 적어도 그들의 집에서 성난 호통 소리나 비명이 들려오는 일은 없다.

'*Please Mr. Postman'의 여자 같은 심경으로 기다린 지 일주일이 지나도 미즈호 군으로부터의 답장은 없다. 나는 미쳐버릴 것만 같았다. 안 좋은 상상이 끊이지 않는다. 어떻게 거절할지 고심하다가 답장이 늦어지고 있는 것이 아

---

*Carpenters의 1975년도 곡. 멀리 떨어져있는 남자 친구의 편지를 매일같이 기다리는 여자의 심경을 노래하고 있다.

닐까. 그냥 공부나 동아리 활동이 바쁜 것은 아닐까. 편지는 도착했지만 의붓아버지가 가로채버린 것은 아닐까. 지난번에 보냈던 편지 내용을 언급하지 않았던 탓에 그의 기분을 상하게 만들어버린 것은 아닐까. 미즈호 군의 신변에 무슨 일이 일어난 것이 아닐까. 뻔뻔스러운 여자라며 정나미가 떨어져버린 것은 아닐까. 이제 두 번 다시 답장이 오지 않는 것은 아닐까. 내 거짓말은 한참 전에 들켰던 것 아닐까.

도서관의 어두컴컴한 화장실에서 거울 속의 나를 바라본다. 눈가에는 짙은 기미가 끼어있고, 눈동자는 검고 탁하다. 이런 유령 같은 여자애와 만나고 싶어 하는 사람이 있을 리가 없다, 라고 나는 생각한다.

열흘이 지났다. 나는 열차 건널목과 철로의 공상을 실행하는 것을 시야에 넣기 시작한다.

도서관에서 돌아오다가, 알고 지내는 우편배달원이 우리 집에서 나와서 떠나가는 것을 본다. 나는 두근거리면서 부엉이 오브제 뒤편을 찾는다. 그러나 실망에 물든다. 만일을 위해 우편함 주변도 확인한다. 역시 그곳에도 편지는 보이지 않는다. 미련이 남아 다시 한 번 부엉이 오브제 뒤편을 찾는다. 없다.

나는 멍하니 멈춰 선다. 모든 것이 미워서 견딜 수 없다. 이 부엉이를 부숴버리면 조금은 속이 풀릴까 하는 생각을 하고 있는데, 뒤에서 누군가 말을 걸어왔다.

내가 뒤를 돌아보자, 일부러 돌아온 듯한 우편배달원이 인사를 했다. 40대 초반에 키가 작은 우편배달원은 애교 있게 인사를 해주었다.

그의 손에는 고급스러운 회색 봉투가 쥐어져 있다.

그는 나에게 귓속말을 했다.

"조금 전에 여기에 와서 평소처럼 이걸 부엉이 뒤편에 넣으려고 했는데, 마침 너희 아버지가 돌아오시더라고. 들키는 건 싫지?"

나는 감사한 나머지 아무 말도 할 수 없었다. 고맙습니다, 라고 나는 몇 번이나 고개를 깊이 숙였다. 그는 햇볕에 그을린 얼굴을 찡그리며 슬픈 듯이 웃었다. 어렴풋이 내 주변 사정을 알고 있는 것이겠지. 아무것도 해주지 못해 미안하다, 라고 그의 눈은 말하고 있다. 그래서 나도 눈으로 대답한다. 아저씨가 신경 쓸 필요는 없어요, 게다가 이런 건 흔한 이야기잖아요.

그 순간을 누구에게도 방해받고 싶지 않아서, 나는 근처의 버스 정류장 대합실로 이동해서 봉투를 열었다. 내 손은 떨리고 있다. 만일을 위해서 다시 한 번, 수취인과 발신인의 이름을 확인한다. 히즈미 키리코. 유가미 미즈호. 틀림없다. 이것이 소망에 기반한 환각이 아니라면, 편지는 미즈호 군이 내 앞으로 쓴 것이다.

편지지를 꺼내서 그곳에 적혀 있는 글자를 천천히 음미한다. 몇 초 후, 나는 의자 등받이에 기대서 밤하늘을 올려다본다. 편지를 접어서 봉투에 넣고, 심장 위에 댄다. 자연스레 입가가 올라가고, 웃음이 흐른다. 흘러나오는 숨결은 평소보다 아주 조금 따스하다.

미즈호 군, 이라고 나는 그의 이름을 중얼거린다. 그 네 글자의 울림이 지금 내 인생의 전부다.

반 학생의 지갑에서 누군가 돈을 빼가는 사건이 일어나서, 그 시간대에 수업에 나오지 않았던 내가 용의자 제1후보가 되었다. 교무실에 가자 교사 두 사람이 당시에 뭘 하고 있었느냐고 물었다. 나는 동급생들이 옷을 더럽혀서 보건실에서 말리고 있었습니다, 양호선생님도 그걸 알고 계실 거예요, 그 정도는 처음에 확인해주세요, 라고 대답했다. 미즈호 군과의 약속 시간까지 앞으로 30분밖에 남지 않아서 나는 초조한 나머지 저도 모르게 가시 돋친 말을 하고 말았다.

교직원들은 그걸 의심하고 있다. 그들은 내가 평소에 그들에게 어떤 꼴을 당하고 있는지 알고 있으므로 앙갚음하려 한 게 아닌지 의심하기 시작한다. 보건실에서의 행동은 노골적인 알리바이 만들기라고 단정하고 있다. 지금이라면 경찰서에 가는 사태는 벌어지지 않으니까 솔직하게 자백해, 라고 옆에서 끼어든 수학 교사가 말한다. 붙들려 있는 시간이 점점 길어진다.

약속 시간이 10분 지났을 무렵, 나는 무단으로 교무실을 빠져나왔다. "기다려!"라고 붙잡히지만 뿌리치고 뛰기 시작한다. 등 뒤에서 "도망칠 생각이냐!"라는 호통이 들려오지만 무시한다. 이런 짓을 하면 범인 취급을 당할 것이 틀림없다. 하지만 신경 쓰겠는가. 지금 그러고 있을 상황이 아니다. 아무리 서둘러도 이미 약속 시간인 오후 7시는 지나버렸다. 그래도 한시간 정도라면 미즈호 군은 계속 기다려줄지도 모른다.

나는 다른 사람들의 눈을 개의치 않고 달린다. 이마에 땀이 배어나온다. 싸구려 로퍼에 엄지발가락이 쓸려서 껍질이 까진다. 심장이 산소를 요구하며 비명을 지른다. 시야가 좁아지기 시작한다. 상관하지 않고 달린다. 우리 집과 그의 집을 연결하는 직선의 가운데 부근에 위치한 작은 전철역을, 미즈호 군은 만날 장소로 지정했다. 다행히 그곳은 내가 다니는 고등학교에서 걸어서 갈 수 있는 거리에 있다. 서두르면 30분도 걸리지 않는다.

재난은 겹쳐진다. 골목 직전에서 자전거가 튀어나온다. 피하려고 한 방향이 일치해서, 우리는 정면충돌한다. 등부터 아스팔트에 나동그라져서 충격에 호흡을 할 수 없게 된다. 아픔에 몸을 웅크리면서도, 이를 악물고 아픔이 가시는 것을 기다린다. 자전거에 타고 있던 남자 고교생이 달려온다. 당황한 눈치로 나에게 사죄한다. 나는 아무 일도 아닌 체를 하며 일어나서는, "죄송합니다. 서두르고 있어서요." 라고 말하고서 그를 밀어내고 다시 걷기 시작한다. 그런데 갑자기 발목에 격통이 와서 비틀거린다.

집요하게 사죄해오는 남학생에게, 나는 한 가지 뻔뻔스러운 요구를 했다.

"저기, 부딪친 것은 이제 됐어요. 대신에 역까지 태워다 주시지 않겠어요?"

그는 기뻐하며 그 청을 받아들였다. 짙은 감색 블레이저를 입은 그 남자아이가 모는 자전거의 짐칸에 앉아서, 나는 역까지 운반된다. 결과적으로는 내 다리로 달리는 것보다 빨리 도착할 수 있을 것 같다. 아직 행운의 여신에게 버림받지는 않았다.

역 앞의 로터리까지 도착하자, 나는 "여기면 됐어요."라고 말하고 자전거에서 내려서 한쪽 다리를 절며 서둘러 역사로 향한다. 키 작은 정원수 사이로 뻗어 나와 있는 시계가 오후 7시 40분 전을 가리키고 있다. 출발하는 신호음이 열차 홈에서 울린다. 정차하고 있던 열차가 움직이기 시작한다.

안 좋은 예감이 든다.

형광등이 깜빡이는 구내에, 나는 홀로 멍하니 멈춰 선다.

시계의 초침이 세 바퀴 도는 것을 지켜본 후, 여섯 개밖에 없는 의자 중 하나에 앉는다.

땀이 마르자 몸이 식고, 머리가 지끈지끈 아프기 시작했다. 가방에서 문고본을 꺼내서 무릎 위에 펼친다. 그저 기계적으로 문자를 눈으로 좇지만, 의미는 머리에 들어오지 않는다. 그래도 상관하지 않고 페이지를 넘긴다.

그렇게 기다리면 미즈호 군이 숨을 헐떡이며 달려와 줄 거라고 생각하고 있던 것은 아니다. 모처럼 재회할 기회를 날려버렸다는 사실을 받아들일 수 있을 때까지 조금 시간이 걸리는 것뿐이다.

"열차, 제때 못 탄 거야?"

돌아보았더니, 나를 여기까지 데려다 준 남자아이가 서 있었다. 사정을 설명하기도 귀찮아서 나는 말없이 끄덕였다.

그는 깊이 고개를 숙였다. "미안해, 나 때문에."

나도 고개를 숙였다. "아뇨, 원래부터 시간을 맞출 수 있을 리 없었어요. 오히려 당신이 자전거를 태워준 덕분에 예정보다 훨씬 빨리 여기에 도착했어요. 감사합니다."

나보다 머리 하나 정도는 키가 큰, 어딘지 모르게 우울해 보이는 분위기를 풍기는 그 남자아이는 자판기에서 사온 따뜻한 밀크티를 나에게 내밀었다. 나는 감사 인사를 하며 그것을 받아들고 두 손을 덥힌 뒤에 천천히 마신다. 기분이 차분해짐에 따라 발목의 아픔은 늘어갔지만, 적의를 품은 이에게 입은 상처의 아픔에 비하면 대수롭지 않다.

의자 두 개 건너에 앉은 남자아이를, 나는 다시 한 번 관찰한다. 만날 약속에만 정신이 팔려서 깨닫지 못했는데, 그가 입고 있는 교복은 왠지 낯이 익었다. 하지만 어디에서 봤는지까지는 기억이 나지 않았다. 짙은 감색 블레이저에 회색 넥타이. 등하교 중에 보는 몇 가지 교복과는 다른 것 같고, 예전에 지망했던 고등학교의 교복도 아니다.

시간을 들여서 기억 구석구석까지 살핀다. 그렇다. 2년 정도 전에, 어떤 계기가 있어서 나는 도서관 컴퓨터를 빌려 어느 고등학교에 대해서 검색했다. 그의 교복은 그 고등학교의 웹 사이트 메인 페이지를 장식하는 사진의 학생이 입고 있던 것과 같은 옷이었다.

그 '계기'에 대해 떠올렸을 때, 내 머리에 엉뚱한 가설이 떠오른다. 하지만 그것은 곧바로 폐기된다. '그렇게 편의주의적인 이야기가 있을 리 없으니까'. 한순간이라도 바보 같은 기대를 품은 자신을 한심스럽게 생각한다.

시선을 깨달은 남자아이가 "왜 그래?"라는 표정으로 눈을 반짝인다. 나는 당황하며 눈길을 돌린다. 그는 한동안 이상하다는 듯이 내 옆얼굴을 바라보고 있다. 조심스러운 시선이 오히려 긴장을 높인다.

상행 열차를 떠나보낸다. 하행 열차도 떠나보낸다.

우리는 여전히, 역사에 단둘이 있다.

"누군가, 기다리고 있어?"라고 남자아이가 물었다.

"아뇨, 그런 건 아니에요. 그저……."

거기까지 말하다가, 나는 말이 막힌다. 그는 그다음을 기다리고 있다. 하지만 '그저' 다음에 이어지는 말이 '당신 곁이 편안해서 여기를 떠나고 싶은 생각이 안 들어요.' 인 것을 깨달아버린 이상, 나는 입을 다물 수밖에 없다. 정말, 나는 처음 만난 남자아이에게 무슨 소릴 하려는 거람? 조금 자상하게 대해 주었다고 해서 너무 우쭐해진 것 아닐까.

다시 또 한 대의 열차를 떠나보낸 뒤에 나는 말했다.

"저기, 배려는 감사하지만 언제까지고 저를 상대할 필요는 없어요. 다친 것 때문에 못 움직이는 것도 아니에요. 저는 그냥 여기 있고 싶어서 있는 것뿐이에요."

"마음이 잘 맞네. 나도 여기 있고 싶어서 있는 것뿐이야."

"……그런가요."

"오늘, 조금 슬픈 일이 있었어."라고 그는 말했다. "조금 전에 너를 들이받아버린 것도 그 일로 머리가 가득 차 있었기 때문일 거야. 지금은 너에 대한 미안함으로 그럴 상황이 아니지만, 여기를 나가서 혼자가 되자마자 나는 다시 슬픔과 마주해야 해. 그게 싫어서 움직이지 못하고 있어."

그는 기지개를 켜고, 눈을 감았다.

마음이 편해지고 힘이 빠지자, 왠지 모르게 나는 꾸벅꾸벅 졸기 시작했다.

옆에 앉아있는 그 남자아이야말로 자신이 숭배하던 그임을 깨달은 것은 조금 더 나중 일이다.

놀랍게도 나의 '편의주의적 가설'은 진실과 거의 일치하고 있었다. 30분 동안 기다려도 약속 장소에 상대가 나타나지 않자, 이렇게 되면 직접 저쪽 학교에 가겠다며 자전거로 달려가던 중에 미즈호 군은 나를 들이받게 되었다고 한다. 그때 우리가 같은 방향으로 피해서 정면충돌하지 않았더라면 그대로 지나쳐버렸을지도 모른다. 나는 그 우연에 감사한다.

"고백할 게 있어."라고 미즈호 군이 말하자, 나는 어리석게도 그것을 사랑의 고백이라고 착각하고 몹시 당황했다. 미즈호 군도 나와 같은 마음이면 좋겠다고 늘 생각하고 있었던 탓에, 다른 가능성까지 생각하지 못했다. 아아, 어쩌지, 하고 나는 갈등한다. 미즈호 군의 마음은 아주 기쁘지만 나는 그 마음에 대답할 수가 없다. 왜냐하면 그가 사랑하는 것은 눈앞의 '아키즈키 키리코'와는 다른 사람이기 때문이다. 원래대로라면 지금 바로 "당신이 사랑하는 건 제가 아니라 제가 만들어낸 허구의 인물인 '히즈미 키리코' 쪽이에요."라고 알려줘야만 한다.

그러나 목이 메여 말이 나오지 않는다. 이대로 침묵하

고 있으면 미즈호 군이 사랑의 말을 속삭여주는 것일까 하고 상상한 순간, 윤리도 양심도 성의도 사라졌다. 진실을 이야기하는 것은 그의 고백을 들은 뒤에라도 괜찮겠지, 라고 나의 교활한 부분이 말한다. 잠깐의 행복을 으스러뜨릴 정도로 끌어안은 뒤에, 자신이 그에게 사랑받을 자격이 없는 '아키즈키 키리코'임을 밝히고 경멸당하면 된다. 고백하기 전이나 나중이나, 큰 차이는 없다. 이런 인생이다, 한순간 정도 꿈을 꾸게 해줘도 괜찮지 않은가.

"중학교 시절부터, 계속 키리코에게 감추던 게 있었어."

그렇게 옛날부터 생각해주고 있었나, 하고 나는 기뻐진다. 동시에 슬퍼진다. 나는 그렇게 옛날부터 미즈호 군을 배신해왔던 걸까. 있지도 않은 '히즈미 키리코'의 환상을 보여주며 그를 희롱하고 있었던 것인가.

내 양심이 소생한다. "저기, 미즈호 군, 나⋯⋯." 그렇게 용기를 가지고 입을 열지만, 미즈호 군은 그 말을 덮어씌우듯이 말한다.

"이제 와서 용서받을 수 있을 거라고는 생각하지 않지만, 그래도 나는 너에게 사과해야만 해."

사과?

자신이 뭔가 중대한 착각을 하고 있음을, 여기서야 간신히 깨닫는다.

그가 고백하려던 것은 나에 대한 사랑의 마음 같은 게 아니다.

그러면 대체 무엇을 고백하는 걸까?

무엇을 사과하려는 걸까?

"편지 안의 '유가미 미즈호'는 허구의 인물이야."라고 그는 말했다. "그 애는 너하고 편지 교환을 계속하기 위해서 내가 창작한 인물에 지나지 않아. 여기 있는 나, 즉 진짜 유가미 미즈호는, 편지에서의 그 애하고는 전혀 다른 사람이야."

"그건, 대체……." 나는 거의 정신을 놓은 상태로 되묻는다. "무슨 말인가요?"

"순서대로 설명할게."라고 그는 말했다.

그리고 나는 진실을 알았다.

자기 생각만 하던 나는, 미즈호 군의 고백을 듣고 놀란 나머지 자신의 거짓말을 고백할 기회를 놓쳐버렸다. 미즈호 군이 나와 같은 이유로 같은 거짓말을 같은 시기부터 하고 있었던 것이 기뻐서, 또 그의 용모나 분위기나 말투가 내 상상과 완전히 일치하고 있었던 것이 기뻐서, 기쁘고 기쁘고 기뻐서 나는 스스로의 비밀을 밝히고 있을 상황이 아니었다.

어느 정도 평상심을 되찾은 뒤, 나는 내 입에서 생각지도 못한 말이 나오는 것을 들었다.

"그런가요. 미즈호 군은 계속 나를 속이고 있었군요?"

나는 자기 입장을 제쳐두고 무슨 소릴 하는 거람?

"응." 미즈호 군은 수긍했다.

"사실은 친구 같은 건 한 명도 없는 거네요?"

"그래." 그는 다시 한 번 긍정했다.

"그렇군요."

나는 거기서 일단 말을 끊고, 텅 빈 밀크티 캔을 입가에 가져가서 홀짝이는 체를 했다.

"나를 경멸해도 괜찮아."라고 미즈호 군은 말했다. "나는 너에게 그만한 짓을 했어. 5년에 걸쳐 계속 거짓말을 해왔어. 지금 여기에 온 건, 한 번이라도 좋으니까 열일곱 살이 된 키리코와 이야기를 해보고 싶어서야. 이 이상은 바라지 않아. 만족해."

그는 거짓말쟁이이지만 성실한 거짓말쟁이다, 라고 나는 생각한다.

그리고 나는 불성실한 거짓말쟁이다.

"저기, 미즈호 군." 나는 그를 불렀다.

"응?"

"이 질문만은 거짓 없이 대답해주세요. 저하고 만나보고 어떤 기분이 들었나요?"

그는 한숨을 쉬었다.

"미움받고 싶지 않다, 라고 생각했어."

"그렇다면." 나는 곧바로 말을 이었다. "제가 친구가 되어드릴게요."

본래 그것을 간청해야 하는 쪽이었던 나는, 미즈호 군의 성실함을 이용했다.

그는 눈을 조금 크게 떴고, 그 뒤에 살며시 미소 짓더니 쉰 듯한 목소리로 "고마워."라고 말했다.

그 거짓말은 필요 없는 것이었는지도 모른다. 솔직히 나도 친구가 한 명도 없으며 집에서도 학교에서도 학대당하고 있다는 것을 밝히면, 미즈호 군과 나는 어떤 종류의 상호의존에 빠져서 자포자기하고 불건전하게 타락한 관계 속으로 마음 편히 부글부글 가라앉아 갔을지도 모른다.

하지만 나는 단 한 번이라도 좋으니, 평범한 여자아이로서 누군가와 접해보고 싶었다. 멸시당하지도 동정받지도 않고, 가족도 과거도 관계없이 내가 표현하는 나를 보아주기를 원했다. 그리고 무엇보다, 편지를 주고받으며 키운 환상을 현실에서도——그것도 일방적으로——시험해보고 싶었던 것이다.

내가 그 입장을 이용해서 처음에 한 것은, 둘이 함께 보내는 시간을 늘리는 것이었다.

"미즈호 군은 타인과 함께 지내는 시간을 늘려야 해요." 라고 나는 말했다. "제가 보기에, 당신의 가장 큰 문제는

'혼자의 리듬'에 너무 익숙해져버린 거예요. 그러니까 미즈호 군은 우선 '두 사람의 리듬'부터 순서대로 기억해낼 필요가 있다고 생각해요."

적당히 지어낸 말이었지만, 그것은 내가 평소에 생각하던 것이기도 했다.

"하고 싶은 말은 알겠어."라고 미즈호 군은 말했다. "하지만 어떻게?"

"저하고 만나면 돼요. 좀 더 빈번하게."

"하지만 키리코에게 민폐를 끼치게 되는 거 아닐까?"

"미즈호 군에게 폐가 되나요?"

"아니." 그는 고개를 휘휘 저었다. "기쁘지."

"그러면 저도 기뻐요."

"……키리코는 이따금씩 알 수 없는 소리를 하네."

"그건 제가 이해받지 않아도 괜찮다고 생각하기 때문이에요."

"그렇구나."

그는 어깨를 축 늘어뜨렸다.

우리는 일주일에 세 번, 월수금의 방과 후를 둘이서 보내게 되었다. 역 부근은 내가 아는 사람이 나타날 위험이 있다. 그래서 거기서 5분 정도 걸어간 곳에 위치한 서양식 주택가에 있는, 작은 개천 옆 산책로 변에 설치된 정자를 약속 장소로 삼았다.

녹색으로 칠해진 육각형 지붕 아래에 장의자가 하나 있는 작은 정자에서, 우리는 두 사람 사이에 놓인 CD플레이어에서 뻗어 나온 한 쌍의 이어폰을 한 쪽씩 귀에 끼웠다. 교대로 CD를 가져와서 그것을 함께 차분히 들었다. 우리는 편지 속에서 막대한 양의 이야기를 나누고 있었지만, 편지라는 것의 성질상 공유할 수 있는 것은 과거에 일어난 일들뿐이었다. 그래서 이렇게 현재 진행형의 경험을 공유하는 것에는 신선한 재미가 있었다.

이따금 감상을 이야기하거나 들을 부분을 설명하거나 했지만, 기본적으로 우리는 말없이 음악을 들었다. 두 사람을 연결한 이어폰은 줄이 짧아서 우리는 자연스럽게 몸을 가까이 붙이게 되었고, 어쩌다 어깨가 맞닿는 일도 있었다.

"키리코, 불편하지 않아?" 미즈호 군은 부끄러운 듯 물었다.

"그러네요. 하지만 미즈호 군이 사람에 익숙해지기 위해서는 이 정도가 딱 좋지 않을까요?"

나는 지당해 보이는 이론을 내세워서 그 거리를 정당화했다. 미즈호 군은 "확실히 그러네."라고만 말하더니 내 어깨에 기대왔다. "무거워요."라며 나는 불평을 했지만, 그는 음악에 집중하는 체를 하며 무시했다.

이게 대체 뭐람. 나는 기가 막혔다. 미즈호 군에게가 아니라, 자기 자신에게. 나는 거짓말로 얻은 입장을 이용해, 한 남자아이를 내 마음대로 하고 있다. 그것은 절대 용서받지 못할 저열한 행위다. 벼락에 맞더라도, 낙석에 깔리더라도, 자동차에 치이더라도 불평은 할 수 없다.

언젠가는 사실을 말해야만 한다고 생각한다. 하지만 나의 성실함은 미즈호 군의 그윽한 미소를 볼 때마다, 그의 몸이 나에게 닿을 때마다, '키리코'라고 내 이름을 불러줄 때마다 크게 흔들려버린다.

조금만 더. 앞으로 조금만 더, 이 꿈에 젖어있게 해주었으면. 그렇게 질질 끌며 마냥 거짓말을 계속한다.

하지만 미즈호 군과의 재회로부터 한 달이 지났을 무렵, 갑자기 그 관계에 끝이 온다. 가면이 벗겨지고, 그는 내 맨얼굴을 보게 된다.

도난 사건이 일어난 다음 날부터, 나는 동급생들로부터 도둑 취급을 받게 되었다. 이전부터 아무런 근거도 없이 매춘을 한다는 소문이 퍼지고 있었으므로 이제 와서 도둑이라고 불려봤자 아무렇지도 않다. 하지만 원래부터 손버릇 나쁜 사람이 많은 이 고등학교에서는 지갑이나 작은 물건의 도난은 일상적으로 일어나고 있기 때문에, 그 책임들이 전부 나에게 떠넘겨지게 된다. 한 번도 들어간 적 없는 3학년 교실에서 일어난 학생증 도난도 내 소행으로 여겨진다. 그런 것을 훔쳐서 나에게 무슨 득이 있다는 것일까?

방과 후, 교문을 나서서 한동안 나아간 곳에 매복하고 있던 녀석들은 나를 붙잡더니 내 가방의 내용물 전부를 길바닥에 흩뿌렸다. 교복 주머니나 지갑에 든 것까지 샅샅이 조사했다. 이 눈치로 보니 이미 내 로커나 책상 속도 뒤엎어져 있을 거라고 나는 생각했다.

물론 목적하던 학생증은 찾지 못한 채로 20분 정도 만에 수색은 끝난다. 하지만 그것으로 끝난 것은 아니다. 녀석들은 화풀이로 나를 용수로로 밀어 떨어뜨렸다. 물은 채워져 있지 않았지만 썩은 내 나는 미끈미끈한 진흙과 낙엽이 20센티 가까이 쌓여있다. 나는 착지와 동시에 다리가 미끄러져서 진흙에 빠진다. 거기에 가방의 내용물이 차례차례 떨어졌다. 웃음소리는 점차 멀어져간다.

넓적다리에 날카로운 아픔을 느낀다. 넘어질 때에 유리나 뭔가가 스쳤는지, 상처가 쩍 벌어지고 그곳에서 피가 흘러나오고 있다. 이렇게 더러운 곳에 있으면 균에 감염될치도 모른다. 한시라도 빨리 여기에서 나가야 한다고 생각했다. 그런데도 내 다리는 움직이지 않는다. 원인은 상처의 아픔이나 그로테스크한 상처를 봐서 쇼크를 받았기 때문도 아니다. 위장이 강하게 죄이는 듯한 감각이 느껴지고, 호흡의 리듬이 흐트러져 있다. 아무래도 나는 남들처럼 상처 입은 듯하다.

중학생 때에 한겨울의 수영장에 떠밀렸던 경험에 비하면 대단할 것 없다, 라고 스스로에게 들려준다. 차가운 진흙 속에 드러누운 채로 생각한다. 용수로는 내 키보다 훨씬 깊다. 뛰어올라서 가장자리에 손이 닿는다고 해도 기어 올라가기는 어려울 듯하다. 틀림없이 어딘가에 사다리가 있을 것이다. 하지만 그것을 찾기 전에 여기저기에 흩어진 가방의 내용물을 주워 모아야 한다. 노트 같은 것들은 못 쓰게 되었을 테니, 최소한의 물건만을 챙겨 가자. 오늘은 약속 장소에 가는 것을 포기하자. 몸 상태가 나빠졌다고 말하면 된다. 여기에서 나가면 곧바로 집에 돌아가서, 교복을 손세탁한 뒤에 세탁기에 집어넣고……. 다음 일은 그때부터 생각하자.

　미즈호 군과 같이 들어야 할 CD가 옆에 떨어져 있어서 주워들어보니 내용물이 깨져있다. 나는 주위를 둘러본다. 안 그래도 새까만데, 용수로 양쪽에는 펜스마저 있어서 내 모습은 누구의 눈에도 비치지 않는다. 그래서 나는 오래간만에 울어본다. 두 무릎을 안고 쭈그려 앉아 오열을 흘린다. 한번 울기 시작하니 눈물이 한없이 흘러나와서 나는 멈춰야 할 때를 놓쳐버렸다.

　나를 용수로에 떠민 녀석들은 가방의 내용물을 전부 진흙탕 위에 던져버린 것은 아니었다. 몇 장인가의 프린트나 노트는 길가에 남겨지고 바람에 휘날려 흩어졌다. 그리고 그 중 한 장을 멀찍이 돌아서 귀가하려던 미즈호 군이 주워들게 되었다. 귀가 좋은 그는, 바람 소리에 섞인 내 울음소리를 놓치지 않았다.

누군가가 펜스를 기어올라서 이쪽으로 내려오는 소리가 났다. 나는 황급히 울음을 멈추고 가만히 숨을 죽였다. 그것이 누가 되었든, 진흙투성이가 되어 울고 있는 모습을 보이고 싶지 않았다.

"키리코?"라는 낯익은 목소리에 내 심장은 얼어붙을 것만 같았다. 곧바로 고개를 숙여서 정체를 감춘다. 어째서? 라고 나는 당황한다. 어째서 미즈호 군이 여기에 있는 거지? 어째서 용수로 안에 쪼그리고 있는 사람이 나라는 것을 알았지?

"키리코지?"

그가 다시 말한다. 나는 침묵을 지킨다. 하지만 다시 한 번 이름을 불렀을 때, 나는 정체를 밝히기로 결심한다.

어차피 언젠가는 밝혀야 했던 일이다. 그걸 마냥 미루고 있었기 때문에 이런 최악의 형태로 거짓말이 밝혀지게 된 것이겠지.

천벌이 내린 것이다.

나는 고개를 들고 물었다.

"어째서 내가 여기 있다는 걸 알았나요?"

그는 그 질문에는 대답하지 않는다.

"아아, 역시 키리코구나."

그렇게만 말하더니, 미즈호 군은 뭔가를 공중에 던지고는 휙 하고 뛰어 내려서 진흙탕 안에 엉덩방아를 찧었다. 그 바람에 내 얼굴에 진흙 몇 방울이 튀었다. 이어서 한 타이밍 늦게, 여러 가지 물건이 떨어져 내린다. 던진 것은 뚜껑을 연 학교 가방이었는지, 그의 교과서나 노트나 필통 같은 물건이 차례차례 진흙탕에 떨어진다.

미즈호 군은 조금 전에 내가 했듯이, 드러누워서 가만히 있다. 옷도, 머리도 진흙투성이가 되는 것도 개의치 않고.

한동안 서로 말없이 있었다.

"저기, 키리코."

"네."

"봐, 저거."

미즈호 군은 바로 위를 가리킨다.

그러고 보니 오늘은 동지였지, 하고 떠올린다.

우리는 나란히 누워서 진흙탕 안에서 보름달을 올려다보았다.

넓적다리에 난 상처에 대해서는 미즈호 군에게 이야기하지 않았다. 이 이상 걱정을 끼치고 싶지 않았다.

찌걱찌걱하는 발소리를 내며 어두운 용수로를 걸으면서, 나는 띄엄띄엄 거짓말을 고백했다. 중학교 시절부터 계속 편지에 거짓말을 썼던 것. 의붓아버지, 언니와 같이 살게 된 뒤로 가정이 이상하게 되어버린 것. 같은 시기부터 학교에서도 집단 괴롭힘을 당하게 되어서 어디에도 있을 곳이 없어졌던 것. 그리고 이제까지 당해온 수많은 일들.

　그는 일부러 맞장구를 쳐오거나 구색 맞추기 정도의 감상을 늘어놓지 않고, 그저 묵묵히 내 이야기를 들어주었다. 이전에 딱 한 번, 일주일에 한 번 고등학교에 오는 스쿨 카운슬러에게 고민을 털어놓아 보았지만, 스물네 살의 대학원생인 그 카운슬러는 이쪽이 뭔가 말할 때마다 짜증날 정도로 호들갑스럽게 형식적인 맞장구를 쳤다. 나에게는 아무래도 그것들이 '이야기를 들어주고 있다' 라는 과도한 반응으로 느껴지고, 마치 내가 그에게 성실한 반응을 강요하고 있는 것 같아서 마음이 불편했던 일을 잘 기억하고 있다. 그래서 미즈호 군이 묵묵히 이야기에 귀를 기울여 주는 것이 기뻤다.

　나는 미즈호 군이 내 진실한 모습을 알아주기를 바랐을 뿐, 연민을 원하고 있던 것은 아니었다. 그래서 가정 폭력이나 집단 괴롭힘에 대한 화제를 언급할 때도 최대한 담담하게 설명하려고 노력했다.

　그러나 그래도 내가 그를 곤란하게 만들어버린 것에 변함은 없었다. 이런 심각한 고백을 들으면 누구나 어떤 종류의 의무감을 느끼지 않을 수 없다. '이 아이에게 뭔가 위로가 되는 말을 해줘야만 한다.'.

하지만 그런 마법 같은 말은 존재하지 않는다. 내가 품고 있는 문제는 너무나도 복잡하게 엉켜있어서 구체적인 해결책을 제시할 수 없고, 그렇다고 해서 "힘들었지?", "그런 일들을 견디고 있는 넌 대단해."라는 식의 승인으로 위안을 얻을 수 있는 단계는 옛날에 지나버렸다. 나와 같은 상황에 처한 적이 있으며 그것을 극복해온 사람이 하는 말이 아닌 한, 모든 위로의 말은 공허한 울림이 되어버릴 뿐이다.

애초에 누군가가 누군가를 위로하다니, 정말로 가능한 일일까. 따져 말하면, 자신 이외의 인간은 모두 외부인에 지나지 않는다. 사람은 자신을 위해 기도하는 과정 안에 타인을 위한 기도를 끼워 넣을 수는 있을 것이다. 그러나 순수하게 타인을 위해 기도하는 것은 불가능하지 않을까. 결국 그것은 넓은 의미에서 이해가 일치하고 있는가 여부에 의존하는 것이 아닐까.

그도 아마 같은 생각을 하고 있었던 것이리라. 이제까지 받아온 고통에 대해 이야기하는 내 손을, 아무 말도 하지 않고 쥐어주었다. 또렷하게 이성으로서 의식하고 있는 사람과 손을 맞잡은 것은 태어나서 처음이었다.

부끄러움을 감추기 위한 말을 할 생각이었지만, 저도 모르게 미즈호 군을 내치는 말을 하고 말았다.

"이런 거, 미즈호 군에게 이야기한들 아무 소용도 없겠죠."

내 손을 쥐는 힘이 한순간 약해졌다. 눈치가 빠른 미즈호 군은 그 발언에 감춰진 의도를 깨닫고 있었다.

그렇다, 나는 넌지시 이렇게 묻고 있는 것이다.

'당신은 나를 구해줄 수 있나요?'

30걸음 정도 침묵이 이어졌다.

그는 내 이름을 부른다.

"저기 말이야, 키리코."

"뭔가요?"

직후, 미즈호 군은 내 어깨를 붙잡고 등 뒤의 벽에 밀어붙였다. 일련의 동작이 부드럽게 이루어져서 머리나 등을 벽에 부딪치지는 않았지만, 그 행동은 너무나도 미즈호 군답지 않아서 나는 재치있는 농담도 할 수 없을 정도로 당황하고 말았다.

그는 내 귓가에 입을 가져와서, 가만히 속삭였다.

"정말로 모든 것이 싫어지면, 그때는 이야기해 줘. 내가 너를 죽여줄게."

그건 미즈호 군 나름으로 생각에 생각을 거듭한 끝에 나온 대답이었을 것이라 생각한다.

"……미즈호 군은 참 차가운 사람이네요."

내가 마음에도 없는 소리를 한 것은 '고마워요'라고 말했다간 그대로 울음을 터뜨려버릴 것 같았기 때문이다.

"그래. 아마도 나는 차가운 사람일거야."

미즈호 군은 쓸쓸한 듯 웃었다.

나는 그의 등에 손을 둘러서 천천히 끌어당겼다.

그는 그것에 마찬가지 방법으로 응해주었다.

나는 알고 있었다. 언뜻 보기에 정신 나간 듯한 그 발언은, 그가 이보다 더할 수 없을 정도로 진지하게 나를 구제할 수단을 생각해주었다는 증거임을. 결국 어쩔 도리가 없을 정도로 어쩔 수 없는 일을 어떻게든 하려 한다면 그것 말고는 방법이 없는 것이다.

무엇보다 중요한 것은, 내가 그냥 죽는 것이 아니라 미즈호 군이 죽여준다는 점이다. 신뢰하는 남자아이가, 여차하면 내 모든 고통에 종지부를 찍겠다고 약속해준다. 그 이상으로 위로가 되는 약속을 나는 들은 적이 없다. 지금까지도, 그리고 아마도 앞으로도.

미즈호 군의 집에서 샤워를 하고 갈아입을 옷을 빌린다. 부모님이 돌아오는 것은 늘 밤 12시 이후라는 듯하다. 교복을 세탁하는 사이, 우리는 한때의 혼란에 몸을 맡기고 아주 조금만 그 나이 대의 남녀 같은 짓을 해본다. 그것은 옆에서 본다면 하잘것없는 스킨십에 지나지 않겠지만, 나 같은 인생을 보내온 이에게는 며칠 동안은 멍하게 지내게 될 정도의 대사건이었다.

우리가 맺으려고 하는 것은 한없이 불건전하며 출구가 없는 관계다. 하지만 가만히 생각해보면 출구 따윈 어디에도 없으니까, 나는 안심하고 바닥 없는 늪에 뛰어들 수 있다.

그렇게 우리의 마음의 거리는 좁혀졌지만, 표면적으로는 지금까지와 같은 관계가 이어진다. 변한 점이라면 방과 후의 약속 빈도가 2배로 늘어난 것과, 나란히 음악을 듣는 동안에 미즈호 군이 늘 목에 감고 있던 연지색 머플러가 내 목에도 감기게 되었다는 것 정도다.

주위 풍경으로부터 색조가 사라지고, 비 대신 눈이 내리게 되고, 엷은 잿빛의 겨울이 왔다. 우리는 그날도 코트를 입고서 몸을 붙이고 정자 안에서 음악을 듣고 있었다. 전날도 전전날도 수면 부족이었던 나는, 견디지 못하고 몇 번 하품을 했다.

미즈호 군은 쓴웃음을 지었다. "지루했어?"

"아니, 그런 건 아니에요." 나는 눈을 비비면서 말했다.

"늘 가던 도서관이 최근에 개수공사에 들어갔거든요."

그것만으로는 의미가 전해질 리 없으므로, 수면이 부족한 날에는 도서관의 자습실에서 자고 있다는 이야기를 덧붙였다.

"역시 집에서는 못 자는 거야?"

"네. 특히 최근에는 의붓 언니의 지인이 자주 드나들어서요. 의붓아버지는 아무리 시끄러워도 잠을 잘 자니까 그런 것에 주의를 주지 않아요. 어젯밤에는 새벽 2시 반쯤에 갑자기 깨우더니 피어스 구멍을 뚫는 시험대가 되었어요."

나는 머리카락을 귀에 걸치며 귀에 뚫린 두 개의 작은 구멍을 보았다. 미즈호 군은 얼굴을 가까이 가져와서는 그것을 빤히 바라보았다.

"가만히 내버려두면 오래지 않아 막힐 거라고 생각하지만, 소독약도 연고도 바르지 않아서 조금 걱정이에요."

"아팠지?"

"아뇨, 그렇게까진. 찔리는 건 한순간이니까요."

미즈호 군의 손가락이 갓 생긴 상처 주변을 쓰다듬는다. "간지러워요."라고 내가 말하자 그는 재미있어하며 마치 어둠 속에서 형태를 확인하듯이 내 귀를 다섯 손가락으로 정성스레 건드린다. 그가 귀 뒤편이나 귓불을 쓰다듬으면 머릿속이 오싹오싹해서 어쩐지 나쁜 짓을 하고 있는 듯한 기분이 든다.

"요즘 들어서는 설령 의붓 언니나 아버지가 얌전히 있어도 집에서 자는 것에 저항을 느끼게 되어버렸어요. 도서관에서 제일 편하게 잘 수 있어요. 누울 수도 없고 의자는 딱딱하지만, CD나 책이 있고, 아주 조용하고, 무엇보다 만나고 싶지 않은 사람들과 만나지 않을 수 있으니까요."

"그 도서관이 개수공사 중이란 얘기구나."

"적어도 앞으로 20일간은 이용할 수 없는 것 같아요. 그밖에도 그런 장소가 있으면 좋을 텐데."

매만지던 내 귀에서 손을 떼고, 미즈호 군은 생각에 잠겼다. 턱에 손을 대고 눈을 감는다.

그리고 뭔가를 떠올린다.

"나, 키리코가 말하는 조건이 거의 갖춰져 있는 장소를 한 군데 알아."

"……어? 그렇다면 꼭 알고 싶네요."

내가 몸을 앞으로 내밀자, 미즈호 군은 부자연스럽게 눈을 돌렸다.

"그곳은 도서관에 비하면 책의 숫자는 훨씬 부족하지만 나쁘지 않은 책들이 갖춰져 있어. 물론 음악도 들을 수 있어. 나무에 둘러싸인 장소라서 아주 조용하고, 폐관 시간 같은 것도 없고. 요금도 들지 않는데다 누울 장소까지 있지."

거기까지 말하더니 그는 내 눈을 바라보았다.

"다만, 한 가지 치명적인 감점 요소가 있어."

나는 웃음이 나오려는 것을 열심히 참으면서 말했다. "거기는 미즈호 군이 늘 자고 일어나는 장소죠?"

"맞아." 그는 끄덕였다. "그러니까 그리 좋은 제안이라고는 할 수 없어."

"솔직히 말하자면, 그건 저에게는 아주 큰 가점 요소예요. 미즈호 군 쪽에 문제가 없다면 지금 바로 찾아가고 싶을 정도예요."

"……그러면 오늘의 음악은 이 정도로 할까."

미즈호 군은 CD플레이어를 끄고서 내 귀에서 살며시 이어폰을 뺐다.

나는 미즈호 군의 방 말고는 이성의 방에 들어간 적이 없다. 그러므로 이상할 정도로 물건들이 적고 생활감이 결여되어 있는 그 방이 주인의 성격이 표출된 것인지, 아니면 남자의 방이란 일반적으로 이런 것인지 판별이 가지 않았다. 다만 빈틈없이 책이 들어차 있는, 천장까지 닿을 정도로 거대한 책장이 평균적인 열일곱 살 남자 고등학생의 방에 있을 만한 물건은 아니라는 것만은 안다. 가까이 다가가니 흐릿하게 오래된 종이 냄새가 난다.

미즈호 군이 빌려준 잠옷으로 갈아입고서 소매를 세 번 접은 뒤에, "기다리셨습니다."라며 문밖으로 말을 던졌다.

그의 중학시절 체육복을 입은 나를, 미즈호 군은 유별난 것을 보는 눈초리로 바라보았다. 시선이 간지러워서, 나는 책장을 가리키며 시선을 그쪽으로 유도했다.

"놀랐어요. 책이 엄청 많네요."

"하지만 전부 읽은 것은 아니야." 그는 자조하듯이 말했다. "애초에 책을 좋아하는 것도 아니야. 굳이 말하자면 수집벽에 가까워. 헌책방을 돌면서, 전문지에서 자주 이름이 보이곤 하는 '일단은 신뢰할 수 있는 작품'을 사는 것을 좋아해."

"공부에 열심이네요."

그는 고개를 저었다. "식기 쉬운 성격이라, 뭘 시작하더라도 금방 질려버려. 그러니까 차라리 스스로가 가장 지루하다고 생각하는 것을 취미로 삼기로 했어. 왜 그랬을 것 같아?"

"실망할 리스크가 가장 낮기 때문이죠?"

"맞아. 그리고 끈기 있게 계속 접하는 동안, 독서를 좋아하게 되는 정도까지는 아니어도 독서를 좋아하는 사람들의 마음을 이해할 수 있게는 되었어. 커다란 진보지." 그는 침대 시트의 주름을 펴고서 담요를 깔고, 베개의 위치를 조정했다. "하지만 지금 이 이야기는 접어두자. 준비가 다 끝났어. 마음껏 자도록 해."

싸늘한 시트 위에 앉고, 담요 아래로 몸을 집어넣고서 베개

위에 머리를 얹는다. 자신도 그 움직임이 어색한 것을 알 수 있다. 하지만 이 상황에서 긴장하지 말라는 것은 무리한 요구다. 좋아하는 남자아이의 침대에 눕고서 긴장하지 않는 여자아이가 있다면, 그 아이는 이미 인간으로서 소중한 뭔가를 잃어버렸다고밖에 생각되지 않는다. 나는 미즈호 군의 냄새에 감싸인다. 잘 표현할 수는 없지만, 요컨대 그것은 타인의 냄새다. 자신에게는 절대 나지 않는 냄새. 유일하게 나를 끌어안아 주었던 그때는 용수로 안이었기에 알 수 없었지만, 아마도 미즈호 군의 가슴에 얼굴을 묻는다면 이런 냄새가 나겠지. 그리고 그의 냄새는 내 안에서 편안함과 즐거움과 사랑스러움과 떼어놓기 힘들 정도로 연결되어 있다. 나는 그 담요를 몰래 집에 가지고 가고 싶다는 생각까지 했다.

"적당한 시간에 깨우러 올게. 그러면, 잘 자."

미즈호 군은 커튼을 치고 불을 끄고서 방을 나가려고 했지만, 나는 그를 붙잡았다.

"저기, 제가 잠들 때까지 옆에 있어줄 수 있나요?"

그는 약간 기가 죽은 눈치로 말했다. "나로서는 전혀 상관없지만, 뭐라고 해야 할까……. 키리코는 내가 이상한 생각을 하면 어쩔 생각이야?"

얼굴이 아주 살짝 뜨거워졌지만, 불이 꺼져 있는 덕분에 그것을 들키지 않을 수 있었다.

그렇구나, 미즈호 군은 나를 이성으로 의식해주고 있는

건가.

줄곧 알고 싶었던 것. 그가 나에게 보내오는 호의는 친구로서의 순수한 것인가, 그곳에 이성으로서의 호의도 다소는 포함되어 있는가 하는 의문이 이제 와서야 해소된다. 가슴속에 사르르 따스한 것이 퍼진다.

"그때는 형식적인 저항을 하겠어요."라고 나는 말했다.

"형식적이면 안 되잖아."라며 그는 부끄러운 듯이 웃었다. "나에게 뭔가 이상한 일을 당할 것 같으면 미간에 한 방, 아주 힘껏 한 방 먹이면 돼. 나 같은 겁쟁이는 그것으로 바로 제정신으로 돌아올 테니까."

"알았어요. 기억해둘게요."

절대 미간만은 때리지 말자고 나는 가슴에 새겼다.

미즈호 군은 독서등을 켜고 책을 읽기 시작했다. 나는 게슴츠레하게 뜬 눈으로 가만히 그것을 바라보고 있었다.

아마도 나는 이 광경을 앞으로 평생 못 잊겠지.

그렇게 생각하며 잠이 들었다.

그 뒤로 나는 빈번하게 그의 방에서 침대를 빌리게 되었다. 내가 잠옷으로 갈아입고 이불 속에 들어가면, 미즈호 군은 들릴락 말락 할 정도로 음악을 틀어놓고 내 의식이 멀어져감에 따라 서서히 음량을 내려주었다. 곤히 자고서 깨어나면, 따뜻한 홍차를 끓여주었다. 그리고 자전거 짐칸에 태우고 집까지 바래다주었다.

몽롱한 졸음 속에서 미즈호 군이 비뚤어진 담요를 살짝 고쳐주는 것을 본 이후, 나는 최소한의 뒤척임으로 자연스럽게 이불을 비뚤어지게 하는 기술을 습득했다. 어려운 것은 그가 살며시 이불을 집어 올려서 덮어준 직후, 나도 모르게 지어지는 미소를 참는 것이었다. 웃음으로서 표출되는 것을 억제함으로써 나의 내부에서 생겨난 온기는 언제까지나 그곳에 남고, 그를 사모하는 마음은 한층 커지게 되었다.

한번은 가까이에서 그가 내 얼굴을 들여다본 적이 있었다. 그때 나는 눈을 감고 있었지만, 흐릿하게 들리는 숨결로 그가 침대 옆에 가만히 쪼그려 앉아 있음을 알았다.

결국 미즈호 군은 아무 짓도 하지 않았다. 만일 뭔가를 시도했다고 해도, 나는 그것을 순순히 받아들였을 것이다. 아니, 오히려 내가 기다리는 심정이라 할 수 있었다. 솔직히 말해서 그가 '이상한 생각'을 행동에 옮겨준다면 몹시 기쁠 것이다. 왜냐하면 나는 열일곱 살이고, 또한 미즈호 군도 열일곱 살이다. 열일곱 살이란 스스로는 완전히 컨트롤 할 수 없는 많은 것들로 터질 것만 같은 시기다.

하지만 역시 책을 읽고 있는 미즈호 군 옆에서 모든 것을 모호하게 놔둔 채로 곤히 자는 것 이상의 일을, 지금은 아직 바라지 않는다. 정말 어찌할 수 없을 정도로 서로가 참을 수 없게 될 때까지, 나는 불완전하기에 완전한 이 시간에 젖어 있고 싶다고 생각한다. 침대에 앉아서 미즈호 군의 무릎 위에 내 머리를 얹는다. 자장가를 불러주세요, 라고 나는 억지를 부린다. 그는 작은 목소리로 '*Blackbird'를 흥얼거려주었다.

그렇게 느긋하게 지내는 동안에, 종말은 점점 다가오고 있었다. 어렴풋하게 느끼고는 있었지만, 내가 생각하는 것보다 훨씬 무시무시한 속도로, 그것은 몰래 다가오고 있었던 것이다.

만약 자신들에게 남겨진 시간이 앞으로 한 달도 남지 않았음을 알았더라면, 우리는 좀 더 빨리 서로의 마음을 하나도 남김없이 전하고 연인 사이에 할 법한 이런저런 일들을 닥치는 대로 시도했을 것이 틀림없다.

하지만 그것은 이루어지지 않았다.

12월 말의 어두컴컴한 토요일에, 나는 미즈호 군을 데리고 멀리 있는 마을로 외출했다. 전철을 한시간 정도 타고 가서, 쓰레기장으로 착각할 정도로 작고 초라한 역에 내렸다. 대합실에는 주인을 잃은 거미집이 둘러쳐져 있고, 홈에는

---

*1968년에 발매된 비틀즈의 앨범 〈The Beatles(White Album)〉의 수록곡.

털실 장갑 한 짝이 떨어져 있었다.

30분 정도 걸어서 도착한 곳은, 언덕 위의 공영묘지였다. 탁 트인 들판에 드문드문 묘비가 늘어서 있었다. 그중 하나가 우리 아버지의 묘였다.

나는 꽃도, 향도 지참하지 않았다. 가볍게 손을 마주하고, 묘비 앞에 앉아서 미즈호 군에게 아버지에 대한 이야기를 했다. 추억다운 추억도 그다지 없지만, 나는 아버지를 좋아했다. 어릴 적에 내가 어머니에게 혼나거나 친구 사이가 잘 풀리지 않거나 해서 낙심하고 있으면, 아버지는 "드라이브하러 가자."라고 말씀해주셨다. 아무것도 없는 시골길을 달리면서 카스테레오로 구닥다리 음악을 틀고, 그 음악의 중요 포인트를 어린아이인 나도 이해할 수 있을 정도로 알기 쉽게 설명해주셨다. 피트 타운센드의 말을 알려준 것도 아버지다.

어쩌면 내가 탐욕스럽게 음악을 듣는 것은, 거기서 그의 존재를 느끼기 때문인지도 모른다. 아직 가정이 평화로워서 내가 아무런 걱정을 할 필요도 없었을 무렵의 상징인 아버지의 존재를.

아버지에 대한 이야기를 마쳤을 때, 나는 갑자기 본론을 꺼냈다.

"의붓아버지가, 빚을 진 모양이에요. 그 도박광은 언젠가 그렇게 될 거라고 생각했었지만, 그 액수가 제 예상을 까마

득히 뛰어넘어요. 정상적인 방법으로는 더 이상, 어떻게 하더라도 변제할 수 없어요. 돈을 빌린 것도 정상적인 곳에서 빌린 게 아닌 모양이고, 원인이 도박이라서 자기파산도 어렵대요."

집에서는 부모님의 싸움이 끊이지 않는다. 역시나 이번만큼은 뒤가 켕기는지, 의붓아버지는 폭력을 사용하지는 않았다. 하지만 그것도 시간문제일 뿐이다. 다음에 의붓아버지가 폭발했을 때는, 어떠한 형태일지는 알 수 없어도 뭔가 돌이킬 수 없는 일이 벌어질 것이다. 그런 기분이 든다.

나는 의붓아버지의 행위를 '미루기' 할 수 없다. 그가 진 막대한 액수의 빚은 확실하게 나의 인생을 망쳐버리고 말 것이다. 하지만 이런 식으로 서서히 효과를 발휘하는 종류의 불행에 나의 마법은 힘을 발휘할 수 없다. '미루기'를 할 수 있을 정도의 영혼의 비명을 지르려면, 구체적이고 직접적이며 알기 쉬운 고통이 필요하다.

게다가, 만일 내가 빚을 '없었던 일'로 할 수 있다고 해도 의붓아버지가 같은 잘못을 되풀이하지 않으리란 보장이 없다. 결국 나의 마법 따위는 아무런 도움도 되지 않는 것이다.

일어나서 옷에 묻은 먼지를 털어낸다.

"그래서 말인데요, 미즈호 군. 저는 이제 지쳐버렸어요."

"그렇구나."

"당신은 어떤 방법으로 저를 죽여줄 건가요?"

그는 대답하지 않고, 나를 노려본다. 뭔가 불쾌한 것 같다. 그런 표정을 나에게 향하는 것은 처음이라 나는 주춤한다. 그 직후, 미즈호 군은 상당히 억지스러운 방법으로 나에게 키스를 했다. 첫 키스를 묘지에서 나눈다는 것이 정말로 우리다워서, 그런 어찌할 수 없음을 나는 그저 사랑스럽게 생각한다.

나흘 뒤, 마침내 그때가 왔다.

집에 돌아왔을 때 맨 처음 눈에 날아든 것은, 어머니의 시체였다.

아니, 그때는 아직 시체가 아니었는지도 모른다. 곧바로 적절한 조치를 취했더라면 목숨을 건질 수 있는 상태였는지도 모른다. 하지만 어쨌든 몇 시간 뒤 맥박을 확인했을 때는 이미 시체였다.

바닥에 뒹굴고 있는 어머니가 평소와 다른 옷을 입고 있었더라면, 나는 그것이 자신의 친어머니라는 것을 몰랐을지도 모른다. 그 정도로 철저하게 얼굴의 살들이 짓이겨져 있었다.

머리가, 새하얗게 되었다.

의붓아버지는 의자에 앉아 글라스에 술을 따르고 있었다. 어머니에게 달려가려고 하자, 그는 날카로운 목소리로 "내버려 둬!"라고 제지했다. 상관하지 않고 어머니 곁에 쪼그려 앉아서 퉁퉁 붓고 피에 젖은 얼굴을 들여다보고 숨을 삼킨 다음 순간, 관자놀이 언저리에 강렬한 충격과 통증을 느꼈다.

의붓아버지는 바닥에 쓰러진 내 배를 걷어찼고, 무릎을 끌어안고 신음하는 내 머리채를 움켜쥐고 억지로 잡아 일으키더니 이번에는 코언저리를 때렸다. 시야가 새빨갛게 물들고, 따뜻한 코피가 흐르기 시작했다. 평소에는 가정 폭력이 겉으로 드러나는 것을 두려워해서 얼굴만큼은 노리지 않았던 그가, 오늘은 완전히 고삐가 풀린 듯했다.

"너도 나를 쫓아내고 싶지?"라고 의붓아버지가 말했다. "어디 한 번 쫓아내 봐. 나는 무슨 수를 써서라도 너희를 평생 따라다닐 테니까! 너희는 나에게서 도망칠 수 없어. 가족이니까!"

다시 명치 부근을 걷어차여서 호흡 곤란에 빠진다. 나는 긴 폭풍을 각오했다. 미즈호 군과 만날 때를 위해서 하다못해 얼굴만큼은 사수하려고 두 팔로 방어한다. 그리고 육체와 의식을 완전히 분리시켜서, 텅 비어있던 머리를 음악으로 채운다. *제니스 조플린의 〈Pearl〉을 머리에서 순서대로

---

*Janis Joplin, 미국의 여자 록 보컬리스트. 마지막 앨범이 된 〈Pearl〉의 작업 기간 중 헤로인 과다복용으로 1970년에 27세로 요절했다. 8번째 트랙인 'Mercedes Benz'까지 처음부터 순서대로 재생하면 약 27분이 걸린다.

흘려보낸다. 'A Woman Left Lonely'가 끝날 무렵에는 아버지의 폭력이 일단 멈췄지만, 그것은 단순히 너무 오랫동안 어머니를 때렸던 탓에 그의 주먹이 못쓰게 되었기 때문일 뿐이었고, 그때부터는 허리의 벨트를 사용하는 방법으로 옮겨갔다. 의붓아버지는 묵직한 가죽 벨트를 채찍처럼 휘둘러서 나를 수도 없이 때렸다. 일격마다 살아있는 것이 짜증날 정도의 아픔이 덮친다. 제니스가 말보로를 사러 갔다가 받은 거스름돈 4달러 50센트를 쥔 채로 헤로인 과잉 섭취로 죽어버렸기 때문에 가녹음인 아카펠라 상태로 수록된 트랙 'Mercedes Benz'가 끝나도 그의 집요한 폭력은 끝날 기미를 보이지 않았다. 나는 생각하는 것을 그만두었다. 보는 것을 그만두었다. 듣는 것을 그만두었다. 느끼는 것을 그만두었다.

몇 번째인가의 실신에서 눈을 떴다. 정신이 들고 보니 폭풍은 그쳐있었다. 캔 맥주를 따는 소리가 났다. 땅콩을 씹는 소리가 방에 울렸다. 우둑우둑우둑우둑. 우둑우둑우둑우둑. 나에게는 일어설 만한 기력이 남아있지 않았다. 어떻게든 고개를 움직여서 벽의 시계를 올려다보았다. 집에 돌아온 지 4시간 이상이 지나있었다. 일어서려고 했지만, 두 손목이 수갑 같은 것에 구속되어 있어서 제대로 움직일 수 없었다. 전선 같은 것을 정리할 때에 사용하는 케이블타이일 것이다. 내가 저항할 수 없도록 팔을 뒤로 돌려서 묶어놓고 있었다.

온몸에 지렁이처럼 시뻘겋게 부어오른 자국이 나 있었다. 피투성이의 블라우스는 단추가 떨어져서 반쯤 벗겨져있고, 피부가 노출된 목부터 등이 타는 듯이 아팠다. 아니, 실제로 태워졌을 것이다. 이것은 그런 종류의 아픔이다. 옆에 콘센트가 꽂혀 있는 다리미 스탠드가 있으니, 아마도 그럴 것이다. 입 안에 뭔가 딱딱한 것이 굴러다니고 있었다. 꺼내서 확인할 것도 없이, 그것은 어금니였다. 아주 쓴 맛이 느껴진다고 생각했는데, 이가 부러진 곳에서 피가 나는 것이 원인이었다. 피로 가글을 할 수 있을 것 같았다.

아버지가 화장실에 간 틈을 노려, 나는 꿈쩍도 하지 않는 어머니에게 기어가서 손목을 잡았다.

맥박이 없었다.

무엇보다 먼저, '여기에 가만히 있다간 나도 죽게 된다.'고 생각했다. 어머니의 죽음을 추도하는 것은 안전한 장소까지 도망친 뒤다. 어쨌든 저 남자로부터 벗어나야만 한다. 나는 굼실굼실 기어서 거실을 나와 복도를 나아간다. 현관까지 오자, 마지막 힘을 짜내서 일어서고 뒤로 묶인 손으로 문을 열고 밖으로 나온다. 거기서부터 다시 온 힘을 다해 기어간다.

한 번 떨어진 육체와 의식은 좀처럼 연결되지 않았다. 나는 자신의 몸에 무슨 일이 일어났는지 이해하고 있는데, 그것을 아직 실감할 수가 없다. 지금이야말로 모든 것을 '없었던 일'로 해야만 하는데, 이때에 와서도 나는 아직 그것들을 남의 일처럼 인식해버리고 있다. 어쩌면 나는 이미 망가져버렸는지도 모른다. 육친이 살해당했는데 어떻게 이렇게 냉정하게 있을 수 있지?

어깨가 붙잡힌다. 등줄기가 얼어붙는다. 비명조차 나오지 않는다. 공포로 몸이 움츠러들고 온몸의 힘이 빠진다.

그것이 미즈호 군의 손인 것을 깨달은 순간, 나는 안심한 나머지 그대로 기절할 뻔했다. 그리고 이제 와서 새삼스레 눈물이 나왔다. 줄줄줄줄 넘쳐흐른다. 영문을 알 수 없었다. 어째서 미즈호 군이 여기에 있을까? 이런 모습을 보이고 싶지 않았는데.

케이블타이를 풀어서 두 손이 자유로워지자, 나는 무엇보다 먼저 얻어맞아 피투성이가 된 얼굴을 가렸다. 미즈호 군은 코트를 벗어서 내 어깨에 걸치고 꽈악 안아주었다. 나는 그에게 달라붙어서 마음껏 울었다.

"무슨 일이 있었어?"라고 미즈호 군이 물었다. 그 목소리는 나를 진정시키기 위해 아주 부드럽게 조정되어 있지만, 그의 내부에 시커먼 감정이 소용돌이치고 있는 것이 호흡의 떨림으로 전해져왔다.

나는 요령부득한 단편적인 말로 주저리주저리 설명했다. 집에 돌아갔더니 어머니가 쓰러져 있었던 것. 달려갔더니 나까지 때린 것. 그 뒤에 네 시간 이상에 걸쳐 다양한 종류의 폭력 행위를 당한 것. 그것이 끝날 무렵에는 어머니가 죽어있었던 것. 미즈호 군은 그 이야기를 참을성 있게 듣고, 신속하게 이해해 주었다.

그 결단까지, 그는 거의 시간을 필요로 하지 않았다.

"잠깐 기다려줘. 금방 끝날 테니까."

그렇게 말하더니, 그는 우리 집으로 들어갔다. 무엇을 할 생각일까, 하는 의문조차 극심한 혼란에 빠져있던 내 머리에는 떠오르지 않는다. 얼른 의붓아버지가 저지른 이런저런 일들을 '없었던 일'로 해야만 하는데, 정작 나는 미즈호 군이 찾아와준 것에 대한 감사의 마음이 방해가 되어 영혼의 외침이 나오지 않았다.

눈이 내리기 시작하고 있었다.

미즈호 군은 5분도 되지 않아 돌아왔다.

얼굴도, 셔츠도 피투성이인 그를 보고, 나는 한탄하기에 앞서 그것을 아름답다고 생각해버렸다.

그가 무엇을 끝내고 왔는지는 그 손에 쥐어진 부엌칼이 이야기하고 있었다.

"거짓말쟁이."라고 나는 말했다. "죽일 상대를 잘못 골랐어요. 저를 죽여준다고 말했잖아요."

미즈호 군은 웃었다. "내가 거짓말쟁이인 것은 처음부터 알고 있었잖아?"

"……듣고 보니 그러네요."

그는 잘못을 저질러버렸다.

그것은 생각할 수 있는 것 중 최악의 결말이었다.

하지만 나는 그것을 '미루기' 할 수가 없었다.

그가 나를 위해서 해준 결의를 '없었던 일'로 하는 것은 불가능했다.

"저기, 미즈호 군."

"응."

"도망쳐요. 조금이라도 멀리."

그는 나를 등에 업고 걷기 시작했다. 전철역의 자전거 주차장에서, 자물쇠가 걸려 있지 않은 자전거를 훔쳐서 짐칸에 나를 태우고 달린다.

그 도피행에 미래가 없다는 것은 두 사람 모두 알고 있다. 진짜로 도망치겠다는 생각은 털끝만치도 없다.

그저 작별을 이야기할 시간을 원했을 뿐이었다.

고등학교를 졸업하면 같이 살자, 라고 미즈호 군이 말했다.

불가능하다는 것을 알면서도 나는 그 말에 찬성했다.

그는 하루 종일 자전거를 몰았다. 감색 하늘은 서서히 자주색으로 변하고, 흐린 적색과 청색의 두 층으로 나뉜다. 그렇게 해가 뜨고, 자전거는 햇살 속을 달린다. 차갑게 식은 몸이 아주 약간 따뜻해지고, 도로에 흐릿하게 쌓여있던 눈이 녹는다. 우리는 편의점에 들러서 치킨과 케이크를 샀다. 점원은 손님에게 무관심해 보이는 대학생이라, 내 얼굴을 보고도 아무 말도 하지 않고 계산해주었다. 그것들을 벤치에 앉아서 먹었다.

"치킨하고 케이크라니, 생일 같네요."라고 나는 재잘거렸다.

"뭐, 실제로 어떤 종류의 기념일이긴 해."그는 장난치듯 말했다.

아침부터 파티 같은 식사를 하는 피투성이에 멍투성이인 고교생 커플을, 등교 중인 초등학생들이 신기하다는 듯 바라본다. 그중 한 아이가 "저거, 할로윈 아니야? 할로윈의 가장."이라고 말할 정도로 우리는 지저분한 모습을 하고 있었다. 미즈호 군과 얼굴을 마주하고 깔깔 웃었다.

다시 이동을 시작했다. 도중에 나와 같은 고등학생 집단을 추월했다. 그들의 들뜬 눈치를 보고서야, 오늘이 우리 고등학교의 축제 첫날이라는 것을 기억해냈다. 어쩐지 그것은 마치 멀리 떨어진 세상의 일 같았다. 추월한 학생들 중에는 나를 학대하던 반 학생도 몇 명인가 섞여 있다. 피투성이의 남자아이가 모는 자전거 짐칸에 앉아서 학교와는 다른 방향으로 가고 있는 멍투성이의 나를 보고 그들은 아연실색하고 있다.

나는 미즈호 군의 등에 얼굴을 묻고 소리 내어 웃으면서 울고, 울면서 웃었다. 오랜 시간에 걸쳐서 온몸에 달라붙어 있던 독이 씻겨나가는 것처럼 느껴진다.

마지막으로 우리는 유원지에 갔다. 그것은 나의 바람이었다. 한 번이라도 좋으니 미즈호 군과 유원지에 가보고 싶었다. 예전에 내가 부모님과 행복한 시간을 보냈던 유원지에.

피투성이 셔츠와 블라우스는 코트 아래에 감춰져 있었지만, 내 얼굴의 멍과 그의 피 냄새는 감출 수 없어서 지나치는 사람들은 유원지에 어울리지 않는 폭력의 분위기를 풍기는 우리를 빤히 쳐다보았다. 하지만 나도 미즈호도 그런 것은 개의치 않고, 손을 맞잡고 유원지 안을 걸었다.

그는 관람차에 타고 싶다고 했고, 나는 제트코스터에 타고 싶다고 말했다. 한동안 천진난만하게 옥신각신하다가, 결국 그가 양보해서 우선 제트코스터에 타게 되었다.

그리고 그 부근부터 내 기억은 명확하지 않게 된다.

흐릿하게 기억해낼 수 있는 것은, 그 사고가 제트코스터에 탄 직후에 일어났다는 점뿐이다.

어쩌면 그것은 천벌이었는지도 모른다.
미즈호 군이 아니라 나에 대한 천벌.
괴상한 소리. 흔들림. 부유감. 금속음. 충격. 비명. 혼란. 옆자리에서 들리는 다른 괴상한 소리. 가각가각가각가각가각가각가각가각가각가각. 이리저리 튀는 피. 비명. 혼란. 이리저리 튀는 피. 살점. 비명. 구토. 우는 소리.
정신이 들고 보니 미즈호 군은 없어졌고, 대신 미즈호 군이었던 것이 그곳에 있었다.

나는, 생각한다.
나와 만났기 때문에, 미즈호 군은 살인범이 되고 말았다.
나와 만났기 때문에, 미즈호 군은 으깨져서 죽고 말았다.
전부 나 때문이다.
나만 없었더라면, 이렇게는 되지 않았다.
미즈호 군은 나와 만나서는 안 되었던 것이다.
이제까지 나는 의붓아버지를 역신이라고 생각하고 있었다.

하지만 아니었다.

나야말로 역신이었던 것이다.

역신인 내가 의붓아버지를 불러들이고 의붓언니를 불러들이고, 어머니를 죽이고 미즈호 군을 죽인 것이다.

마지막의 마지막까지, 나는 미즈호 군에게 폐를 끼치기만 했다.

오래간만에 오르골 소리를 듣는다.

나는 지금까지 없던 대규모의 '미루기'를 실행한다. 몇 개월 전의 그날까지 거슬러 올라가서, 나와 미즈호 군이 재회한 사실을 '없었던 일'로 한다. 나는 미즈호 군과 만날 자격이 없다.

다만 '히즈미 키리코'에게 죄는 없다. 미즈호 군을 지탱해주고 있던 그 아이의 존재까지 지워서는 안 된다. 그러니까 '없었던 일'로 하는 것은 재회하는 부분뿐이다. 그날 미즈호 군이 와주었다는 부분만 지워서, 그를 평범한 고교생으로 되돌린다.

분명 괜찮을 것이다. 미즈호 군이라면 내가 없어도 평범하게 친구를 만들고, 평범하게 연인을 만들고, 평범하게 살아갈 수 있을 것이다.

그리고 나는 모든 것을 잊어버리자. 그가 해주었던 말을.

그가 해주었던 일을. 그의 손에서 느낀 온기를. 그가 주었던 추억을.

　내가 마음에 그리는 것만으로도 불행이 전염될 수 있으니까.

　재회를 '없었던 일'로 한 뒤, 나는 나이를 먹지 않게 되었다. 다음 해가 되어도 나는 고교 2학년, 열일곱 살인 상태였다. 요컨대 그것은 내가 나이를 먹는 것이 '미루기'되고 있다는 이야기일 것이다. 하지만 나에게는 그런 것을 기도한 기억은 없었다.

　아마도 마음속 어딘가에서, 나는 미련스럽게 이렇게 생각하고 있었던 것이겠지. '하다못해, 그가 사랑해주었던 모습 그대로 있고 싶다.'. 그렇게 해서 자각하지 못하는 채로 재회의 날을 손꼽아 기다리고 있었던 것이다.

제10장
편히 쉬세요

키리코의 마법이 풀리기 시작한 지금, '없었던 일'이 되어 있던 이것저것들이 본래의 모습을 되찾으려 하고 있었다.

　아마도 이 유원지는 내가 죽은 사고가 계기가 되어 망한 것이겠지. 원내는 황폐해져 있었다. 해체 도중에 방치되어 버렸는지, 꿈의 잔해들은 어중간하게 파괴된 채로 그곳에 남아있었다.

　마른 잎투성이의 곤돌라를 나와서 돌아보니, 전기가 통하지 않은 녹투성이의 관람차가 웅웅 몰아치는 싸늘한 바람에 흐릿하게 흔들리고 있었다. 곤돌라 운전실에는 아무도 없고, 그을린 글라스가 무참하게 깨져 있었다.

　유원지 안에 남아있는 것은 나와 키리코뿐인 듯했다.

　"언제부터 내가 유가미 미즈호라는 걸 알았어?"라고 나는 물었다.

"할로윈의 그날, 집에 돌아가는 열차를 타고 가다가 당신에게 기대서 잘 때, 왠지 모르게 그리운 느낌이 들었어요." 라고 키리코는 말했다. "그것이 계기였어요."

군데군데 구멍이 뚫린 철제 계단을 신중하게 내려와서, 우리는 손을 맞잡고 폐유원지 안을 걸었다. 조명이 전부 죽은 것은 아닌지, 군데군데 남아있는 조명이 명멸하고 있었다. 보도블록에 잔뜩 금이 가 있고 이쪽저쪽에 잡초가 자라고 있었다.

마른 덩굴이 달라붙은 울타리에 둘러싸인 회전목마의 백마들은 완전히 도색이 벗겨지고, 마차 몇 개인가는 옆으로 쓰러져 있었다. 롤러코스터 탑승장에는 참억새가 우거져 있고, 차량은 블루 시트에 덮여 있었다. 이끼가 낀 레일 위를 걸어서 나아가다 보니, 저 아래 물이 채워지지 않은 수영장 안에 잡동사니의 산이 보였다. 벤치, 간판, 2인용 자전거, 고카트, 텐트, 팔이 떨어진 군인 인형, 코가 없어진 피에로, 스케이트화, 타이어, 기름통, 함석판, 더러워진 꽃과 새의 오브제.

나는 물었다.

"어째서 키리코는 자신의 죽음은 한 달도 '미루기' 할 수 없는데, 그 이외의 죽음은 5년이나 '미루기' 할 수 있었던 거야?"

"반대로 생각하면 이해하기 쉬울 거예요."라고 소녀는 말했다. "저는 자신의 죽음만큼은 5년간이나 '미루기' 할 수 없었던 거예요."

그렇구나, 라고 나는 납득했다.

그 이유는 물어볼 것도 없었다.

키리코가 복수 상대 중에 아버지만은 망치로 때리는 것에 머무른 이유도, 지금이라면 알 것 같은 기분이 들었다. 그에 대한 복수만은 이미 내가 수행했다. 그녀가 시작한 복수는 그것의 속행에 지나지 않았던 것이다.

그리고 마지막 질문.

키리코의 죽음에 의해 이제까지 그녀가 '없었던 일'로 해 왔던 모든 것이 원래대로 돌아가게 된다면, 우리는 어떻게 되는 걸까?

내가 키리코를 치어 죽인 사고의 '미루기'가 완전히 해제되었을 때, 키리코는 죽는다. 하지만 키리코가 죽은 순간, 이번에는 내가 이 유원지에서 죽었다는 사실의 '미루기'가 해제되어, 애초에 키리코를 치어 죽였을 나는 존재하지 않았던 것이 된다. 시간 여행에서 말하는 〈*할아버지 패러독스〉를 정반대로 한 것 같은 상황이 생겨나는 것이다.

키리코는 살아남는 것일까?

나의 의문을 알아차린 듯한 타이밍에 키리코가 입을 열었다.

---

*grandfather paradox. A가 타임머신을 타고 과거로 돌아가 할아버지를 살해한다면 A의 아버지와 A는 태어날 수 없으므로 애초에 A는 과거로 돌아가 할아버지를 살해할 수 없게 된다는 모순.

"미즈호 군이 없어지게 된다면, 저도 바로 뒤를 따르려고 해요. 이제까지의 죗값을 치르는 것도 겸해서."

"안 돼. 용서 안 할 거야."라고 나는 말했다. "뭐가 어떻게 되더라도, 나는 네가 계속 살아가기를 원해."

키리코는 내 등에 콩하고 머리를 부딪쳤다.

"거짓말쟁이."

대답할 말이 없었다.

그녀의 말대로, 나는 거짓말쟁이다.

본심은, 그녀가 내 뒤를 따라와 주는 것이 기뻐서 견딜 수가 없다.

"……앞으로 어느 정도나 버틸 수 있을 것 같아?"라고 나는 물었다.

"아주 잠깐이에요." 그녀는 쓸쓸하게 미소 지었다. "아주 잠깐."

"그렇구나."

이제 곧 찾아올 자신의 죽음에 대해 생각한다. 하지만 나는 그것을 제대로 슬퍼할 수 없었다.

기억이 돌아온 지금, 나는 나라는 인간이 적어도 한 여자아이에게는 구원이자 안식처로서 기능했음을 알고 있다.

나의 혼은, 제대로 불타올랐던 것이다.

그 이상의 무엇을 소망하라는 것일까?

레일을 내려와서 놀이기구를 한 번씩 둘러본 뒤, 우리는 관람차의 정면에 설치된 철제 벤치에 앉아서 서로 기댔다. 매일 정자 아래에서 만나 이어폰 하나로 같이 음악을 들었을 무렵처럼.

작고 하얀빛의 알갱이가 눈앞을 가로질러갔다. 초점이 맞을 때까지 그것이 눈이라고는 깨닫지 못했다.

그러고 보니 올해는 첫눈이 예년보다 일찍 내릴 거라고 라디오에서 말했지, 라고 떠올렸다.

서서히 눈의 입자는 눈에 힘을 주지 않아도 보일 정도의 크기로 변해갔다.

"마지막에 이걸 볼 수 있어서 다행이야."라고 나는 말했다.

"네."

목소리의 톤이 아주 조금 변한 것을 깨닫고, 나는 키리코에게 시선을 옮겼다.

어느샌가 그녀는 열일곱 살의 소녀가 아니게 되어 있었다.

"저기요, 미즈호 군." 스물두 살의 키리코는 말했다. "당신은 저를 원망하고 있나요?"

"키리코는 어때? 너를 치어 죽인 나를 원망하고 있어?"

그녀는 고개를 가로저었다.

"저에게는 미즈호 군과 함께 지낸 시간만이 진짜 인생이었어요. 당신은 저에게 생명을 불어넣어 주었어요. 제가 미즈호 군에게 한두 번 죽는 정도로는 거스름돈이 남을 거예요."

"그렇다면 이야기가 빠르겠네. 나도 완전히 같은 마음이야."

"……그런가요."

다행이야, 라고 말하며 키리코는 내 왼손에 오른손을 겹쳤다. 나는 손바닥을 뒤집어서 손가락을 얽는다.

"이제 와서 이런 말을 해도, 아무런 소용도 없을지 모르겠지만."

"뭔가요?"

"나는 키리코를 사랑해."

"알아요."

"봐, 아무 소용도 없지."

"저도, 미즈호 군을 사랑해요."

"알아."

"그렇다면 키스라도 할까요?"

"그러자."

우리는 얼굴을 서로 가까이 붙였다.

"아, 그러고 보니……."라고 키리코가 직전에 말했다. "결국 '그것'은 실존하고 있었던 모양이네요."

"용케 그런 옛날의 편지 내용을 기억하고 있네."

"그렇다는 얘긴, 미즈호 군도 기억하고 있는 거죠?"

"응."나는 고개를 끄덕였다. "'그것'은 자상한 거짓말 같은 게 아니었던 모양이야."

"그런 것 같네요." 키리코가 미소 짓는다: "마지막에, 그걸 알 수 있어서 다행이에요."

우리는 차가운 입술과 입술을 겹친다.

동시에, 스피커에서 유원지의 폐원을 알리는 음악이 흐르기 시작했다.

그것을 신호로 얼마 남지 않은 조명조차 툭툭 꺼져간다.

유원지는 밤에 삼켜진다.

나는 이 세상이 아주 싫다. 그럼에도 불구하고 이 세상을 아름답다고 느낀다. 견뎌낼 수 없을 정도로 슬픈 일도, 용납할 수 없을 정도로 불합리한 일도 많이 있지만, 그래도 꽃이나 새나 별이 아닌 인간으로서 이 세상에 태어난 것을 나는 원망하지 않는다.

키리코와 주고받았던 편지. 어깨를 맞붙이고 들었던 음악. 시궁창에서 올려다보았던 달. 맞잡은 손의 온기. 묘지에서 나누었던 첫 키스. 기대오는 작은 몸에서 전해지는 호흡의 리듬. 어두컴컴한 연립주택의 방에서 나란히 연주했던 피아노.

그런 아름다운 기억이 있는 한, 나는 이 세상과 등을 맞대고 손을 맞잡을 수 있다.

마지막으로 나는 회전목마의 환상을 본다. 어쩌면 그것

은 키리코가 마지막 힘을 짜내서 보여준, 슬픈 일들 전부가 '없었던 일'이 된 세계였는지도 모른다.

백마에 걸터앉아 웃음을 주고받는 우리는, 어린아이의 모습을 하고 있었다. 몸을 내밀어 손을 뻗고, 손가락이 맞닿는다. 요람처럼 위아래로 움직이는 목마. 유년기에 꿈속에서 들었던 것 같은 음악, 암흑 속에서 반짝반짝 명멸하는 조명들.

나는 그 광경을 언제까지나 지켜보고 있고 싶었지만, 환상은 성냥불처럼 덧없이 사라진다.

어깨와 머리에 눈이 쌓여간다. 눈꺼풀이 내려오기 시작하고 나의 의식은 서서히 멀어져간다. 거짓말과 실수들로 가득한 사랑스러운 나날이, 드디어 끝을 고하려 하고 있다.

보통 사람 몇 배의 고통으로 점철된 인생을 보내온 키리코를 향해 남기기에 어울리는 것은, 역시 그 바보 같은 위로의 말일 것이다.

나는 키리코의 머리를 부드럽게 쓰다듬은 뒤, 쥐어짜내듯이 그 말을 했다.

아픈 것아, 아픈 것아, 날아가라.

작가 후기

　함정이 많이 있었습니다. 적어도 저에게는 세상이 그렇게 보였습니다. 작은 함정, 큰 함정, 얕은 함정, 깊은 함정, 알기 쉬운 함정, 알기 어려운 함정, 아직 아무도 떨어지지 않은 함정, 이미 많은 이들이 빠진 함정. 실로 다양했습니다. 그 하나하나에 대해 생각하기 시작하니 불안해져서, 한 발짝도 움직이고 싶어지지 않았습니다.

　어릴 적에는 함정을 잊게 해주는 이야기를 좋아했습니다. 저뿐만 아니라 모두, 모든 함정에 덮개를 씌운 안전한 세계에 관해 적힌 이야기를 좋아하는 듯했습니다. '멸균된 이야기'라고 불러야 할까요. 물론 주인공에게 좋은 일만 일어나는 것은 아니고 다른 사람 이상의 힘든 일이나 괴로운 일을 경험하지만 최종적으로는 모두 그의 성장의 밑거름이 되며

'사람은 뭐든지 받아들이고 살아갈 수 있다.'라는 든든한 감각에 젖는다는, 그런 이야기를 말합니다.

우리는 허구 속에서까지 슬픈 생각을 하고 싶지 않았던 거라고 생각합니다.

하지만 어느 날, 문득 깨닫고 보니 저는 어두운 함정 속에 있었습니다. 아무런 전조도 없는, 불합리한 낙하였습니다. 아주 작고 알기 어려운 함정이어서, 다른 사람의 도움은 기대할 수 없을 듯했습니다. 그렇지만 다행히 그 함정은 기어 올라오지 못할 정도로 깊지는 않아서, 저는 오랜 시간을 들여 그곳에서 자력으로 탈출했습니다.

지상으로 나왔을 때, 오래간만에 뒤집어쓰는 따뜻한 빛과 시원한 바람 속에서 저는 생각했습니다. 아무리 주의하고 있더라도 사람은 언제 함정에 빠질지 모른다. 이 세상은 그런 장소다. 그리고 다음에 내가 빠지는 것은 좀 더 깊은 함정일지도 모른다. 두 번 다시 이곳으로 돌아올 수 없을 정도로. 그때, 나는 대체 어떡하면 좋을까?

그 뒤로 저는 예전처럼 순수한 마음으로는 '함정에 덮개를 씌운 이야기'를 읽을 수 없게 되었습니다. 그 대신 '함정 속에서 행복하게 있는 사람'이 그려진 이야기를 좋아하게 되었습니다. 저는 생각했던 것입니다. 어둡고 깊고 좁고 추운 함정 속에서, 강한 체하는 것이 아니라 진짜로 미소 지을 수 있는 사람의 이야기를 듣고 싶다. 아마도 지금의 저에게 그 이상의 위로는 존재하지 않을 테니까요.

『아픈 것아, 아픈 것아, 날아가라』는 두 번 다시 나올 수 없는 함정에 빠진 사람의 이야기였습니다. 그러나 그것을 단순히 어두운 이야기로서가 아니라, 기운이 나는 이야기로서 썼다고 생각하고 있습니다. 도저히 그렇게 보이지 않을지도 모르겠습니다만, 하지만 그렇습니다.

미아키 스가루

아픈 것아, 아픈 것아, 날아가라

2015년 12월 09일 제1판 인쇄
2024년 07월 31일 제14쇄 발행

지음 미야키 스가루
일러스트 E9L

옮김 현정수

편집 · 제작 노블엔진POP 편집부

발행 영상출판미디어(주)
등록번호 제 2023-000035호
주소 07551 서울특별시 강서구 양천로 570 NH서울타워 19층
대표전화 02-2013-5665

ISBN 979-11-319-3796-9

いたいのいたいの、とんでゆけ
ⓒ SUGARU MIAKI 2014
Edited by ASCII MEDIA WORKS
First published in 2014 by KADOKAWA CORPORATION,Tokyo.
Korean translation rights arranged with KADOKAWA CORPORATION, Tokyo, through KCC.

이 책의 한국어판 저작권은 영상출판미디어(주)에 있습니다.
저작권법으로 한국 내에서 보호를 받는 저작물이므로 무단 전재와 무단 복제를 금합니다.

구매 시 파손된 도서는 구매처에서 교환하실 수 있습니다.
기타 불편사항, 문의사항이 있으신 독자님께서는 노블엔진 홈페이지
[http://novelengine.com] 에서 Q&A 게시판을 이용해 주시기 바랍니다.

『[映]암리타』『퍼펙트 프렌드』『가면을 쓴 소녀』
『죽지 않는 학생 살인사건』『소설가를 만드는 법』의
저자 '노자키 마도' 혼신의 미스터리 괴작 등장!

『2』 그것은 궁극의 작품명. 그것은 창작의 극치.

2

아마타 카즈히토는 엄청나게 유명한 극단 '판
도라'의 무대에 서는 걸 꿈꾸는 청년이었다.
그는 겨우 입단 시험을 통과해 극단의 일원
이 되었지만, 그 뒤로 얼마 지나지 않아 '판도
라'는 어떤 인물의 등장으로 해산되고 만다.
그녀는 조용히 말했다. "제 영화에 출연하지
않으시겠어요?". 그렇게 배우로서 발탁된 아
마타는 그녀와 단둘이 본격적으로 영화를 만
들기 시작하는데——.
과연 그녀의 의도는 무엇이었을까? 그리고 그
녀가 찍으려는 영화란 대체 무엇일까?
모든 수수께끼를 숨긴 채 슬레이트 보드 소리
가 울려 퍼진다.

© 2012 MADO NOZAKI, Riccae
KADOKAWA CORPORATION, Tokyo.

노자키 마도 지음 / 구자용 옮김
문학으로 탐닉하는 엔터테인먼트

이 사랑은 두 번 다시 이루어지지도, 닿지도 않겠지만.
쏟아지는 모든 아픔이 그녀에게 보내는 기도였다.

현대판 로미오와 줄리엣, 절망과 영원의 최종장.

노블 칠드런의 애정

마이바라 토키와 치자쿠라 미도리하. 두 사람은 서로 마음이 통하지만, 양 가문의 저주스러운 악연과 폭로되고 만 피의 죄가 모든 사랑을 갈라놓고 만다.

그녀에게 마음을 허락하지 않았다면 현기증 나는 절망도, 벗어날 수 없는 고독한 영원도 경험하지 않았을 텐데. 코토히키 레이라의 『고별』이, 사쿠라즈카 아유무의 『단죄』가, 치자쿠라 미도리하의 『애정』이 마이바라 토키의 인생을 『잔혹』한 미래로 이끌어간다.

연애 미스터리의 결정판!
현대판 로미오와 줄리엣의 덧없는 사랑 이야기, 완결편.

©SYUN AYASAKI 2012
KADOKAWA CORPORATION ASCII MEDIA WORKS

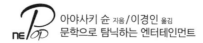

아야사키 슌 지음 / 이경인 옮김
문학으로 탐닉하는 엔터테인먼트

"여자들의 우정이란 언제나 아슬아슬하죠.
목숨을 건 서바이벌이에요. 그렇죠, 여러분?"

충격의 다크 미스터리 등장!!

암흑소녀

세이보 여자고등학교에서, 가장 아름다
운 여학생 '이츠미'가 죽었다. 그리고
오늘 밤 여기에 모인, 그녀를 죽였다고
의심받고 있는 같은 문학 동아리의 '용
의자'들. 그녀들은 한 명씩, 이츠미의 죽
음에 관한 진상을 추리해 소설로 써서
발표하기로 한다. 결국, 낭독회는 '고발'
의 장소가 되고, 순진한 얼굴을 한 용의
자들의 '감추어졌던 모습'이 드러나는
데——.
이츠미가 남긴 유일한 단서, 은방울꽃이
지목하는 범인은 누구인가?
성모와 같이 자애로운 이츠미의 진짜 정
체는?!

아키요시 리카코 지음 / 정은주 옮김
문학으로 탐닉하는 엔터테인먼트

『제6회 노블엔진 대상』
노블엔진 팝 첫 대상 수상작 〈유랑화사〉.
그리고———.

설화·민담을 색다르게 재해석한 기기묘묘한 현대기담

반월당의 기묘한 이야기 3

지금도 이 땅 위를 떠도는 옛이야기 속 수많은 괴이
怪異——.
괴이에 홀린 사람들은 전통상점 반월당半月堂의 신
령한 여우요괴를 찾아갔다고 한다.

삐딱하지만 올곧은 마음을 지닌 고등학생 유단柳丹은
귀신을 보는 눈을 가지고 있다. 어떤 우연한 계기로
이매망량을 다스리는 여우 백란白蘭과 반월당의 요괴
점원들을 만나게 되고, 산 자와 죽은 자를 가르는 경
계에서 기묘한 이야기들을 경험하게 되는데…….

"일단 인정해야 하지 않을까요? 싸우려면 먼저 상대
를 알아야 하니까요. 자신의 마음속에 숨어 있는 꺼림
칙한 어둠을 똑바로 바라보고, 그 존재를 솔직히 인정
하는 데서 시작해야겠지요. 부정하고 억누를수록 커
지기만 할 테니, 우선은 받아들이려 해보는 쪽이 좋을
것 같습니다. 뭐든지 말입니다."

〈벨로아 궁정일기〉, 〈유랑화사〉의 작가가 전하는
기기묘묘한 현대기담.
장르연재사이트 『조아라』 및 『네이버』 연재분에는
없었던 새로운 에피소드 포함!

 정연 지음 / 녹시 일러스트
문학으로 탐닉하는 엔터테인먼트

일본 현지 Q시리즈 총 판매부수 430만 부 돌파!
2014년 BOOK☆WALKER 문예대상 1위

방대한 지식으로 풀어내는 신감각 미스터리

만능감정사 Q의 사건수첩 12

" '태양의 탑'을 감정해 주십시오!" 만능감정사 Q가 받은 전대미문의 의뢰. 클라이언트를 쫓아서 오사카 스이타 서의 경위가 가게에 뛰어들고, 우시고메 서의 하야마도 나타난다. 시급히 해명해야 하는 중대한 수수께끼──과연 '태양의 탑'에 비밀 출입구는 존재하는가. 그런데 만박 공원으로 향한 린다 리코를 기다리고 있는 것은 정체불명의 인물이 준비한 그녀의 감정능력에 대한 도전이었다. 지성을 겸비한 신데렐라 스토리, 지금 여기서 클라이맥스를 맞이한다.
'만능감정사 Q의 사건수첩' 최종편!
오리지널 장편 'Q 시리즈' 제12탄!

©Keisuke MATSUOKA 2011
カバーイラスト/清原紘
KADOKAWA CORPORATION, Tokyo.

 마츠오카 케이스케 지음/주원일 옮김
문학으로 탐닉하는 엔터테인먼트

'아야츠지 유키토', '우치다 야스오',
'기타무라 가오루', '반도 마사코'
전 심사위원이 격찬한 미스터리!

제22회 요코미조 세이시 미스터리 대상 수상작

물시계

♥

의학적으로 뇌사 판정을 받았지만, 달빛이 비치는 밤에만 특수한 장치를 사용해 대화할 수 있는 소녀. 살지도 죽지도 못하는, 너무나 잔혹한 운명에 사로잡힌 그녀의 바람은 자신의 장기를 이식이 필요한 사람들에게 나누어주는 것이었다──.

신체 일부분을 나누어 주려는 하즈키, 그리고 그 간청을 받아 장기를 나르는 제비역의 스바루. 자기희생을 통해서 보는 삶과 죽음에 관한 현대판 '행복한 왕자'의 판타지풍 우화 미스터리.

©Sei HATSUNO 2002, 2005
Edited by KADOKAWA SHOTEN

하츠노 세이 지음/Renian 일러스트/송덕영 옮김
문학으로 탐닉하는 엔터테인먼트